SES
ULTIMES
AVEUX

OUVRAGES ÉCRITS PAR LISA REGAN

EN FRANÇAIS

Jeunes disparues

La Fille sans nom

La Tombe de sa mère

Ses Ultimes Aveux

Les Ossements qu'elle a enterrés

EN ANGLAIS

DETECTIVE JOSIE QUINN

Vanishing Girls

The Girl With No Name

Her Mother's Grave

Her Final Confession

The Bones She Buried

Her Silent Cry

Cold Heart Creek

Find Her Alive

Save Her Soul

Breathe Your Last

Hush Little Girl

Her Deadly Touch

The Drowning Girls

Watch Her Disappear

Local Girl Missing

The Innocent Wife

Close Her Eyes

My Child is Missing

Face Her Fear

Her Dying Secret

LISA REGAN

SES ULTIMES AVEUX

Traduit par Vincent Guilluy

bookouture

À Helen Conlen, qui m'a montré ce qu'était une personne extraordinaire.

1

JUIN 1992

Seattle, État de Washington

Billy sortit de la boutique, le poignet glissé dans l'anse d'un sac contenant deux pots de glace à la menthe et aux pépites de chocolat, et s'arrêta pour allumer une cigarette. Il tira une longue bouffée et consulta sa montre : il avait le temps d'en fumer deux avant de rentrer dîner chez lui. Sa femme n'aimait pas qu'il fume.

En bordure de son champ de vision, il aperçut une femme se diriger vers son minibus. Le reflet du soleil sur ses cheveux argentés, tandis qu'elle traversait le parking en titubant, accrocha son regard. Il la vit faire un tour complet sur elle-même avant de sortir maladroitement ses clés. Elle était peut-être malade. Ou soûle. Peut-être simplement vieille, ou folle. Ou les deux. Quand elle finit par monter dans son véhicule et démarrer, Billy se détourna, distrait par le grondement d'une moto qui arrivait.

En voyant Lincoln Shore faire rugir son moteur avant de se garer devant la boutique, il n'en revint pas de sa chance. *Même les motards hors-la-loi ont faim et doivent manger*, se dit-il. En réalité, Billy savait que Shore fréquentait cette épicerie et quelques autres boutiques du coin, et il espérait bien le croiser à un moment ou à un autre. Certains membres des Devil's Blade connaissaient déjà Billy, mais il n'avait pas encore réussi à capter l'attention de Linc Shore. Quand ce dernier descendit de sa bécane, il alluma sa seconde cigarette au mégot de la première, qu'il jeta négligemment. Billy sentit le regard de Linc Shore peser sur lui avant d'entendre sa voix rocailleuse.

— Hé, c'est toi, le *hang-around*[*] qui traîne dans notre bar ces temps-ci, non ?

— Ouais, je...

Mais la réponse de Billy se perdit dans un bruit qu'il mit un certain temps à identifier. Un courant d'air, un crissement de pneus, un grincement métallique et le rugissement d'un moteur poussé à fond.

Il n'eut qu'un centième de seconde pour réagir et son instinct prit le dessus. Du coin de l'œil, il vit le minibus renverser des chariots de supermarché et heurter une voiture à l'arrêt. Des clients avaient plongé à terre pour échapper au véhicule fou.

Billy fonça sur Linc, se jeta de tout son poids sur l'imposant biker et tous deux firent un vol plané, retombant lourdement sur le ciment. Le corps de Linc amortit la chute de Billy, et son blouson de cuir lui évita de laisser de généreux lambeaux de peau dans leur glissade. Juste derrière eux, le minibus percuta une deuxième voiture garée et l'envoya s'encastrer dans deux autres véhicules avant de s'arrêter, moteur toujours hurlant, ses pneus avant crissant sur l'asphalte. La conductrice s'effondra sur son volant. Du sang maculait sa chevelure argentée. Tandis que les autres clients se précipitaient vers le minibus, Billy se

---

[*] Pour pouvoir entrer dans certains clubs de motards, en général, on commence par être *hang-around*, puis, au bout d'un certain temps, *prospect*, avant d'être membre à part entière du club et de pouvoir en « porter les couleurs ». (N.d.T.)

releva et tendit la main à Linc. Ils contemplèrent en silence les dégâts que la conductrice avait causés.

— Merci, frère, dit Linc.

Billy sourit.

— Pas de quoi.

Il ne voulait pas forcer la chance et commençait à s'éloigner, quand Linc l'interpella :

— Hé, le *hang-around* ! Comment tu t'appelles ?

Billy fit volte-face.

— Benji, dit-il en donnant son nom de couverture. Benji Stone.

2
AUJOURD'HUI

Josie avait étalé sur la table toute une série de prospectus vantant les mérites de divers systèmes de sécurité domestique. Cela faisait six mois que la femme qu'elle avait cru être sa mère avait bouleversé son univers. Josie avait failli y perdre la vie et la raison, son domicile avait été forcé et depuis des mois, elle essayait de choisir un système de télésurveillance suffisamment perfectionné pour calmer un tant soit peu ses angoisses. Deux fois, elle avait fait venir des représentants chez elle pour installer leurs systèmes d'alarme, avant de changer d'avis à la dernière minute en découvrant qu'ils lui avaient caché un défaut ou des surcoûts éhontés.

Elle prit dans la série qu'elle avait sous les yeux une brochure colorée de chez Aegis Home Security.

SPÉCIALISTES DE LA TÉLÉSURVEILLANCE DEPUIS PLUS DE 20 ANS

C'était une des rares sociétés à être assez transparentes pour indiquer leurs tarifs complets sur leur matériel publicitaire. Elle ouvrit le prospectus et étudia les différentes options. Puis elle se demanda si elle n'avait pas plutôt intérêt à prendre un chien. Un gros chien. Mais elle travaillait parfois comme une dingue, en tant qu'inspectrice de police de la petite ville de Denton, en Pennsylvanie. Ses enquêtes l'obligeaient parfois à rester des journées, des nuits entières même, dehors. Si elle prenait un chien, il lui faudrait embaucher un promeneur de chiens. Et elle se demanderait alors si elle pouvait faire confiance au promeneur de chiens. Josie soupira. Tout ça était trop compliqué. Il lui fallait prendre le taureau par les cornes et investir une petite fortune dans un système d'alarme si elle voulait pouvoir un jour recommencer à se sentir en sécurité chez elle. Ses doigts s'attardèrent sur la brochure, plus petite, d'une autre société : Summons Security.

Des coups frappés à la porte l'interrompirent dans ses pensées et elle alla dans l'entrée. Par le judas, elle vit que c'était le lieutenant Noah Fraley. Elle ouvrit la porte, l'examina de pied en cap et lâcha un sifflement admiratif.

— Eh bien ! Si j'avais su que tu te ferais aussi beau...

Il portait un costume gris anthracite parfaitement coupé et une cravate rayée jaune et gris de bon goût, qui soulignait la couleur noisette de ses yeux. Quand il lui sourit, elle sentit un léger papillotement dans la poitrine.

— Très drôle, dit-il en la frôlant pour aller dans la cuisine. Mais tu n'es pas prête ? Tu ne t'es même pas changée.

Josie baissa les yeux sur son jean et son t-shirt Luke Bryan délavé.

— J'en ai pour une minute.

— C'est ce que disent toutes les femmes avant de passer une heure à se coiffer et à se maquiller, non ?

Josie leva un sourcil.

— Surveille tes paroles ! Je ne suis pas obligée d'aller à ce dîner accompagnée.

— Je plaisantais.

Noah inspecta la cuisine, revint dans l'entrée, jeta un coup d'œil par la porte du salon pour revenir dans la cuisine.

— Où sont-ils tous passés ?

Josie avait retrouvé depuis peu la famille biologique dont elle avait été séparée à la naissance, et dont elle ignorait auparavant l'existence. Elle n'était pas encore habituée à appeler Christian et Shannon Payne « papa et maman ». Elle compta sur ses doigts en répondant :

— Shannon et Trinity sont sorties faire du shopping. Elles nous retrouveront directement au restaurant. Mon père et mon frère viennent de Callowhill et nous retrouveront aussi sur place. Ma grand-mère est retournée à Rockview parce que je devais laisser la chambre d'amis à Shannon, et Mme Quinn est de corvée de baby-sitting pour le petit Harris cette semaine.

Noah fit le tour de la table, s'approcha d'elle et la fit reculer jusqu'à ce que Josie sente le bord de la table contre l'arrière de ses cuisses. Il se pencha, posa les mains sur ses hanches et approcha ses lèvres des siennes.

— Tu es en train de me dire que pour une fois, nous sommes seuls ? Pour de vrai ?

Josie rit, passa les bras autour de son cou et l'attira à elle pour l'embrasser. Effectivement, depuis la fin de l'affaire Belinda Rose, ils n'avaient pas eu un moment à eux, trop surchargés de travail ou trop épuisés pour penser à autre chose. Josie avait maintenant une toute nouvelle famille et dans sa maison, depuis six mois, le défilé d'invités était permanent. Sa mère biologique, Shannon, avait passé plusieurs semaines chez elle, relayée lorsqu'elle avait dû repartir travailler par Lisette, la grand-mère de Josie. Cette dernière avait passé près de deux mois avec un bras dans le plâtre après l'agression, et leur aide avait été la bienvenue. De temps en temps, sa sœur, Trinity, qui présentait à New York un journal télévisé sur une chaîne d'information nationale, venait passer le week-end en sa compagnie.

Et Christian et le jeune frère de Josie, Patrick, étaient venus plusieurs fois passer quelques jours.

Avant tout cela, Josie avait vécu seule un bon moment. Elle avait eu du mal à s'habituer à la présence continuelle de gens autour d'elle. S'était agacée, la première fois qu'elle avait ouvert le réfrigérateur pour s'apercevoir que la brique de crème liquide qu'elle versait dans son café était vide. Tout comme la fois où elle n'avait trouvé ni serviettes ni tapis de bain dans la salle de bains parce que Shannon les avait mis à laver. Son petit monde bien ordonné, son sanctuaire, était sens dessus dessous. Mais, se disait-elle, la famille comptait plus que les objets ou les habitudes domestiques acquises au fil des ans. La famille Payne voulait tout chambouler et rattraper ces trente années perdues en seulement quelques mois. Pour Josie, cela allait demander bien plus de temps.

Et puis il y avait Misty Derossi, la femme avec qui le mari de Josie, Ray, projetait de refaire sa vie avant de se faire tuer. Misty avait accouché du fils de Ray après son enterrement, et les deux femmes s'étaient, étonnamment, liées d'amitié. Le petit Harris avait près d'un an maintenant. Misty n'était plus strip-teaseuse et travaillait dans le nouveau foyer pour femmes de la mairie. Elle accueillait des victimes de violences domestiques et les séances de baby-sitting, occasionnelles au début, étaient devenues pour Josie une activité régulière. Les traces de l'importance du petit Harris dans sa vie étaient d'ailleurs visibles un peu partout dans la maison : une chaise haute à un bout de la table de la cuisine, un portillon de sécurité devant les escaliers, des gobelets à couvercle dans les placards, une corbeille pleine de jouets et un petit siège à bascule dans le salon. Pour Josie, il était plus simple d'avoir quelques-uns de ces objets chez elle plutôt que de tout transporter à chaque fois que Misty lui confiait le bébé.

Les lèvres de Noah descendirent sur son cou. Il mit les mains sous ses fesses et la souleva, l'assit sur la table. Par réflexe, elle noua les jambes autour de sa taille, puis rejeta la tête en arrière.

— Ton costume, souffla-t-elle.

Les mains de Noah remontèrent le long de son dos, sous son chemisier, s'arrêtèrent sur l'agrafe de son soutien-gorge.

— On s'en fiche, de mon costume.

Elle sentait l'électricité s'accumuler entre eux, sachant que si elle cédait, il n'y aurait pas de retour en arrière. La tension montait depuis si longtemps qu'elle avait l'impression d'être un volcan au bord de l'éruption. À la fin de l'affaire Belinda Rose, après leur premier baiser, elle lui avait dit qu'il lui fallait du temps, et il avait respecté cette demande. Josie n'avait vécu que des histoires d'amour compliquées, et elle ne voulait pas que Noah soit une victime de plus de son enfance atroce et de tous ses problèmes personnels. Elle voulait que cette histoire soit la bonne. Mais peut-être avait-elle simplement peur...

— Tu veux que pour la première fois, on fasse ça ici, sur la table de la cuisine ?

Il la souleva comme si elle ne pesait rien.

— On monte, si tu préfères.

Elle ouvrit la bouche pour protester mais son corps se soudait à celui de Noah et chaque centimètre carré de sa peau brûlait de découvrir ce qui se cachait sous son costume.

Ils avaient atteint le bas de l'escalier quand le téléphone de Noah se mit à sonner dans la poche de sa veste, imité par celui de Josie, quelque part dans la maison.

Ils s'immobilisèrent. Josie s'arracha à leur baiser et détourna la tête. Elle avait laissé son portable au salon. Sans avoir besoin de le dire, ils savaient tous deux que si leurs téléphones sonnaient presque en même temps, ça ne pouvait être que pour une seule raison. Le travail – et quelque chose d'important. Si une bonne partie des quelque soixante-cinq kilomètres carrés que couvrait Denton n'était constituée que de montagnes presque désertes, comme le reste de la Pennsylvanie centrale, la ville comptait assez d'habitants pour fournir chaque année une demi-douzaine de meurtres et assez de crimes et délits de toutes sortes pour occuper raisonnablement une cinquantaine d'officiers de police municipaux. Ces dernières années, Denton avait connu plusieurs affaires assez violentes pour attirer l'attention de tout le pays. Josie et Noah avaient vécu de très près ces événements et elle savait qu'il ressentait, lui aussi, la même appréhension impérieuse. Si on les appelait tous les deux pendant leur jour de repos, c'est que la chose était grave.

Lentement, elle dénoua ses jambes et il la reposa à terre. Le téléphone de Noah se tut, mais celui de Josie recommença à sonner. Elle remit de l'ordre dans ses vêtements et passa au salon pour décrocher.

Le chef de la police de Denton, Bob Chitwood, alla droit au but.

— Quinn. Vous et Fraley devez venir immédiatement. On a un homicide sur les bras.

— Chef, balbutia Josie. Nous... Je...

— Je sais. Et je m'en fous. Magnez-vous le train et allez sur place immédiatement !

Il lui donna une adresse qui lui parut familière.

Chitwood parlait si fort que Noah, resté sur le seuil, costume froissé, l'entendit. Il leva un sourcil et articula silencieusement : « Gretchen ? »

Gretchen Palmer était l'autre inspectrice de la police de Denton.

— C'est l'inspectrice Palmer qui est de service aujourd'hui. Elle peut s'en occuper, dit Josie.

Chitwood souffla, exaspéré.

— Je sais parfaitement qui est de service aujourd'hui, Quinn. Mais Palmer est injoignable.

— Vous avez essayé son...

Chitwood se mit à crier :

— Merde, Quinn, je n'ai pas le temps d'écouter vos questions. J'ai un cadavre, une scène de crime, et personne pour s'en occuper. Alors vous y allez, soit vous, soit Fraley !

Il cracha de nouveau l'adresse et c'est alors que Josie comprit pourquoi elle lui disait quelque chose.

C'était l'adresse de Gretchen.

3

— Ralentis ! dit Noah.

Josie s'aperçut qu'il s'agrippait à la poignée de la portière de sa Ford Escape. Les rues de Denton défilaient de part et d'autre en accéléré.

— Il y a un homicide chez Gretchen, lui rappela-t-elle.

— Oui, et on sait que ce n'est pas elle, sinon, les collègues sur place nous l'auraient déjà dit.

Josie ralentit. À peine.

— Envoie-lui un SMS.

— C'est déjà fait. Et j'ai essayé de l'appeler pendant que tu te changeais. Ça va directement sur sa boîte vocale. Pas de réponse à mes SMS. Mais j'ai téléphoné au commissariat, et le central m'a dit que c'est là qu'on a vu Gretchen pour la dernière fois, environ une heure avant qu'on ne découvre le corps. On ne sait même pas si elle était chez elle quand ça s'est produit.

— Mais on ne sait pas non plus qu'elle n'y était pas. Une heure, ça lui laissait largement le temps de rentrer.

— Alors qu'elle était de service ?

— Bon. Peut-être. Je ne sais pas. On manque d'informations.

Elle sentait l'angoisse lui serrer le ventre. Ça ne ressemblait pas à Gretchen de disparaître et de ne répondre ni au téléphone ni aux SMS. Surtout en plein service. Josie réaccéléra.

— Le central n'a pas réussi à la joindre ?

— Non, répondit Noah. Ils vérifient les données GPS pour essayer de localiser sa voiture.

Gretchen conduisait d'habitude une Chevy Cruze, fournie par le service et équipée d'un terminal de données mobiles. Ce TDM était une sorte de GPS intégré qui lui permettait de communiquer avec le central, mais aussi de localiser son véhicule depuis le commissariat.

— Je veux être prévenue dès qu'ils l'auront trouvée, dit Josie.

Noah acquiesça sans répondre. Lorsque Josie lui jeta un coup d'œil, elle vit qu'un muscle tressaillait dans sa mâchoire, et qu'il gardait les yeux rivés au paysage qui défilait, dehors. Gretchen habitait, dans un des quartiers bourgeois et calmes de Denton, une jolie maison de briques rouges à un étage, bâtie sur un terrain de près d'un demi-hectare. Une allée rectiligne partait de la rue et longeait un côté de la maison jusqu'au garage, à l'arrière. Du côté de l'allée, une grande clôture blanche séparait son terrain de celui des voisins. De l'autre, la limite de la propriété était marquée par de hauts buissons à feuillage persistant. En temps normal, la maison semblait pleine de charme, accueillante, mais, aujourd'hui, elle était cernée par des voitures de patrouille et une ambulance. Josie et Noah se rangèrent le long du trottoir opposé et s'avancèrent à pied dans l'allée, contournant l'ambulance garée en travers. Une Rubalise les empêcha d'approcher plus près de la maison. Devant le ruban, un policier en uniforme montait la garde.

— Hummel. Bonjour, dit Josie.

— Patronne.

Josie pianota sur sa cuisse mais parvint à lui sourire faiblement.

— Je ne suis plus qu'inspectrice, maintenant, n'oubliez pas.

Elle avait été cheffe par intérim de la police de Denton, deux ans durant, mais avait retrouvé avec plaisir son grade d'inspectrice quand la maire avait nommé Bob Chitwood pour la remplacer. Pourtant, ses collègues persistaient à l'appeler « patronne ».

— Une habitude difficile à perdre, hein ? dit Noah en souriant à Hummel.

Ce dernier hocha la tête et nota leurs noms dans le registre qu'il tenait. Il jeta un coup d'œil à Noah.

— Joli costume.

Josie s'était rapidement changée pour enfiler son habituel pantalon kaki et un polo de la police de Denton sous sa veste noire, mais Noah ressemblait encore à un mannequin de magazine de mode.

— J'allais sortir dîner quand on m'a appelé, répondit-il.

Hummel indiqua le coffre ouvert d'une des voitures de police garées le long du trottoir.

— Il y a des combinaisons, là-dedans.

— Vous me faites un résumé ? lui demanda Josie.

Hummel désigna la maison, où les membres de l'équipe d'identification criminelle, en combinaisons jetables blanches, exploraient méthodiquement l'allée, la cour et la véranda. Ils signalaient chaque élément digne d'intérêt d'un drapeau jaune, prenaient des mesures, faisaient des croquis et photographiaient la scène de crime. Sur la gauche, dans l'allée, à quelques mètres de la véranda, on avait installé un petit abri mobile. Josie savait que le cadavre s'y trouvait.

— Un mort, sexe masculin, caucasien, non armé, pas de papiers d'identité, avec une plaie par balle dans le dos. Personne d'autre sur les lieux, mais la porte d'entrée était ouverte. On a essayé de joindre l'inspectrice Palmer sur son portable, mais on tombe directement sur sa messagerie. Le patron dit qu'elle n'est pas non plus au commissariat. Quelqu'un l'a aperçue là-bas il y a une heure environ, mais elle est désormais introuvable. Le central n'arrive pas à la contacter. Ils sont en train de vérifier son TDM.

— Oui, j'ai entendu ça. Si personne n'a réussi à la joindre d'ici une demi-heure, je veux que Lamay vérifie sur les bandes de vidéosurveillance du commissariat à quelle heure exactement elle est partie de là-bas. Qui a trouvé le corps ?

— La maison est équipée d'un système d'alarme. Un modèle où, quand l'alarme se déclenche, c'est la police qui intervient. Vous voyez ?

— Très bien. Je pense d'ailleurs à en faire installer un chez moi.

— Bon, eh bien l'alarme de la porte d'entrée s'est déclenchée. La société de sécurité a appelé l'inspectrice Palmer, qui n'a pas répondu. Donc ils ont appelé le 911. On s'est pointés, et c'est là qu'on a trouvé le cadavre. Ah, et il y a autre chose.

— Quoi ? demanda Noah.

Hummel se dandina d'un pied sur l'autre, les lèvres pincées, l'air nerveux, avant de répondre :

— Il vaut mieux que vous alliez voir vous-mêmes.

4

Une fois leurs combinaisons enfilées, Hummel les laissa passer sous la Rubalise et ils se précipitèrent vers l'abri mobile. À l'intérieur, ils découvrirent le corps d'un jeune homme, face contre le bitume de l'allée. Un des agents chargés de relever les indices prenait des photos, et Josie s'accroupit à côté du cadavre. Elle vit immédiatement de quoi parlait Hummel. Le jeune homme portait un jean, des baskets blanches et un t-shirt vert, avec une large tache rouge dans le dos. Une seule blessure par balle était visible, juste sous l'omoplate gauche, près de la colonne vertébrale. Mais ce qui rendait la scène particulière, c'est que quelqu'un avait accroché une photo au col de son t-shirt, à l'aide d'une épingle à nourrice.

— C'est une vraie photo ? demanda Noah en se baissant pour mieux l'examiner.

Josie la toucha de sa main gantée.

— Oui. Une vieille photo, même, on dirait.

C'était une photo au format 9 × 13, qui montrait un petit garçon de quatre ou cinq ans environ, vu de profil, en train de courir dans des herbes hautes. Les bords de la photo étaient jaunis et cornés. Même la surface mate semblait avoir vieilli. Le petit garçon avait le teint clair, des cheveux blonds ébouriffés, et portait un pantalon de velours marron et une chemise de flanelle. La photo avait comme figé son corps frêle en pleine course, un bras et une jambe levés.

— Regarde-moi ça, dit Josie.

Elle souleva délicatement la photo sans tirer sur l'épingle, pour que Noah puisse en voir l'envers, où une année était imprimée à l'encre noire passée : 2004.

— C'est l'année où elle a été imprimée ? demanda Noah.

— Pas imprimée, développée. Je pense qu'elle a été prise avec un appareil photo argentique. On dirait du 35 millimètres. Les labos de développement imprimaient souvent la date au dos des tirages.

— Et ces labos ont tous fermé, depuis.

— C'est vrai. Mais je pense qu'on peut dire sans se tromper que la photo date de 2004.

— Tu penses que c'est lui sur la photo ?

Josie photographia l'image avec son téléphone, puis se redressa et examina le haut du corps. Il était tombé les deux mains en avant, comme pour amortir sa chute. Une petite flaque de sang s'était formée sous sa bouche. On ne voyait qu'un côté de sa figure, mais il paraissait jeune. Une vingtaine d'années, estima Josie. Peau mate, cheveux bruns bouclés. Il avait les yeux fermés.

— Difficile à dire. La photo est prise de profil, donc on ne voit pas vraiment le visage du petit garçon. Mais d'après la couleur de la peau et des cheveux, à première vue, je dirais que ça n'est pas lui.

Elle reporta son regard sur la plaie par balle de son dos.

— Est-ce que quelqu'un a appelé la légiste ?

Noah fit oui de la tête.

— Hummel s'en est occupé. Elle est en route.

— Hummel a aussi dit qu'il n'avait pas de papiers sur lui. Quand la docteure Feist y aura jeté un coup d'œil, on le retournera pour fouiller dans ses poches de devant. Demande à un agent de vérifier les véhicules stationnés dans la rue. Il s'est peut-être garé aux environs – en supposant qu'il est venu ici en voiture. Et dis-moi que quelqu'un est en train d'interroger les voisins.

— Oui, Hummel a mis deux agents sur le coup dès qu'ils ont eu fini de boucler la scène de crime.

— Super.

Josie s'écarta du cadavre et se dirigea vers la véranda en comptant ses pas. Il y en avait douze entre le mort et le pied de l'escalier. En montant les marches, elle vit un petit drapeau jaune signalant un indice, sur le plancher de la véranda, à mi-chemin entre la dernière marche et la porte d'entrée. En s'approchant, elle vit une douille de 9 mm scintiller dans la lumière déclinante, comme si elle lui faisait un clin d'œil. Un policier l'avait entourée à la craie. Josie se retourna, contempla l'allée, en essayant d'échafauder un scénario. Le tueur était-il là, sur la marche supérieure, quand il avait tiré dans le dos du jeune homme ? Alors que celui-ci s'en allait ? Et qu'il n'était pas armé ? Elle fut prise d'un frisson.

Un des policiers de l'équipe d'identification criminelle, Mettner, émergea de la maison.

— Patronne ? Ça va ?

— Inspectrice, marmonna Josie. Hummel m'a dit que la porte d'entrée était ouverte. Seulement déverrouillée ou vraiment ouverte ?

— Entrebâillée. Aucun signe d'effraction. Les serrures sont intactes. La porte n'a pas été fracturée.

— Bon, on dirait que notre mort n'est pas entré de force.

C'était étrange. Sachant que Gretchen avait déjà une longue carrière de lutte contre des délinquants en tous genres, Josie avait du mal à croire qu'elle soit du genre à laisser sa porte ouverte – même à Denton, où la délinquance était loin d'être aussi importante que dans une grande ville comme Philadelphie, par exemple. Ou bien était-elle revenue chez elle depuis le commissariat uniquement pour ouvrir au jeune homme ?

— S'il est entré par effraction, en tout cas, ce n'est pas par la porte de devant, répondit Mettner.

— Mais alors pourquoi la société de sécurité a-t-elle été prévenue ? Qu'est-ce qui a déclenché l'alarme ?

Mettner désigna l'entrée.

— La porte était entrouverte. Je suppose que si elle reste ouverte plus de dix minutes, le système donne l'alerte.

— Il y a un clavier ? demanda Josie. Pour taper un code ?

— Non, tout ça se fait par téléphone. Donc quand l'encadrement de la porte est endommagé, ou quand la porte reste ouverte trop longtemps, la société de sécurité envoie un message sur le téléphone de Gretchen. Elle répond par un code, et ils savent que tout va bien.

— Mais si la porte était déverrouillée, quelqu'un pourrait entrer et ressortir sans déclencher l'alarme ?

Mettner haussa les épaules.

— Euh... Oui, je suppose que oui.

— Donc on ne sait pas si la porte était déjà ouverte, ou si on l'a ouverte avec la clé et laissée entrouverte ensuite ?

— Non. On sait seulement qu'elle est restée ouverte longtemps.

— On sait si l'homme qui est mort dans l'allée est entré à l'intérieur ?

— On a examiné toute la maison, mais rien ne permet de dire qu'il est entré ou qu'il est resté dehors. Il n'y avait plus personne quand on est arrivés. Rien n'a l'air d'avoir été déplacé ou fouillé. En tout cas, rien d'évident. On a appelé l'inspectrice, il n'y a qu'elle qui pourrait nous dire s'il manque quelque chose, ou si quelque chose a bougé. Mais elle ne répond p...

— Je sais. On me l'a dit. Vous avez pris des photos à l'intérieur ?

— Oui. Une vidéo, aussi.

— Super. Imprimez-moi toutes les images du rez-de-chaussée, OK ?

— Ce sera fait, patronne.

Josie ouvrit la bouche pour le reprendre, mais se tut. Elle corrigeait l'erreur chez tous depuis des mois, mais il n'y avait rien à faire. Elle jeta un coup d'œil à Noah, resté près du corps, qui griffonnait furieusement dans son carnet, et se glissa à l'intérieur.

Le salon de Gretchen était sobrement meublé : un divan marron en microfibre, une table basse de bois sombre et, face au divan, une petite console sur laquelle était posée une télévision tout aussi petite. Le sol était un plancher de bois massif. En dehors de quelques plantes d'intérieur, les touches personnelles étaient rares. Des voilages étaient suspendus aux fenêtres. Dans la salle à manger, les chaises étaient soigneusement rangées autour de la table. Sur le plateau, quelques factures, des reçus froissés et du courrier publicitaire. Il y avait une boîte de rangement en plastique dans un angle. Josie s'accroupit et souleva le couvercle pour en examiner le contenu. Elle n'y vit que des factures réglées, des contrats d'assurance pour la maison, pour la voiture, et un dossier étiqueté « CARTE DE CRÉDIT DE SECOURS ».

La voiture.

Josie savait que Gretchen possédait une voiture personnelle – une Nissan Sentra, d'après son contrat d'assurance. Elle revint à l'entrée, passa la tête par l'ouverture et demanda à Mettner si quelqu'un avait fouillé le garage, derrière la maison.

— Oui, sa voiture personnelle y est, répondit-il.

Noah grimpa les marches de la véranda.

— Est-ce qu'il faut lancer un avis de recherche si jamais le TDM ne donne rien ? Nos gars ont déjà ordre de retrouver sa Chevy, mais on pourrait prévenir la police d'État.

Le TDM allait très probablement permettre de localiser le

véhicule de Gretchen, mais Josie ne pouvait empêcher une certaine angoisse de lui tordre le ventre.

— Oui, si le TDM ne donne rien, on lancera un avis de recherche.

Mettner acquiesça et entreprit de passer les coups de fil nécessaires. Noah passa devant Josie et entra dans la maison.

— Tu crois que Gretchen a des ennuis ?

Josie recula d'un pas, les mains sur les hanches.

— Je ne sais pas. Ça ne lui ressemble pas d'être à ce point injoignable – ni de disparaître.

— On est sûrs qu'elle a vraiment disparu ? Ça ne fait pas si longtemps, après tout.

Il avait raison. Il ne s'était pas passé deux heures depuis qu'on avait retrouvé le cadavre dans l'allée de Gretchen. On l'avait vue pour la dernière fois au commissariat alors qu'elle était en service. Il y avait peut-être une explication logique à son silence. Son téléphone était peut-être hors d'usage. Ou bien sa voiture était en panne et elle était à pied, quelque part.

— Tu penses que je surréagis en lançant un avis de recherche ?

— Pas si elle reste introuvable avec le TDM. Si elle a des ennuis, il vaut mieux lancer l'avis le plus tôt possible au lieu d'attendre. Mais si elle est simplement en panne quelque part, ou qu'elle a fait tomber son téléphone, et qu'elle se pointe au commissariat d'ici une heure ou deux, on va se sentir très bêtes.

— Soyons bêtes, alors, dit Josie avec résolution. Je ne veux prendre aucun risque, surtout si elle a effectivement des ennuis.

Noah approuva d'un hochement de tête.

— Qu'est-ce que tu as vu, là-dedans ?

— Pas grand-chose, à première vue. Aucun signe de bagarre mais, comme le dit Mettner, on ne peut pas savoir si quelque chose a été déplacé.

— Sauf ici, dit Noah.

Il désignait une table basse. À côté de la lampe, un cercle de bois immaculé luisait alors que de la poussière recouvrait le reste de la table.

— Elle a peut-être posé sa tasse de café là ce matin, avant de la laver et de la ranger.

Une ride apparut sur le front de Noah.

— Hmm, ça pourrait être un vase, ou une sorte de bol.

— Bon, on posera la question à Gretchen quand on la retrouvera. Demande qu'on prenne ce rond en photo.

Pendant que Noah allait retrouver Mettner, Josie avança dans la maison. Elle n'était encore jamais entrée chez Gretchen. Elle n'avait fait que la déposer ou passer la prendre devant chez elle, pour des raisons professionnelles. Josie sentit la culpabilité monter. Gretchen l'aimait bien, et la comprenait comme peu d'autres pouvaient la comprendre. Elles avaient un même besoin de protéger leur intimité, et avaient les mêmes problèmes personnels, liés au fait d'avoir eu une mère toxique. Josie aurait peut-être dû faire l'effort d'apprendre à mieux la connaître, essayer de faire tomber le mur de strict professionnalisme derrière lequel Gretchen se retranchait toujours.

Quand Noah revint, ils explorèrent le reste des pièces. Tout était bien rangé mais, comme au salon, l'ensemble paraissait impersonnel. Ce n'est que dans la chambre qu'ils trouvèrent quelques photos de famille. Un cadre 13 × 18 sur la commode affichait deux photos : un homme et une femme, âgés, assis à la table d'un restaurant ; et le même couple installé sur des fauteuils de jardin pliants, avec Gretchen debout au milieu, penchée sur eux, le visage illuminé d'un sourire que Josie ne lui connaissait pas.

— Agnes et Fred, dit Josie.

— Qui ça ? demanda Noah tout en ouvrant la porte de la penderie pour y jeter un coup d'œil.

— Je crois que ce sont les grands-parents de Gretchen. Elle m'a dit une fois que c'étaient eux qui l'avaient élevée quand sa mère avait été emprisonnée pour avoir accidentellement tué sa sœur.

Noah la dévisagea.

— Mon Dieu ! Qu'est-ce qui s'est passé ?

Josie se détourna des photos, de plus en plus gênée de devoir fouiller dans l'intimité de Gretchen. Mais elle devait agir comme sur n'importe quelle scène de crime, et sur n'importe quelle scène de crime, ils auraient passé toute la maison au peigne fin pour être sûrs de ne rien manquer d'important.

— La mère de Gretchen avait le syndrome de Münchhausen par procuration.

Noah se gratta la tempe du capuchon de son stylo.

— C'est ce syndrome où les parents rendent leurs enfants malades pour attirer l'attention des médecins, c'est ça ?

— Oui. Bon, Gretchen m'a dit ça en confidence donc si tout ça ne donne rien – je veux dire, si elle réapparaît dans une demi-heure avec un téléphone HS et de grandes phrases d'excuses –, tu gardes ça pour toi, tu veux bien ?

— Bien sûr. Mais si elle ne réapparaît pas...

— Oui, je sais. On va devoir se renseigner sur sa vie privée.

— C'est ça. Il va falloir joindre des gens de sa famille et leur demander s'ils ont eu de ses nouvelles récemment.

Josie entreprit d'ouvrir les tiroirs de la commode, les examina précautionneusement. Dans l'un d'eux, elle trouva une liasse de billets roulée dans une chaussette, repoussée tout au fond. Sans la déplier, Josie les compta. Il y avait près de 2 000 dollars, en billets de cent. Elle agita la liasse pour la montrer à Noah et qu'il en prenne note, puis la remit où elle l'avait trouvée et referma le tiroir. Dans celui de la table de nuit, elle découvrit une petite boîte de verre avec des incrustations rouge, noir et argent qui formaient un motif floral. À l'intérieur se trouvait une petite collection de bijoux. Elle n'avait jamais vu Gretchen en porter, mais il y avait là plusieurs colliers, bracelets et bagues, ainsi qu'un badge à son nom datant de l'époque où elle était dans la police de Philadelphie.

— D'autres objets de valeur, annonça-t-elle.

Noah dressa un rapide inventaire de la boîte et prit quelques notes.

— Donc ce n'était pas un cambriolage.

— Probablement pas, je suis d'accord avec toi. Mettner pense qu'on n'a touché à rien, et il a raison. Tu te souviens quand je me suis fait cambrioler ? On avait tout saccagé.

— Oui. On dirait que cette maison est presque inhabitée.

En soupirant, Josie quitta la chambre et jeta un coup d'œil dans les autres pièces en passant. La première était entièrement vide, pas un meuble, pas même un tapis. Le plancher luisait faiblement dans la lumière du soir qui filtrait par la fenêtre. La suivante était pleine de cartons de déménagement, qui semblaient n'avoir jamais été ouverts. Josie repéra des indications tracées hâtivement : « CUISINE », « LIVRES », « NOËL ». Gretchen vivait ici depuis au moins deux ans, et on avait l'impression qu'elle venait tout juste d'arriver. *Prévoyait-elle de ne pas rester à Denton ?* se demanda Josie. Elle s'avança dans la pièce, où deux cartons attirèrent son attention. L'un était étiqueté « AFFAIRES DE TRICOT/MAMIE », l'autre « OUTILS/PAPI ». Josie fronça les sourcils. Elle revint aux autres cartons et ouvrit celui marqué « CUISINE ». Il était quand même étrange qu'en deux ans, Gretchen n'ait même pas déballé toutes ses affaires de cuisine. Le carton contenait des ustensiles et accessoires de cuisine, tous évoquant d'une manière ou d'une autre des gallinacés. Un porte-torchons surmonté d'une tête de coq en céramique, une salière et une poivrière assorties en forme de coqs, des torchons, des sous-verre, des sets de table. Serrées à côté d'un grand bocal en céramique blanche avec un coq peint, deux plaques de bois flotté à accrocher au mur, sur lesquelles étaient gravés les mots « CUISINE CAMPAGNARDE » pour l'une, et « LE COQ

CHANTE MAIS C'EST LA POULE QUI POND DES ŒUFS » pour l'autre.

Le plancher grinça quand Noah la rejoignit.

— Qu'est-ce que c'est que cette obsession pour les poulets ? dit-il en regardant par-dessus son épaule.

— Je ne crois pas que ça appartienne à Gretchen, dit Josie.

Noah prit un air malicieux.

— Oui, je n'imagine pas Gretchen décorer sa cuisine avec de mignons animaux de la ferme. Qu'est-ce que tu en penses ?

Josie indiqua les cartons.

— Je pense que tout ça devait appartenir à ses grands-parents et qu'ils sont décédés.

— Ce qui va nous compliquer la tâche si on doit interroger les membres de sa famille pour la retrouver.

En soupirant, Josie referma le carton.

— Espérons qu'elle va refaire surface et qu'on n'aura pas à aller jusque-là.

Mais les nœuds de son estomac lui disaient le contraire.

Mettner les héla du bas de l'escalier :

— Patronne ? Lieutenant Fraley ? La légiste est arrivée.

5

La docteure Anya Feist avait déjà enfilé combinaison et charlotte en intissé. Elle s'agenouilla près du cadavre, décrocha délicatement la photo et la déposa dans le sachet en papier kraft que Mettner lui tendait. Pendant qu'il le scellait et l'étiquetait, elle se retourna vers le corps, palpa délicatement les contours sanglants de la déchirure que la balle avait faite dans le t-shirt de l'homme. Quand Josie et Noah approchèrent, elle ne leva même pas les yeux et dit :

— Je ne sais pas qui est ce jeune homme, mais on ne lui a laissé aucune chance.

Noah sortit son carnet et l'ouvrit à une page vierge.

— On en saura plus après l'autopsie, mais je peux déjà vous dire que la balle a probablement perforé le poumon, et peut-être même le cœur. Il a dû mourir en quelques secondes, si ce n'est sur le coup. Vous avez trouvé une douille ?

— Une. Du 9 mm.

Feist hocha la tête, souleva les boucles brunes qui couvraient le front du mort.

— Oui, du 9 mm, ça correspondrait. Bon sang. Il est vraiment jeune !

Elle reporta son attention sur son torse et retroussa lentement le t-shirt sur son dos pour examiner l'impact de la balle, juste au-dessous de l'omoplate gauche, à trois centimètres de la colonne vertébrale.

— Je ne vois ni résidus de poudre, ni tatouage de fumées, donc ce n'est pas un tir à bout portant.

— Nous pensons que la personne qui a tiré se tenait sur la véranda. En haut des marches, dit Josie.

La légiste évalua la distance entre la véranda et le corps.

— Alors votre tireur est soit très chanceux, soit excellent. Le gamin n'a pas eu le temps d'appeler à l'aide. La mort a été quasi instantanée.

Le fait qu'il n'ait pas souffert n'offrit qu'un très mince soulagement à Josie. La docteure Feist avait raison, il était très jeune, et Josie sentait déjà le poids du deuil que ses parents auraient à porter. Elle n'avait pas besoin d'être mère pour savoir que perdre leur fils allait les dévaster totalement. Sa vie à lui était finie, mais leur supplice ne faisait que commencer.

En soupirant lourdement, Feist se releva, s'épousseta les genoux.

— Bon. Mettez-le dans l'ambulance et envoyez-le-moi. Je vais m'y mettre tout de suite. Et je ferai prendre ses empreintes digitales.

Mettner fit signe à Hummel, qui laissa passer sous la Rubalise deux secouristes avec un brancard. Josie connaissait l'un d'eux, Owen. Il était à peine plus âgé que le mort, mais elle savait qu'il avait des enfants, des jumeaux de moins d'un an, et qu'il faisait tellement d'heures supplémentaires que les policiers de Denton étaient presque sûrs de le croiser sur chaque scène de crime où on faisait appel à une ambulance. Il leur adressa un petit salut et, aidé de son collègue, étendit une housse mortuaire au sol près du cadavre, avant de le faire rouler sur le dos pour l'allonger sur le sac ouvert. Noah fouilla les poches de devant de son pantalon, puis les deux secouristes replièrent les rabats et fermèrent la housse.

— Pas de portefeuille, grogna Noah tandis que les ambulanciers déposaient leur fardeau sur le brancard et l'emportaient vers l'ambulance, suivis de la légiste. Tu penses qu'on le lui a volé ?

Josie recula d'un pas.

— Non. Je ne sais pas. On ne sait même pas s'il est entré dans la maison et, si oui, qui d'autre était sur place. En supposant que ce ne soit pas Gretchen.

— Un complice ?

Josie remonta l'allée et contourna la maison, Noah à sa suite.

— Je pense qu'on peut dire sans prendre trop de risques que ce n'est pas un cambriolage. S'il y avait eu deux personnes ici, alors que se serait-il passé ? Elles seraient venues – pourquoi, on n'en sait rien – et puis il y aurait eu une bagarre et le tueur aurait tué son complice d'une balle dans le dos, lui aurait pris son portefeuille et l'aurait laissé sur place avec une photo mystérieuse épinglée à son col ? Sans rien prendre dans la maison ? Sans même toucher à quoi que ce soit à l'intérieur ?

— Peut-être qu'il a pris peur après avoir tué le gamin et qu'il s'est sauvé ? Par ailleurs, on ne sait pas avec certitude que rien n'a été pris dans la maison. On le suppose parce qu'elle n'a pas été saccagée et qu'on a trouvé de l'argent et des bijoux dans sa chambre. Mais il pouvait y avoir d'autres choses qui avaient de la valeur pour les voleurs, et dont on ne sait rien. Il faut vraiment que Gretchen réapparaisse et nous dise si tout est à sa place.

Josie s'arrêta devant chaque fenêtre du côté de la maison pour les examiner. Aucune n'avait l'air forcée, mais on avait installé sur tous les appuis de fenêtre extérieurs un système antieffraction artisanal.

— Regarde, dit-elle à Noah qui la suivait.

Les appuis de fenêtre se situaient presque trente centimètres au-dessus d'elle. Noah, plus grand d'une bonne tête, avait les yeux presque à leur hauteur. Il tendit la main pour les toucher.

— Attention ! dit Josie.

Noah tendit le doigt et effleura la pointe aiguë d'un des nombreux clous qui hérissaient une latte de bois posée sur l'appui de fenêtre.

— La vache ! Elle s'est fabriqué son propre système de protection.

Il essaya de déplacer la latte, mais celle-ci refusa de bouger.

— Oui, c'est cloué à son appui de fenêtre.

— Donc si quelqu'un essayait de grimper là-dessus et de rentrer par la fenêtre, il s'enfoncerait un bon paquet de clous dans la main, dit Josie.

Elle poursuivit vivement le tour de la maison, Noah sur les talons, et constata que chaque fenêtre du rez-de-chaussée était pareillement piégée. Elle revint à l'intérieur, écarta les voilages des fenêtres du salon et découvrit des bouts de bois enfoncés entre l'encadrement et le haut de chaque vantail. On ne pouvait pas ouvrir une fenêtre sans les retirer. Bien sûr, rien n'empêchait quelqu'un de briser la vitre et de passer à travers. Gretchen se figurait peut-être que le bruit du verre cassé suffirait à l'alerter, si elle était chez elle.

À côté de Josie, Noah se mit à siffler doucement.

— Ça sent la paranoïa, tout ça.

— Oui. Il y a quelque chose qui cloche, ici.

— Qu'est-ce que tu veux dire ?

Avant que Josie ait le temps de répondre, Mettner l'appela du dehors :

— Patronne, on a trouvé quelque chose.

6

Josie et Noah suivirent Mettner hors du périmètre délimité par la Rubalise et descendirent la rue, presque jusqu'à l'extrémité du pâté de maisons, où une Ford Fusion bleue était garée le long du trottoir. Mettner s'arrêta juste derrière la voiture, fit voleter ses doigts sur une tablette.

— Des voisins nous ont dit qu'ils n'avaient encore jamais vu cette voiture. Elle est là depuis ce matin. On a relevé les plaques, c'est une voiture de location, expliqua-t-il. J'ai déjà appelé Prime, la société à laquelle elle appartient. Ils m'ont confirmé qu'on l'avait louée il y a deux jours à Philadelphie.

— Au nom de qui ? demanda Noah.

Mettner plissa le front.

— Ils veulent un mandat pour nous donner cette info. J'ai déjà prévenu Lamay. Il s'occupe d'en obtenir un.

— Il y a une agence Prime pas très loin de Denton, dit Josie. On aura peut-être plus de chances en allant sur place. Un nom, ce n'est pas grand-chose.

— On termine d'abord ici. Les voisins ont vu quelque chose ? demanda Noah en se tournant vers Mettner.

— La femme qui habite en face de chez Gretchen dit qu'elle

l'a vue, à pied, dans son allée, il n'y a pas très longtemps, mais elle ne sait plus à quel moment exactement.

— À pied ? Elle a vu la voiture de Gretchen, aussi ? demanda Josie.

— Elle ne s'en souvient plus. Les agents qui ont fait l'enquête de voisinage ont essayé de la presser un peu, mais elle ne se rappelle rien qui soit vraiment utile. Elle a aussi dit que Gretchen n'arrête pas d'aller et venir.

Josie soupira.

— Donc elle a pu la voir il y a une heure ou alors tôt ce matin.

— C'est ça, grimaça Mettner. Quelques voisins ont entendu le coup de feu, mais la plupart de ceux qui étaient chez eux étaient en train de dîner ou de regarder le journal du soir à la télé. Avec en plus la clôture d'un côté et les buissons de l'autre...

— Personne n'a rien vu, acheva Josie qui sentait monter un léger mal de crâne dû à la frustration. D'accord. Je crois qu'on en a fini ici. Vous pouvez terminer de passer la scène de crime au peigne fin sans nous. Fraley et moi allons passer au commissariat pour savoir ce qu'a donné le TDM, récupérer le mandat et voir ce que Lamay a trouvé sur les bandes de vidéosurveillance.

Quand ils arrivèrent au commissariat central de Denton, grand bâtiment de pierres grises à deux étages, avec des fenêtres en ogive à deux vantaux ornées de moulures et un clocher ancien dans un angle, le soleil passait sous l'horizon et ses derniers rayons illuminaient le ciel de rose et de jaune. Ni l'un ni l'autre n'ouvrit la bouche. Noah étudiait les notes qu'il avait prises et les croquis réalisés sur la scène de crime. Josie ignorait les bourdonnements insistants de son téléphone – sa nouvelle famille qui lui envoyait des messages à propos du dîner qu'elle était en train de manquer. C'était son anniversaire, et celui de Trinity, et ce devait être leur tout premier repas d'anniversaire en famille. La culpabilité l'aiguillonnait, mais elle ne pouvait s'empêcher de penser que Gretchen avait besoin d'elle.

Josie se gara sur le parking du commissariat et ils entrèrent par le hall principal. Le sergent à l'accueil, Dan Lamay, les salua d'un hochement de tête et leur fit signe de le suivre dans la salle de vidéosurveillance, derrière le comptoir de l'entrée.

— Patronne, dit-il quand Josie et Noah entrèrent à sa suite dans la petite salle, j'ai trouvé ce que vous cherchiez.

— Inspect...

Josie allait le reprendre mais s'interrompit. Quand Lamay s'installa dans le fauteuil grinçant qui faisait face aux écrans montrant différentes parties du bâtiment, elle posa la main sur son épaule.

— Dan. Appelez-moi simplement Josie, OK ?

Il lui sourit et acquiesça. Lamay était dans le service depuis près de quarante ans. Il avait vu passer cinq chefs de police, dont Josie, et survécu à un énorme scandale. Il avait largement dépassé l'âge de la retraite mais, malgré un genou en compote et un ventre de plus en plus proéminent, Josie l'avait gardé pour tenir l'accueil du commissariat, parce que sa femme se remettait difficilement d'un cancer et que sa fille étudiait à l'université. Il avait été farouchement loyal envers elle, l'avait soutenue dans les moments les plus pénibles. Elle redoutait que Chitwood le licencie, mais jusqu'à présent Lamay n'avait pas fait de vagues et remplissait ses fonctions avec discrétion et efficacité.

— Le TDM a donné quelque chose ? demanda Josie.

Lamay désigna un ordinateur portable ouvert à un bout de la table, qui affichait une carte satellite du Sud de Denton.

— On a perdu le signal ici, dit-il en indiquant un gros trait qui représentait, Josie le savait, un pont sur le fleuve Susquehanna.

— Perdu le signal ?

— C'est impossible, intervint Noah. Vous avez envoyé des gars sur place ?

— Bien sûr, dit Lamay. Ils n'ont rien vu du tout.

Ce qui voulait dire que quelqu'un avait désactivé, ou détruit, le TDM de la voiture de Gretchen. Ou bien qu'on avait balancé la voiture dans le fleuve.

— Le garde-fou était intact ? demanda Josie.

Lamay la dévisagea un moment en se mordillant l'intérieur des joues.

— Je suppose que oui. La patrouille n'a rien signalé qui sorte de l'ordinaire.

— On va y passer avant d'aller à l'agence de location, dit Josie. Et la vidéosurveillance, ça a donné quoi ?

Lamay fit pivoter son fauteuil pour faire face au grand écran central, qui montrait le couloir du premier étage. Il avait mis la bande sur pause. Elle était horodatée, et il était indiqué dans le coin supérieur droit que les images avaient été capturées à 15 h 06. Gretchen se tenait devant la porte de la cuisine, vêtue du même uniforme que celui de Josie, avec son vieux blouson de cuir usé par-dessus sa chemise de service. Personne au commissariat n'avait jamais osé questionner Gretchen sur ce blouson, dont elle ne se défaisait jamais. Elle avait une tasse de café à la main.

Lamay lança la lecture. Ils virent Gretchen quitter lentement la cuisine, siroter son café et passer la main dans ses cheveux courts, en brosse. Puis elle s'arrêtait, sortait son téléphone et examinait l'écran d'un air perplexe. Elle paraissait hésiter avant de répondre, et se renfrogner un peu plus en le portant à son oreille. La bande était muette, ils n'entendaient donc pas ce que disait Gretchen, mais ça avait l'air sérieux. La conversation durait près de trois minutes. Puis ils la virent raccrocher, rempocher son téléphone, abandonner sa tasse sur la fontaine à eau du couloir et sortir du cadre.

— Où est-elle allée ? demanda Josie.

Lamay se tourna vers un autre écran, où s'affichaient les images du hall d'entrée.

— Elle est sortie par la porte principale, dit-il en lançant la bande.

Ils virent effectivement Gretchen arriver du premier étage, traverser le hall d'entrée et sortir, sans un regard en arrière.

— C'était son téléphone professionnel ou personnel ? demanda Noah. Si c'est son portable de service, on saura assez vite qui l'a appelée.

Josie secoua la tête.

— C'est son téléphone personnel. Je lui ai proposé d'en prendre un professionnel quand elle est arrivée chez nous, mais elle a refusé. Dan, quand on en aura fini ici, fais une demande officielle auprès de son opérateur de téléphonie. On verra si on arrive à localiser le signal de son portable. On peut revenir à la première bande-vidéo ?

Lamay se retourna vers le premier écran et relança la lecture de la bande. Josie la lui fit repasser trois fois, mais sans parvenir à lire sur les lèvres de Gretchen.

— Qu'est-ce qu'elle dit ?

Noah se pencha et repassa une fois de plus la vidéo.

— « J'arrive. » Avant de raccrocher, elle dit : « J'arrive tout de suite. »

— Zut, ça ne nous sert à rien, dit Josie. On n'a aucune idée de l'endroit où elle est allée. Tu peux essayer de deviner autre chose de ce qu'elle a dit ?

Ils visionnèrent la vidéo encore deux fois, en vain.

— Où a-t-elle bien pu aller ? Le TDM vous a appris quelque chose ?

Lamay fit oui de la tête.

— Le TDM indique qu'elle s'est garée à une rue de chez elle. Son véhicule y est resté une demi-heure, puis est reparti vers le sud, et ensuite le signal a disparu au milieu du pont.

Lamay tira l'ordinateur à lui, et en quelques clics fit apparaître plusieurs plans de quartier, dont l'un représentait le bloc des numéros 400 dans Campbell Street. La maison de Gretchen se situait au milieu de ce bloc. L'icône représentant sa voiture s'était arrêtée dans Miller Street, une rue derrière chez elle. Josie estima qu'elle ne s'était pas arrêtée exactement à la hauteur de sa maison, mais qu'elle aurait quand même pu y entrer par le fond du terrain. Mais pourquoi faire ça ? Si elle rentrait chez elle, pourquoi ne pas se garer dans son allée ? Si Gretchen avait conduit directement du commissariat à son quartier après ce coup de fil, ça voulait dire qu'elle avait vu la scène de crime. C'était logique. Et si elle s'était rendue sur place, où était-elle allée ensuite, et pourquoi avait-elle désactivé son TDM ? Ou était-ce quelqu'un d'autre qui l'avait fait ? Quelqu'un d'autre qui aurait pu tuer le jeune homme et enlever Gretchen ?

— Je vais demander qu'on lance l'avis de recherche, dit Noah.

— Bonne idée.

Josie s'arracha à l'écran de l'ordinateur, tapa sur l'épaule de Lamay.

— Merci, Dan. Tu as pu obtenir le mandat pour la société de location ?

7

À Denton, deux ponts traversaient le Susquehanna, qui serpentait à la périphérie de la ville. Celui de South Denton était assez étroit, une voie dans chaque sens, et la circulation y était peu fréquente. Sur l'autre rive, un réseau de petites routes sillonnait les montagnes jusqu'aux collines rurales et giboyeuses du comté de Lenore.

Josie s'arrêta sur le bas-côté et descendit de voiture, suivie de Noah.

— On cherche quoi, exactement ? demanda-t-il.

Une voiture passa en direction du centre-ville, puis le silence retomba dans l'air immobile, sous la lumière jaune des réverbères. Josie se pencha sur le parapet. Au-dessous d'eux, le fleuve coulait paisiblement.

— Je ne sais pas.

Noah posa la main sur le garde-fou.

— On sait au moins que Gretchen n'a pas balancé sa voiture dans le fleuve. Tout est intact. Il n'y a pas de traces visibles sur les berges. Si on y avait fait descendre une voiture, on verrait des buissons aplatis, des branches d'arbustes cassées.

— Ce qui signifie que la personne qui était au volant s'est

arrêtée sur ce pont et a désactivé le TDM, répondit Josie. Et a probablement jeté le boîtier dans le fleuve.

— Tu penses qu'il y avait quelqu'un d'autre dans la voiture ?

— Toi, tu penses que c'était Gretchen au volant ? rétorqua Josie en soutenant son regard. Tu crois qu'elle a laissé un cadavre dans l'allée de sa maison, roulé jusqu'ici, désactivé son TDM avant de le jeter dans le fleuve, et qu'ensuite, elle est simplement repartie, comme ça ?

Noah répondit d'une voix calme, raisonnable, comme toujours :

— Gretchen était au commissariat. On l'a appelée sur son portable. Elle a dit : « J'arrive tout de suite. » Elle s'est garée une rue derrière chez elle. Sa porte d'entrée était entrouverte, et la douille qu'on a retrouvée est du 9 mm, le calibre de son arme de service. Tout ce qu'on a appris indique qu'elle était chez elle quand la victime est arrivée et que c'est probablement elle qui a tiré. De plus, on ne peut pas simplement jeter un TDM par la fenêtre pour le désactiver. La personne qui l'a fait savait précisément quoi faire.

— Alors peut-être que la personne qui a tué le gamin a tiré avec l'arme de Gretchen et l'a laissé pour mort dans l'allée. Et peut-être que cette même personne sait comment désactiver un TDM, ou a forcé Gretchen à le faire.

Josie avait à peine terminé sa phrase que le doute s'installa. Si Gretchen avait été emmenée contre son gré, elle aurait trouvé le moyen de leur laisser un message, un indice. Elle aurait fait semblant de désactiver le TDM tout en laissant l'antenne intacte pour qu'on puisse le retrouver. Ou alors...

— Josie, je crois qu'il faut qu'on se dise qu'on ne connaît pas Gretchen si bien que ça, en tout cas pas assez pour savoir de quoi elle est vraiment capable.

Josie le foudroya du regard, les mains sur les hanches.

— Je la connais assez pour savoir qu'elle est incapable de

tuer un gamin en lui tirant dans le dos, de laisser son cadavre sur place et de s'enfuir.

Noah leva les mains, conciliant.

— Patronne... Je veux dire, Josie, je sais que tu as beaucoup d'affection pour elle et que, depuis son arrivée dans le service, elle s'est montrée loyale et dévouée à son métier, mais qu'est-ce que tu sais réellement de Gretchen ?

Josie le repoussa et revint vers leur voiture. Elle grogna par-dessus son épaule :

— Assez. J'en sais assez sur elle. Bon, allons à cette agence de location. Il nous faut découvrir l'identité de ce jeune homme et son lien avec Gretchen.

8

L'agence *Prime Car Rental* était sur une petite route à deux voies bordée d'arbres, à la lisière de Denton, à moins de cinq cents mètres de l'entrée de l'autoroute. Un grand parking, plein de berlines et de petits SUV impeccables de toutes les couleurs, entourait le bâtiment trapu à un seul niveau. Les tubes fluorescents de la façade, au-dessus des larges vitrines, illuminaient une petite salle d'accueil carrelée, meublée de quelques sièges en vinyle et d'une table couverte de prospectus divers. Un haut comptoir faisait face à la salle. Quand Josie et Noah entrèrent, une longue sonnerie stridente résonna quelque part à l'intérieur du bâtiment. Une jeune femme aux cheveux noirs relevés au sommet de son crâne en un chignon désordonné émergea d'une porte située derrière le comptoir. Elle portait une simple robe noire et un sweater gris à fermeture Éclair, dont elle resserra les pans en leur adressant un sourire sans conviction.

— Puis-je vous aider ?

Josie fit glisser le mandat sur le comptoir et lui montra sa carte.

— Inspectrice Quinn, et voici le lieutenant Fraley. Police de Denton.

La réceptionniste écarquilla les yeux en examinant la carte de police de Josie.

— Hé, mais je vous connais ! Vous êtes l'ancienne cheffe de la police. Votre sœur est journaliste...

— Oui, coupa Josie, c'est moi, en effet. Mais je ne suis pas ici pour...

— Oh mon Dieu ! J'ai vu l'émission *Dateline* où vous êtes passée. Je veux dire, la troisième. Vous avez résolu l'affaire où...

— Excusez-moi, mademoiselle, intervint Noah en souriant de toutes ses dents et en passant devant Josie. Je sais que l'inspectrice Quinn est une célébrité locale, mais nous sommes ici pour une enquête. En fait, c'est vraiment important. Nous espérions que vous pourriez nous aider.

Elle posa une main sur sa poitrine, et Josie remarqua qu'elle se rongeait les ongles ; il ne restait plus de son vernis que quelques écailles fanées.

— Moi ? Oh, j'adorerais pouvoir vous aider.

— Je l'espère aussi, dit Noah en pianotant sur le comptoir. Notre enquête concerne une de vos voitures de location. Ce mandat vous autorise à nous donner le nom de la personne qui l'a louée chez vous.

La réceptionniste s'empara du papier et l'examina en plissant le front. Son regard passait de Josie à Noah.

— C'est une affaire vraiment sérieuse ? demanda-t-elle en chuchotant.

— Toutes nos enquêtes sont considérées avec le même sérieux, dit Josie.

— Oui, bien sûr.

Elle posa le mandat avec précaution à côté de son clavier et se mit à taper.

— James Omar, annonça-t-elle en faisant pivoter son écran pour qu'ils puissent voir la copie de son permis de conduire. Originaire de Boise, dans l'Idaho.

Josie allait devoir comparer le permis au cadavre, mais elle était presque certaine que James Omar était bien la personne retrouvée morte dans l'allée de Gretchen. La photo sur le permis montrait un jeune homme, à la peau mate, avec des cheveux noirs bouclés et des yeux noisette. Même s'il ne souriait pas, Josie constata qu'il était beau garçon.

— Il est mignon. Et il n'a que vingt-trois ans, déclara la réceptionniste comme si elle lisait dans ses pensées.

Josie réprima une grimace. Elle ne pouvait s'empêcher de penser à tous les rendez-vous amoureux que n'aurait jamais James Omar. Qu'était-il donc venu fabriquer ici ?

— Je pensais qu'il fallait avoir vingt-six ans pour louer une voiture ?

— Oh, ça, c'est une vieille législation, dit l'autre avec un geste vague. Les sociétés de location de voitures ne l'appliquent pas toutes. Les plus modernes, comme nous, ont abaissé l'âge minimum à vingt et un ans. Ça rapporte beaucoup de clients.

Noah s'affairait à prendre des notes dans son carnet.

— Vous pourriez nous imprimer une copie de son permis, à tout hasard ? demanda Josie.

La réceptionniste sourit largement.

— Bien sûr !

Une imprimante se mit à ronronner derrière le comptoir. Elle se pencha pour attraper une liasse de feuilles qu'elle leur tendit.

— Je vous ai aussi mis le contrat de location.

— Nous avons cru comprendre qu'il avait loué la voiture à Philadelphie il y a deux jours, dit Noah.

La réceptionniste retourna l'écran vers elle et, après quelques clics, confirma :

— Oui, c'est exact. À notre agence du 3300, Chestnut Street. Vous désirez autre chose ?

Josie saisit un stylo sur le comptoir et nota l'adresse sur la liasse que leur avait donnée la jeune femme.

— Non, mais merci beaucoup. Vous avez été bien aimable.

Une fois qu'ils furent revenus à leur voiture, Noah étudia la copie du permis de conduire de James Omar.

— Qu'est-ce qu'un gamin de l'Idaho peut bien faire à Philadelphie ?

— Boulot ? Études ? suggéra Josie en démarrant, quittant le parking pour se diriger vers la morgue.

— Il a vingt-trois ans – il *avait* vingt-trois ans. Trop vieux pour être étudiant.

— Pas s'il est en thèse. Mais il travaillait peut-être à Philadelphie.

— Dans ce cas, qu'est-ce qu'il est venu faire ici ?

— C'est ce qu'on va découvrir, affirma Josie. Il y a son numéro de portable quelque part dans le contrat ?

Noah fouilla un peu.

— Oui.

Il sortit son téléphone et composa le numéro, en mettant le sien sur haut-parleur pour qu'ils puissent entendre tous les deux. Il y eut une tonalité puis : « Vous êtes bien sur le répondeur de James, laissez-moi un message. »

Noah mit fin à l'appel en soupirant.

— Il va nous falloir un autre mandat pour son opérateur téléphonique. On va demander les détails des deux dernières semaines et voir si on peut géolocaliser son téléphone, en plus de celui de Gretchen. Il n'y avait pas de téléphone dans les poches du cadavre, ni dans la voiture de location.

— Oui, faisons ça, approuva Josie. Mais d'abord, il nous faut l'identifier formellement.

La morgue, sur laquelle régnait la docteure Feist, se réduisait à une grande salle d'examen sans fenêtre et à un petit bureau. Elle se situait au sous-sol de l'hôpital Denton Memorial, vieux bâtiment de briques au sommet d'une colline qui dominait une bonne partie de Denton. L'odeur les frappa avant même qu'ils ne pénètrent dans la salle d'examen – un mélange étrange de produits chimiques piquants et de décomposition auquel Josie n'avait jamais pu s'habituer. Avec un pincement au cœur, elle se rappela être venue dans cette salle d'examen aux côtés de Gretchen, qui était, elle, totalement insensible à cette odeur de morgue et à son triste contenu, parfois presque insoutenable.

Le jeune homme était allongé, nu, sur la table d'examen illuminée par une grosse lampe circulaire. Il était mince et musclé, un physique de coureur de fond. Il avait la poitrine et les jambes larges, couvertes de poils sombres, épais. Une tête de loup aux yeux gris pénétrants était tatouée sur son biceps gauche. Feist leur tournait le dos et disposait ses instruments sur une desserte, vêtue d'une blouse bleu marine et d'une charlotte assortie qui retenait ses cheveux blond argenté. Elle se retourna sur eux quand ils entrèrent et leur sourit tristement.

— J'espère que vous avez quelque chose à me donner.

Josie lui tendit la copie du permis de conduire de James Omar. Feist l'étudia et son sourire s'éteignit.

— Oui, ça lui ressemble vraiment. Bien sûr, quand on aura contacté la famille, l'identification du tatouage confirmera définitivement la chose.

Elle s'avança jusqu'à la table d'examen et plaça la copie du permis à côté du visage du mort. Josie et Noah s'approchèrent pour observer. Pour Josie, la mort semblait toujours ôter quelque chose d'essentiel à l'apparence physique des gens, au point qu'ils ne ressemblaient plus à ce qu'ils étaient de leur vivant. Ce qui faisait que ce jeune homme était James Omar avait disparu, n'en laissant qu'une coquille inerte. Et pourtant la forme du visage, la couleur des cheveux, des yeux et de la peau étaient identiques.

Noah soupira lourdement.

— C'est bien lui.

La légiste leur montra la copie du permis de conduire.

— Je peux garder ça ?

— Bien sûr, dit Josie qui sortit son téléphone pour en prendre une photo.

La procédure usuelle, lorsqu'un meurtre survenait dans sa juridiction mais que la victime venait d'un autre État que la Pennsylvanie, voulait que Feist, en tant que légiste de Denton, joigne le médecin légiste du comté de l'État où résidait la victime ; il appartenait à cet autre légiste de rédiger le certificat de décès et de mettre la famille en contact avec la police de Denton.

— Je vais demander au service médico-légal de Boise de vous contacter une fois que le certificat de décès sera établi. J'imagine que vous voudrez interroger des membres de sa famille ?

— Oui, répondit Josie. Nous avons beaucoup de questions à leur poser.

9

MAI 1993

L'inquiétude ne monta que peu à peu. Luisa Munroe ne comprit pas ce qui se passait, au début. Elle ne se rendit même pas compte qu'il se passait quelque chose. En rentrant chez elle après avoir terminé son poste, de 15 heures à 23 heures, au Northwest Hospital, elle était plus préoccupée par ses douleurs au bas du dos que par la lampe de la véranda restée éteinte. Elle ouvrit la porte et se coula dans l'obscurité du salon.

— Josh ?

Elle fit jouer l'interrupteur situé à côté de la porte. Rien. Elle soupira, fatiguée, et se demanda depuis quand l'électricité était coupée. Assez longtemps pour gâcher toute la nourriture stockée dans le congélateur ? Elle jeta son sac sur le divan et se rendit à la cuisine. Un mince rayon de lumière éclairait faiblement la pièce. Luisa tourna la tête vers la gauche : le spot installé dans la cour des voisins brillait, comme d'habitude, éclairant la fenêtre de leur cuisine. Ça faisait des mois qu'elle demandait à Josh d'y installer un store vénitien, parce que le crétin d'à-côté refusait d'orienter son spot dans une autre direction. Elle appela une seconde fois :

— Josh ?

Elle traversa la pièce et alla ouvrir la porte de derrière, faisant tinter le carillon en forme de montgolfière accroché au-dessus du vantail au passage. Elle jeta un coup d'œil dehors et remarqua pour la première fois que les fenêtres de toutes les maisons voisines étaient éclairées, ce qui signifiait qu'eux seuls étaient privés d'électricité. En retraversant la cuisine, elle découvrit le dessin collé à la porte de leur réfrigérateur. Une feuille de papier blanc zébrée de traits de couleur maladroits ; une maison dessinée par un enfant, agrémentée d'un pauvre soleil jaune et de quatre personnages filiformes.

— Josh ! appela une nouvelle fois Luisa avec une trace de panique dans la voix.

Ils n'avaient pas d'enfants. Ni leurs amis ni leurs collègues n'avaient d'enfants. Les voisins avec qui ils avaient sympathisé n'avaient pas d'enfants. Ils n'avaient même ni neveux ni nièces. Une des choses qui les rapprochaient, qui avaient cimenté leur couple, était qu'ils ne voulaient *pas* avoir d'enfants. Ils étaient heureux. Ils n'avaient besoin de rien. Beaucoup de gens avaient du mal à comprendre cette décision mais, à leurs yeux, elle était logique.

Luisa travaillait dans un service de soins intensifs, où la fragilité de la vie était douloureusement apparente, mais surtout, elle n'avait aucun contact avec des enfants. À moins de considérer les adultes dont les parents mouraient parfois dans son service comme des enfants. Josh était mécanicien automobile, et il passait le plus clair de ses journées allongé sous un véhicule, sans contact avec les clients, et encore moins avec leurs enfants. Les yeux rivés sur le dessin, Luisa tenta en vain d'imaginer dans quelles circonstances on avait bien pu offrir à son mari ce dessin, qu'il aurait accroché au réfrigérateur.

Le dessin – d'où qu'il soit venu – ne leur appartenait pas.

Soudain, le silence qui régnait dans la maison lui parut assourdissant. Elle se précipita vers leur chambre et ouvrit la porte en grand. Elle eut le temps d'apercevoir Josh, à genoux au pied de leur lit, torse nu, les mains ligotées dans le dos, avant que le faisceau d'une lampe torche ne l'éblouisse.

Puis elle entendit une voix qu'elle ne connaissait pas.

— Oh, tu es rentrée, parfait. On va pouvoir commencer.

10

AUJOURD'HUI

Bob Chitwood était le chef de la police de Denton depuis près de six mois et son bureau semblait encore provisoire : aucune touche personnelle, et la boîte d'archives avec laquelle il était arrivé la première semaine après sa nomination était encore posée, fermée, sur un coin de son grand bureau. Josie, qui attendait en compagnie de Noah que son chef mette fin à sa communication, regarda autour d'elle et remarqua que le pêle-mêle de liège où elle avait punaisé des photos ainsi que les murs où elle avait accroché diplômes, certificats et autres citations étaient désormais nus. Elle n'avait pas aimé être cheffe – cela demandait beaucoup de travail administratif et de manœuvres politiques qui ne lui convenaient pas –, mais cela lui faisait un drôle d'effet de se trouver de nouveau de ce côté-ci du bureau.

Chitwood raccrocha, se renfonça dans son fauteuil, les mains jointes, et les dévisagea, sourcils levés. Grand, mince, il avait la soixantaine et des cheveux blancs qui se raréfiaient, avec des mèches qui flottaient perpétuellement au-dessus de son crâne comme si elles n'y étaient pas très solidement attachées.

Ses joues étaient grêlées de cicatrices d'acné et un début de barbe grise ornait son menton. Josie ne savait jamais s'il essayait de se faire pousser un bouc ou s'il oubliait toujours de se raser à cet endroit.

— Je veux un mandat d'arrêt à l'encontre de l'inspectrice Palmer, déclara-t-il. Pour homicide volontaire avec préméditation.

— Quoi ?! hoqueta Josie.

Noah, toujours plus mesuré qu'elle, intervint :

— Chef, je ne suis pas certain qu'on ait assez d'éléments pour inculper l'inspectrice Palmer de meurtre.

— J'ai déjà discuté avec les services de la procureure, répondit Chitwood. Un gamin de vingt-trois ans s'est fait tuer dans son allée, d'une balle dans le dos. On sait qu'elle était sur place, ou à proximité, quand le coup de feu a été tiré. Elle a disparu depuis et son TDM a été retiré de son véhicule. Qu'est-ce qu'il faut de plus pour délivrer un mandat d'arrêt, selon vous ? Ce n'est qu'une question de temps avant que la presse n'apprenne tout ça. On ne peut pas donner l'impression de rester les bras croisés.

Josie l'interrompit en essayant de modérer son ton, sachant que c'était l'émotion qui la faisait réagir, et en tentant de mettre ses sentiments de côté :

— Chef. Je peux m'occuper des journalistes, j'en connais quelques-uns. Mais écoutez-moi. Gretchen Palmer est des nôtres. Nous avons déjà lancé un avis de recherche, pour elle et pour son véhicule. Nous avons faxé une demande de relevé à son opérateur de téléphonie pour essayer de localiser son téléphone. Je connais l'inspectrice. C'est moi qui l'ai embauchée. Je travaille avec elle depuis plus de deux ans. Je ne la crois pas capable de faire une chose pareille. Je pense que quelqu'un d'autre est impliqué dans l'histoire.

Chitwood se pencha en avant, faisant grincer son fauteuil, et posa les mains sur les accoudoirs.

— Ce que vous pensez ne m'intéresse pas, Quinn. Vous croyez que Tara ne m'a pas averti de me méfier de vous et de votre comportement autoritaire ?

— Chef, intercéda Noah. Tara... Je veux dire, Mme la maire, n'est jamais objective quand il s'agit de l'inspectrice Quinn.

Chitwood eut un sourire qui n'avait rien d'amical.

— Parce que vous, vous l'êtes ? Si je ne me trompe, vous et Quinn êtes en couple depuis qu'elle a repris du service. Alors ne me parlez pas d'objectivité, Fraley, sinon vous allez avoir de gros ennuis dans peu de temps.

Josie leva les mains.

— Je vous en prie, on s'éloigne du sujet, là. Restons concentrés sur Gret... sur l'inspectrice Palmer. Je disais seulement qu'on pourrait peut-être lui accorder le bénéfice du doute. Et la considérer comme une personne disparue plutôt que comme une criminelle en fuite. Je vois bien que l'affaire se présente mal, mais ce n'est pas tout blanc ou tout noir. Il y a cette photo du petit garçon datée de 2004. Pourquoi Gretchen aurait-elle tué ce type avant d'épingler une vieille photo sur son cadavre ? Il y a autre chose là-dedans, et j'aimerais avoir la possibilité de découvrir ce que c'est avant qu'on se mette à désigner des coupables.

Chitwood réfléchit à ce qu'elle venait de dire. Josie pouvait presque sentir la fureur de Noah irradier, par vagues. Elle lui jeta un regard en coin et vit qu'il avait les joues rouges, signe qu'il bouillonnait. Noah était ordinairement d'un tempérament posé mais Chitwood l'avait piqué au vif, et elle comprenait très bien pourquoi. Leur nouveau chef sous-entendait que leur relation amoureuse les empêchait d'accomplir leur mission correctement, alors que c'était tout l'inverse. Ils n'avaient entamé leur liaison qu'après que Josie avait été mise en congé pour raisons médicales – d'ailleurs, pouvait-on même appeler ça une liaison, puisqu'elle n'avait jamais été consommée ? Quoi qu'il en soit, depuis deux ans, ils avaient toujours fait passer le travail avant tout le reste.

Elle accrocha le regard de Noah et articula silencieusement : « Laisse tomber. »

Il détourna les yeux.

— Laissez-nous au moins un peu de temps, supplia-t-il. Soixante-douze heures. On considère l'inspectrice Palmer comme une personne disparue. Si on ne l'a pas retrouvée d'ici là, vous lancez le mandat d'arrêt. Dans un cas comme dans l'autre, notre service et la police d'État seront à sa recherche.

Chitwood les dévisagea longuement, son regard dur passant de l'un à l'autre, et finit par dire :

— Je vous laisse quarante-huit heures.

11

— On ne pourra jamais résoudre cette affaire en quarante-huit heures, grommela Noah.

Ils sortaient du bureau de Chitwood pour rejoindre la grande salle, là où on avait regroupé les bureaux, où tous les policiers de Denton remplissaient leurs dossiers, passaient leurs coups de fil et menaient leurs recherches. Josie, Noah et Gretchen avaient leurs postes de travail attitrés, leurs collègues se partageaient les autres. C'est Noah qui s'était chargé de transférer les effets personnels de Josie pendant qu'elle était en congé et qui avait installé son nouveau bureau d'inspectrice face au sien. Celui de Gretchen, sur le côté, formait un T avec les leurs.

Furieux, Noah jeta son carnet sur son bureau. Josie, quant à elle, ne put s'empêcher d'observer la place vide de Gretchen. Comme d'habitude, tout y était net et en ordre. Les dossiers sur lesquels elle travaillait étaient soigneusement empilés dans un angle. Ses stylos étaient bien rangés dans un vieux mug estampillé « Police de Denton » qui lui servait de pot à crayons. Josie contourna son propre bureau, encombré de paperasse, et entreprit d'ouvrir les tiroirs de Gretchen.

— On ne la résoudra pas en quarante-huit heures, acquiesça-t-elle, mais on pourra peut-être retrouver Gretchen d'ici là.

Noah ôta sa veste et la posa sur le dossier de son siège. Bras croisés, il regardait Josie fouiller le bureau de leur collègue.

— D'un claquement de doigts, comme ça ?

Josie le foudroya du regard.

— On suit les indices, Fraley.

Il se mit à rire et s'assit à son bureau.

— De quels indices tu parles ? Parce que, personnellement, je n'en vois absolument aucun.

Le poste de travail de Gretchen ne recelait que des fournitures de bureau, quelques produits pharmaceutiques – du fil dentaire, un flacon d'ibuprofène, quelques comprimés d'Alka-Seltzer – et des dossiers de travail.

— Il me faut son dossier personnel, déclara Josie.

Elle retourna voir Chitwood dans son bureau et attendit plusieurs minutes qu'il déniche le dossier d'embauche de Gretchen. Il n'avait pas pris le temps de déballer ses effets personnels, mais il avait eu celui de modifier le système de classement mis en place par Josie lorsqu'elle avait dirigé le service. Enfin, elle revint à son bureau, le dossier de Gretchen en main. Noah fit rouler son siège pour se mettre à côté d'elle.

— Tu cherches le numéro de la personne à contacter en cas d'urgence, c'est bien ça ?

— Oui, confirma Josie. Quand elle a commencé ici, elle a forcément dû donner les coordonnées de quelqu'un.

Sur les divers formulaires remplis par Gretchen, elle avait inscrit un nom : « Caroline Weber », et dans la case « lien de parenté », avait noté : « Cousine. » D'après l'indicatif téléphonique, cette cousine devait habiter Pittsburgh ou ses environs. À quatre heures de route de Denton, à l'ouest.

Josie sortit son téléphone et composa le numéro. Une femme répondit à la troisième sonnerie :

— Allô ?

Josie avait imaginé une voix plus vieille.

— Bonjour, je suis l'inspectrice Josie Quinn, de la police de Denton. Je vous appelle à propos de votre cousine, Gretchen Palmer.

— Gretchen ? répéta la femme, surprise. Il lui est arrivé quelque chose ?

— Pour être honnête, nous n'en sommes pas très sûrs. Des coups de feu ont été tirés chez elle un peu plus tôt dans la soirée, et nous ne parvenons pas à la localiser depuis. Elle vous a désignée comme personne à contacter en cas d'urgence. Je me demandais si vous ou quelqu'un de votre famille aviez eu de ses nouvelles récemment.

Le silence fut si long que Josie crut que la communication avait été coupée.

— Madame Weber ?

L'autre se racla la gorge.

— Docteure Weber.

— Pardon ?

— Docteure Weber. Je termine mon internat au centre hospitalier universitaire de Pittsburgh.

Josie ne voyait pas très bien le rapport avec la disparition de Gretchen, mais ne releva pas et poursuivit :

— Excusez-moi. Docteure Weber, auriez-vous eu des nouvelles de Gretchen, récemment ?

Un soupir.

— Écoutez, inspectrice...

— Quinn, compléta Josie.

— Inspectrice Quinn. Je sais pourquoi Gretchen m'a désignée comme personne à contacter en cas d'urgence. Je ne suis qu'à quelques heures de route. Je suis médecin, donc tout à fait à même de prendre une décision médicale à sa place au cas où elle n'en ait pas la capacité. Mais Gretchen et moi ne sommes pas proches. Nous ne nous sommes pas parlé depuis des années.

Elle m'envoie des cartes postales de vacances, c'est à peu près tout.

— Donc elle ne vous a pas contactée aujourd'hui ?

— Non. Enfin, je peux prendre votre numéro et vous prévenir si elle me contacte mais, pour l'instant, je ne peux rien pour vous.

Josie voyait bien pourquoi Gretchen n'était pas proche de cette femme. Elle était froide comme une nuit d'hiver. Elle ne s'était inquiétée ni de la santé ni de la situation de Gretchen, n'avait pas posé une seule question sur les coups de feu. Josie se demanda brièvement si c'était parce que Gretchen l'avait déjà mise au courant et qu'elle mentait en disant qu'elle n'avait pas eu de ses nouvelles.

— Y a-t-il un autre membre de votre famille que Gretchen pourrait contacter si elle avait des ennuis ou besoin d'aide ?

— Non, pas depuis la mort de nos grands-parents, il y a quelques années. Je suis probablement la personne la plus proche de Gretchen, et nous le sommes très peu. Ma mère était la sœur du père de Gretchen. Son père est mort. J'ai une sœur plus âgée, mais elle vit dans l'Ohio. Gretchen a plusieurs oncles et tantes du côté de sa mère, mais je suis convaincue qu'elle n'a pas gardé de liens avec eux. Surtout à cause de...

Elle n'acheva pas sa phrase.

— Je comprends, docteure Weber. Je suis au courant pour sa mère. Gretchen m'en a parlé. Vous ne sauriez pas comment les contacter, cependant ?

— Moi, non, mais ma mère doit avoir leurs coordonnées. Je peux lui demander et vous envoyer un SMS si vous me donnez votre numéro, proposa-t-elle.

— Ça nous serait très utile. Merci. Ah, une dernière chose. Puis-je vous envoyer une photo ? La photo d'un jeune garçon que nous avons trouvée chez Gretchen. Nous essayons de savoir qui est cet enfant.

— Bien sûr. Envoyez-la-moi. Je vous ferai signe si je le reconnais.

— Bien sûr. Envoyez-la-moi. Je vous ferai signe si je le reconnais.

12

JUILLET 1993

Mary était au lit, le corps tendu, l'oreille aux aguets. Ça recommençait. Un bruit. Comme des verres qu'on entrechoque, mais pas tout à fait. C'était un peu plus musical. Elle donna un coup de coude à son mari, qui grogna, et lui saisit l'épaule.

— Tim, réveille-toi, chuchota-t-elle. J'entends du bruit.

Elle dut s'y reprendre à plusieurs fois pour le réveiller. Il dormait toujours comme s'il avait pris des somnifères. Enfin, une bonne claque sur le haut du dos l'arracha au sommeil, et il releva brusquement la tête. Sous ses cheveux bruns en bataille, il lui lança un regard mauvais.

— Bon Dieu, Mary. Qu'est-ce qui se passe encore ?

Elle porta un doigt à ses lèvres pour le faire taire. Il leva les yeux au ciel mais tendit l'oreille. Le tintement se fit de nouveau entendre.

— Ce sont les voisins qui mettent leurs bouteilles de verre au recyclage, dit-il dédaigneusement en renfonçant sa figure dans l'oreiller.

Mary lui pinça durement le bras.

— Aïe, merde, Mary !

Mais Tim sortit du lit, en grommelant dans sa barbe quelque chose qui finissait par « conneries ».

— Je t'ai entendu jurer, tu sais, dit Mary, pendant qu'il tâtonnait à la recherche de ses lunettes sur la table de nuit puis disparaissait dans l'obscurité du couloir.

La couverture serrée contre sa poitrine, elle guetta les bruits que faisait Tim en inspectant la maison. Elle entendit le grincement caractéristique de la porte d'entrée, deux fois. Puis de nouveau les pas de Tim. Elle l'entendit se débattre avec la porte du jardin. La météo humide de ces derniers temps avait fait gonfler le bois. Ça faisait un moment qu'elle lui demandait de la raboter pour qu'elle s'ouvre et se ferme plus facilement. Puis vint un son métallique, comme s'il se débattait avec l'objet à l'origine du tintement. Ça ne ressemblait pas à celui qu'aurait pu faire un bac de recyclage plein de bouteilles de bière. Il y eut un grand bruit qui la fit sursauter, comme si quelque chose atterrissait sur ce qu'elle supposa être la table de la cuisine. Puis la porte de derrière claqua.

Même à la faible lueur de la lune qui éclairait la fenêtre de leur chambre, Mary vit que son mari était furieux.

— Saleté de carillon, dit-il en se remettant au lit et en reposant ses lunettes sur la table de nuit. Mais qu'est-ce qui t'a pris ? Si quelqu'un lâche un pet à trois rues d'ici, ça te réveille. Tu es bien la dernière personne à avoir besoin d'un carillon.

Mary sentit l'aiguillon de la peur s'enfoncer dans sa poitrine.

— Un carillon ? Mais je n'ai pas acheté de carillon !

— Alors qui est-ce qui l'a accroché au-dessus de la porte, Mary ? La petite souris ?

Il était déjà en train de se rendormir quand elle repoussa les draps et sortit du lit. Dans le noir, elle trouva automatiquement son chemin jusqu'à la cuisine, où la lueur des réverbères de la rue lui permit de voir, effectivement, un carillon jeté en vrac sur la table. En s'approchant, elle s'aperçut qu'il imitait la forme d'une montgolfière.

Elle revint précipitamment dans la chambre.

— Tim, dit-elle en franchissant le seuil, ce n'est pas moi qui ai acheté ça. Quelqu'un d'autre...

Les mots se bloquèrent dans sa gorge quand le faisceau d'une lampe torche l'éblouit. Elle leva une main pour se protéger les yeux. Au-delà du cercle lumineux, elle crut voir ceux de Tim, écarquillés, terrifiés. Il était assis sur leur lit, le canon d'un pistolet sur la tempe.

— Sauve-toi ! dit-il.

Puis une autre voix se fit entendre. Une voix masculine. Inconnue.

— Oh non, Mary n'ira nulle part. On allait juste commencer.

13

AUJOURD'HUI

La photo du jeune garçon datée de 2004, épinglée au cadavre de James Omar, ne disait rien à Caroline Weber. Josie lui demanda de la transmettre à sa mère et à sa sœur pour voir si elles le connaissaient, mais leur réponse fut tout aussi négative. Elles purent, en revanche, donner assez rapidement à Josie les noms et numéros de téléphone des autres membres de la famille de Gretchen. Josie et Noah se partagèrent la liste et commencèrent à passer leurs coups de fil. Personne n'avait de nouvelles de Gretchen ; tous acceptèrent de recevoir par SMS la photo du garçon, mais aucun ne le reconnut.

Il était près de 23 heures et ils étaient dans l'impasse.

Noah s'enfonça dans son fauteuil, s'étira et croisa les mains derrière sa nuque.

— On devrait s'arrêter là pour ce soir.

— Sa mère est encore en vie, dit Josie, ignorant sa remarque, tout en prenant des notes à son bureau.

— Sa mère est en prison, rétorqua Noah.

— Je peux appeler le directeur et demander qu'on lui montre la photo. Je n'ai pas besoin d'aller en personne à la prison.

— Hmm, en effet, je pense qu'y aller toi-même ne serait pas la meilleure des idées.

La mère de Gretchen était détenue dans le même établissement pénitentiaire que la mère de Josie – ou plutôt que la femme qui avait enlevé Josie à sa vraie famille et s'était fait passer toute sa vie pour sa mère. Lila Jensen était l'incarnation de la toxicité, du mal. Même un cancer avancé des ovaires n'avait pu la tuer. Quand on l'avait jetée en prison après qu'elle eut plaidé coupable des multiples charges dont on l'accusait, les médecins lui avaient donné trois mois à vivre. C'était il y a six mois de ça, et la vipère vivait encore. Josie n'était pas obligée de voir Lila Jensen si elle rendait visite à la mère de Gretchen à la prison de Muncy, mais elle n'avait aucune envie de ne serait-ce que s'en approcher.

— Et puis, ajouta Noah, en 2004, la mère de Gretchen était déjà en prison, non ?

— Oui, mais il est toujours possible que d'autres membres de sa famille aient gardé le contact avec elle. L'administration pénitentiaire doit avoir une liste des gens qui sont allés la voir ou qui lui ont écrit. Je sais que c'est tiré par les cheveux, mais il ne faut pas écarter cette piste trop vite.

Elle dénicha sur son ordinateur le numéro du directeur de la prison et sortit son téléphone. Noah se leva, fit le tour de son bureau et posa doucement sa main sur la sienne.

— Je crois que tu oublies qu'il est vingt-trois heures.

Josie leva les yeux vers lui et ouvrit la bouche pour protester, mais il la devança.

— Je sais. Je sais que tu n'as pas envie de t'arrêter, mais on ne peut plus rien faire pour l'instant. L'avis de recherche a déjà été lancé pour Gretchen et sa voiture. Si on repère l'une ou l'autre cette nuit, on nous préviendra. Les autorisations d'accéder aux données des téléphones de Gretchen et de James Omar ont été demandées à leurs opérateurs. J'ai aussi envoyé une requête pour accéder aux relevés de compte bancaire et de cartes de paiement de Gretchen, donc on pourra savoir s'il y a eu du mouvement sur son compte. On devrait obtenir tout ça demain, mais pas avant. On ne peut pas appeler le directeur de la prison de Muncy ou la famille d'Omar avant demain. On s'y remettra à la première heure. Mais maintenant, on va se prendre d'infâmes sandwichs à la supérette et rentrer à la maison.

Noah était toujours plein de bon sens.

Josie se leva, un léger sourire aux lèvres.

Il baissa la voix :

— Tu viendrais chez moi cette nuit ?

Son contact était électrisant. Josie avait très, très envie de passer quelques heures à penser à autre chose qu'à Gretchen. Elle avait très, très envie d'aller au bout de ce qu'ils avaient commencé si souvent depuis quelques mois. Au moment où elle ouvrait la bouche pour accepter, son téléphone se mit à pépier. Un message de Trinity :

On a rapporté du gâteau du restaurant. Tu rentres ?

Suivait une photo des quatre Payne dans la cuisine de Josie, rassemblés autour d'un gâteau d'anniversaire, souriants. Sa famille. La famille dont elle avait toujours rêvé, enfant. La famille pour laquelle elle aurait tout donné quand elle était enfermée, des heures durant, dans le placard sombre de la caravane de Lila Jensen. Une pointe de nostalgie lui tirailla le ventre. Elle montra la photo à Noah.

— Cette nuit, je ne peux pas, murmura-t-elle.

Il parvint presque à masquer sa déception, qui ne dura qu'un bref instant, puis sourit à Josie.

— Oui, tu ferais mieux de les rejoindre. On aura beaucoup d'autres nuits à passer ensemble, toi et moi.

Josie résista à l'envie de l'embrasser. C'était impossible, là, sur leur lieu de travail. Elle se contenta d'un simple :

— Merci.

14

Même après avoir fêté son anniversaire avec les Payne jusqu'à 2 heures du matin, Josie se leva à 6 heures, se doucha et s'affaira dans la cuisine en attendant que le café soit prêt. Son téléphone gazouilla. Un SMS de Noah, lui annonçant qu'il était en route pour le commissariat. *J'arrive dans dix minutes*, répondit-elle.

En pêchant dans son placard une tasse de voyage, elle fit tomber une pile de boîtes Tupperware. Elle tenta bien de les rattraper mais ne put en retenir que deux, le reste tombant au sol à grand bruit. Elle ramassa et déposa le tout dans l'évier, puis tendit l'oreille en espérant que le fracas n'avait pas réveillé ses invités. Comme tout semblait silencieux, elle se servit son café et referma le couvercle de son gobelet.

Elle pensa à Gretchen, à sa maison vide, à sa famille qui n'avait presque aucun contact avec elle, aux photos de ses grands-parents adorés qui n'existaient plus maintenant dans sa vie que grâce à quelques objets remisés dans des cartons. Elle se demanda si Gretchen avait déjà invité quelqu'un chez elle depuis qu'elle vivait à Denton. Et à quoi pouvait bien ressembler la vie d'une personne qui piégeait ses propres fenêtres.

Au début, Josie avait cru devenir folle avec tant de gens

autour d'elle. C'était un gros changement après avoir vécu seule si longtemps, mais elle avait fini par apprécier. Quand sa maison était vide et silencieuse, elle avait trop de temps pour repenser à tout ce qui lui était arrivé ces derniers mois, et à tout ce dont Lila Jensen l'avait privée. Les idées noires et une angoisse perverse s'installaient. Avant, l'alcool et le sexe lui permettaient de noyer cette souffrance. Elle essayait désormais de l'apaiser avec l'affection des gens qu'elle aimait : les Payne, sa grand-mère, Misty, le petit Harris. Et Noah.

Elle pouvait presque se laisser aller à croire qu'elle devenait adulte.

Josie prit un morceau du gâteau d'anniversaire de la veille et l'avala en deux bouchées tout en sortant de chez elle, l'esprit de nouveau tourné vers James Omar. Gretchen l'avait-elle invité chez elle ? Comment se connaissaient-ils ? Se connaissaient-ils seulement ?

Noah était déjà assis à son bureau, le téléphone collé à l'oreille, quand elle arriva au commissariat. Elle se coula sur son siège et attendit qu'il raccroche.

— Le directeur sera à la prison à huit heures ; il va s'occuper de faire passer notre photo à la mère de Gretchen. Il m'a aussi dit que Gretchen n'est jamais allée la voir depuis qu'elle est incarcérée, donc je doute qu'elle puisse savoir où est passée sa fille. Mais elle a bien deux cousines, de son côté, qui sont venues plusieurs fois la voir en prison et qui lui écrivent de temps en temps. Donc tu avais raison. Ça vaut le coup qu'elle puisse au moins jeter un œil à la photo.

— Très bien. Je ne suis pas très étonnée que Gretchen ne l'ait jamais contactée. Mais je pense qu'on prend tout ça par le mauvais bout. Réfléchis. Où Gretchen a-t-elle passé le plus clair de ces quinze dernières années avant de débarquer à Denton ?

— La police de Philadelphie. Brigade criminelle. On devrait interroger ses anciens collègues.

— Exactement, répondit Josie.

Elle ouvrit le tiroir central de son bureau, en sortit le dossier personnel de Gretchen qu'elle y avait rangé la veille et se mit à le feuilleter, à la recherche de son CV et de ses références. Le premier nom sur la liste était celui d'un lieutenant de la brigade criminelle, Steven Boyd.

Josie sortit son portable pour appeler la brigade criminelle de Philadelphie et demanda le lieutenant Boyd, mais on lui répondit qu'il ne prenait son service qu'à 16 heures ce jour-là. Il fallait qu'elle rappelle plus tard. En soupirant, elle se connecta à Facebook pour voir si James Omar avait un compte. Elle le trouva immédiatement. Sa photo de profil montrait son visage en gros plan, boucles au vent. À l'arrière-plan, Josie devina une plage. Elle parcourut le reste de ses photos, mais il y en avait peu. Il ne semblait pas passer beaucoup de temps sur les réseaux sociaux. Il n'y avait que quelques photos de lui avec des jeunes hommes de son âge, d'autres avec ses parents et une jeune femme qui devait être sa sœur cadette, car elle ressemblait à la fois à James et au couple plus âgé des photos. On les voyait à un concert en plein air, en train de visiter le campus d'une université, à table pour Thanksgiving ou en train d'abattre leur propre sapin de Noël géant. Ils avaient l'air heureux. Josie sentit son cœur se serrer. Aujourd'hui, ils se réveilleraient dans un monde où ils ne le seraient jamais plus. En tout cas, pas comme avant.

Elle se désintéressa des autres photos et se concentra sur la liste de ses amis. Elle était longue. En soupirant, Josie entreprit de l'étudier, cherchant un lien possible avec Gretchen ou avec la ville de Denton.

Trois heures plus tard, elle avait un bon torticolis, mais toujours aucun indice. La plupart des amis d'Omar vivaient dans l'Idaho. Quelques dizaines d'autres habitaient Philadelphie ou les environs. Le reste était dispersé dans tout le pays. Josie ne trouva aucun lien avec Gretchen ni avec Denton.

Alors pourquoi diable James Omar avait-il loué une voiture pour venir jusqu'ici ? Et qu'était-il venu faire chez elle ?

Josie cliqua sur l'onglet « À propos ». Sans surprise, il y était dit que sa ville natale était Boise, dans l'Idaho. Il se présentait comme célibataire, et avait fait ses premières années d'université à Purdue. Il était actuellement doctorant à l'université Drexel de Philadelphie. Elle s'était précipitée sur les photos et la liste d'amis, alors que l'onglet « À propos » lui aurait fait gagner du temps. Cela résolvait le mystère de sa présence à Philadelphie.

— J'avais raison, dit Josie en levant les yeux vers Noah.

Il la rejoignit et scruta son écran.

— Bon, ça nous fait deux liens avec Philadelphie. L'ancien lieutenant de la brigade criminelle cité comme référence par Gretchen et l'université Drexel.

Josie se leva et se dirigea vers le bureau du chef Chitwood. Par-dessus son épaule, elle annonça :

— On part à Philadelphie.

15

— Vous ne partez pas à Philadelphie, déclara Bob Chitwood.

Debout derrière son bureau, mains sur les hanches, il toisait Josie et Noah.

— Chef, plaida-t-elle, tous les indices convergent vers Philadelphie. Il faut bien que quelqu'un y aille.

— Bien sûr. Quelqu'un. Mais pas vous deux. Vous croyez que vous allez vous offrir une escapade romantique aux frais de la maison ? Vous perdez les pédales.

De nouveau, Josie vit Noah se raidir, sa mâchoire se serrer. Il ouvrit la bouche pour répliquer mais Josie le devança :

— Chef, Gretchen a vécu et travaillé à Philadelphie pendant plus de quinze ans avant de venir chez nous. Il y a de bonnes chances qu'elle y soit retournée, et nous n'avons pas d'autres d'indices. Et puis j'ai besoin de me pencher sur ce que faisait Omar à Philadelphie, d'essayer de savoir pourquoi il a loué cette voiture pour venir à Denton. Ça ne prendra qu'un jour ou deux.

Chitwood soupira.

— Très bien. L'un de vous deux peut y aller. Mais j'ai besoin de l'autre ici. Surtout avec Palmer dans la nature. Quinn, vous êtes la plus gradée, c'est vous qui partez. Mais vous avez intérêt à être rentrée d'ici mercredi, sinon je vous colle un rapport. Et maintenant, foutez le camp de mon bureau.

Noah tourna les talons et sortit, furieux. Josie lui emboîta le pas mais ils se séparèrent en arrivant dans la salle centrale. Noah continua tout droit – pour sortir prendre l'air avant d'exploser, supposa Josie – tandis qu'elle se rasseyait à son bureau, où le téléphone sonnait.

— Inspectrice Quinn, j'écoute, annonça-t-elle.

Une voix d'homme, flûtée, la salua et sa poitrine se serra. Elle n'avait pas besoin de demander qui était son correspondant. La douleur du deuil était reconnaissable dans n'importe quelle voix.

— Monsieur Omar ?

Il se racla la gorge.

— Randall Omar, oui. Je suis... Je suis le père de James.

— Merci de m'avoir appelée. Je vous présente toutes mes condoléances.

— Merci, répondit-il d'une voix serrée. Le... le médecin légiste de Boise nous a contactés. Et nous a dit, pour... pour James. Il a dit que vous étiez la personne chargée de retrouver son... son...

— Son assassin, compléta Josie. Oui, je ferai tout mon possible pour débusquer la personne qui a tué votre fils et la remettre à la justice. Je vous en fais la promesse.

— Merci, répéta Randall Omar d'une voix rauque. Vous avez des pistes ?

Josie lui résuma ce qu'elle savait, en faisant de son mieux pour éluder les détails les plus sinistres. Il ne servait à rien de bouleverser encore plus ce père en deuil qui venait d'apprendre qu'on avait tué son fils de sang-froid.

— Monsieur Omar, votre fils a été retrouvé dans l'allée d'une femme appelée Gretchen Palmer. Ce nom vous évoque-t-il quelque chose ?

— Non, je suis désolé. Je peux demander à mon épouse mais ça ne me dit rien du tout. Et cette photo dont vous parlez... Un petit garçon, dites-vous ? Pourrions-nous la voir ?

— Ça nous serait très utile. Je peux vous l'envoyer par SMS tout de suite, si vous voulez.

— Oui, je vous en prie.

Il lui donna un numéro auquel Josie envoya la photo à l'aide de son portable. Elle attendit pendant que Randall Omar et sa femme discutaient, à l'autre bout du fil. Puis il reprit l'appareil.

— Je ne comprends pas. Nous n'avons jamais vu ce garçon. Nous ignorons qui il est. Le savez-vous, et savez-vous pourquoi cette photo était épinglée... épinglée au corps de mon fils ?

Sa voix se brisa à ces derniers mots. Josie répondit doucement :

— Je suis terriblement désolée, monsieur Omar. Nous ne savons pas qui c'est – pas encore. J'essaie de le découvrir. Quand avez-vous parlé à votre fils pour la dernière fois ?

— Il y a trois jours. C'était l'anniversaire de ma femme. Il a téléphoné pour le lui souhaiter.

— Vous a-t-il dit, à vous ou à votre femme, s'il avait l'intention de partir en voyage ?

— Non.

— Et vous a-t-il semblé dans son état normal ? Ou paraissait-il au contraire stressé, distrait ?

— Non, pas plus que d'habitude. Il était toujours un peu sous pression à cause de ses études.

— J'ai cru comprendre que votre fils était en thèse à l'université Drexel de Philadelphie. C'est bien ça ?

Elle l'entendit déglutir. Sa voix parut se raffermir en abordant un sujet un peu plus terre à terre.

— Oui, c'est exact. Il étudiait...

Josie entendit une voix de femme au second plan.

— La génétique. Il étudiait la génétique.

Puis il y eut un rire nerveux à l'autre bout du fil.

— C'est ma femme qui a dit ça. Désolé, je n'arrive pas à réfléchir normalement, dit-il avec un soupir. Je le savais parfaitement. James n'arrête pas de parler de sciences... Oh mon Dieu... Il n'*arrêtait* pas, je veux dire. Il était intarissable sur le sujet. Seigneur...

— Ça ne fait rien, monsieur Omar. Je sais que c'est un moment extrêmement difficile pour vous. Une fois de plus, merci de m'avoir appelée. Pourriez-vous me dire où habitait James ? Sur le campus de l'université même ?

— Non, je ne crois pas qu'il était dans une résidence étudiante. Il préparait sa thèse. Il vivait dans un petit immeuble d'appartements à quelques rues du bâtiment des sciences. Pas très luxueux, mais bon marché.

— Il vivait seul ? En colocation ?

— Hmm, oui, il avait un colocataire. Ethan Robinson.

— Je vais devoir interroger cet Ethan. Vous auriez son numéro de téléphone, par hasard ?

— Oui, bien sûr. Vous allez vous rendre à Philadelphie ?

— J'y pars dans quelques heures. Si vous pouviez m'envoyer par SMS les noms et les numéros de téléphone de toutes les personnes que vous pensez pouvoir m'être utiles, ce serait très appréciable.

— Bien sûr, répéta Randall Omar. Il avait un tuteur, le docteur Larson. Je vous transfère son numéro. C'était un vrai mentor pour James. Et c'est aussi le propriétaire de son appartement. Il pourra peut-être vous aider.

Josie le remercia une fois de plus avant de lui poser une dernière question :

— Monsieur Omar, voyez-vous une raison qui puisse pousser votre fils à louer une voiture pour venir jusqu'à Denton ?

Le long silence qui suivit fut ponctué de brèves inspirations. Enfin, Randall Omar répondit :

— Non, inspectrice. Je suis désolé. Je ne vois pas.

Trois heures plus tard, Josie avait réservé une chambre à l'hôtel *Hilton*, à quelques rues du commissariat central de Philadelphie. Elle avait pris rendez-vous avec le lieutenant Steven Boyd et le professeur Perry Larson pour le lendemain. Elle avait aussi essayé de joindre le colocataire de James Omar, Ethan Robinson, mais n'avait obtenu que sa messagerie. Elle passa chez elle prendre un bref dîner en compagnie des Payne avant que chacun ne rentre chez soi. Elle arriva à Philadelphie plutôt tard, soulagée d'avoir pris la route suffisamment tard pour éviter le plus gros de la circulation.

Sa chambre, dans les étages supérieurs, lui offrait une jolie vue sur les lumières scintillantes de la grande cité. Assise sur le lit, son sac encore fermé, les yeux dans le vague, elle regardait la nuit tomber. Pour la première fois depuis des mois, elle était vraiment seule. Plus que pour quelques minutes ou quelques heures : pour une nuit entière. Alors que le ciel s'assombrissait, son reflet dans la vitre se précisa. À chaque fois qu'elle se voyait dans une glace, désormais, elle ne pouvait s'empêcher de voir le visage de sa sœur, Trinity. Ses pensées dérivèrent, de la famille qu'elle s'était découverte à tout ce dont on l'avait privée. Dans ces rares moments de solitude, elle ne pouvait réprimer amertume et colère devant le tour que sa vie avait pris. Même si tout s'était arrangé. Après tout, elle avait survécu. Elle était vivante, quand beaucoup d'autres qu'elle avait connus étaient morts. Sa famille était enfin réunie. Et pourtant, les démons dansaient toujours dans les recoins de son esprit.

Le léger ronronnement du minibar semblait lui faire signe, l'appeler. Elle se leva, alla poser une main sur la poignée. Ce serait si facile. Juste un petit quelque chose, pour se détendre un peu. Pour passer une bonne nuit.

— Non, se chuchota-t-elle à elle-même.

Cette façon de supporter la vie ne la mènerait pas loin. Elle avait vu Lila Jensen essayer de noyer sa souffrance et sa rage dans toutes les substances possibles et imaginables. Ça n'avait aidé personne. Josie revint à la fenêtre, les mains vides, contempla la ville où Gretchen avait vécu pendant quinze ans. Elle se demanda si la maison qu'elle y avait habitée était piégée comme celle de Denton. Contre quel genre de démons Gretchen se battait-elle ? Quel secret cachait-elle ? Josie l'avait toujours soupçonnée d'avoir vécu des choses dont elle n'avait parlé à personne. Elle reconnaissait les murs derrière lesquels elle s'abritait, parce qu'elle s'était cachée derrière les mêmes.

La sonnerie de son portable interrompit le cours de ses pensées. Noah. Un sourire lui éclaira le visage quand elle décrocha.

— Quoi de neuf ?

— Tu es bien arrivée ? Ta chambre est correcte ?

Le regard de Josie se reposa sur le minibar. Elle s'obligea à détourner les yeux. D'une main, elle commença à sortir ses affaires de son sac.

— Elle me convient très bien. Tu as du nouveau ?

— Tout d'abord, la mère de Gretchen ne connaît pas le garçon de la photo.

— Rien d'étonnant à ça. Autre chose ?

— Aucune activité sur le compte bancaire ou les cartes de paiement de Gretchen durant ces dernières vingt-quatre heures. La banque et les organismes de crédit nous préviendront s'il y a des mouvements d'argent. Et on a l'emplacement des deux téléphones, celui de Gretchen et celui d'Omar.

Josie sentit des picotements d'excitation sur la peau de son crâne.

— Dis-moi tout.

— Eh bien, le GPS du téléphone d'Omar était activé. On dirait qu'il est quelque part au fond du Susquehanna.

Josie soupira.

— Laisse-moi deviner. Près du pont où on a perdu le signal du TDM ?

— À près de cinq cents mètres en aval. La dernière localisation GPS le situe dans le fleuve, mais je vais envoyer une équipe à la première heure demain pour fouiller les deux rives.

— Et celui de Gretchen ?

— Le GPS de son téléphone était désactivé. On a dû faire avec le bornage. La triangulation est beaucoup moins précise, on a pu délimiter une zone de trois kilomètres de diamètre mais, en gros, il est dans le même coin.

— Donc les deux téléphones et le TDM sont au fond du fleuve.

Josie essaya de se représenter Gretchen jeter tous les appareils susceptibles de la localiser dans le Susquehanna avant de fuir Denton. En vain.

— Quelqu'un d'autre est mêlé à cette histoire, Noah, j'en suis convaincue.

Le long soupir qu'il poussa lui indiqua qu'il n'adhérait pas à sa théorie mais qu'il ne voulait pas relancer la discussion à ce sujet.

— Si tu le dis. Mais tu as moins de quarante-huit heures pour le prouver.

Josie attendait devant le petit immeuble d'appartements en pierres grises, presque à l'angle de 33rd Street et de Ludlow Street. Adossée au muret qui entourait le bâtiment, elle sirotait un café acheté dans une supérette voisine. Elle avait pris un taxi pour parcourir les vingt-deux pâtés de maisons séparant son hôtel de l'endroit où vivait James Omar, et regardé défiler par la fenêtre les rues indifférentes, animées d'un rythme qui leur était propre. Quelques minutes plus tard, elle vit le docteur Perry Larson descendre la rue d'un pas nonchalant. Josie avait consulté son profil sur le site de l'université avant de prendre rendez-vous avec lui. Il lui parut un peu plus vieux que sur la photo, proche de la soixantaine, se dit-elle. Ses cheveux argentés flottaient au vent et il avait sur le nez des lunettes de soleil aviateur. Il portait un polo, un pantalon kaki, et s'avançait vers elle les mains dans les poches.

Il s'arrêta à quelques pas de Josie.

— Inspectrice Quinn ?

— Docteur Larson ? répondit-elle.

Il fit remonter ses lunettes de soleil sur son front, la regarda de ses yeux bleus bienveillants et lui tendit la main.

— Enchanté, même si j'aurais préféré vous rencontrer dans d'autres circonstances. J'ai encore beaucoup de mal à y croire.

— James et vous étiez proches ?

— Nous avons travaillé ensemble sur certaines publications scientifiques. C'était un jeune chercheur très prometteur. Très motivé. Concentré. En général, je ne prends que des étudiants qui se consacrent totalement à leur sujet de recherche.

— Quand lui avez-vous parlé pour la dernière fois ?

Larson se frotta le menton.

— Il y a quelques jours, au labo.

— Et quelle impression vous a-t-il laissée ? Il vous a paru préoccupé, ou absent ?

— Non, répondit Larson en secouant la tête. Il était exactement comme d'habitude.

— Il vous a parlé d'un déplacement, d'un voyage ?

— Non. Je suis aussi étonné que vous qu'il soit allé à Denton. Je n'ai aucune idée de ce qui a pu l'attirer là-bas. Comme je vous l'ai dit, James était très sérieux. Il n'avait pas de vie amoureuse, n'aimait pas faire la fête. Et je ne lui connais aucun ami à Denton.

— Vous avez déjà entendu parler d'une femme appelée Gretchen Palmer ?

Le regard vide de Larson fut plus qu'éloquent pour Josie.

— Non, je suis désolé, ce nom ne me dit rien.

Elle sortit son téléphone pour lui montrer la photo du petit garçon épinglée sur le t-shirt de James.

— Nous avons des raisons de croire que ce petit garçon est lié d'une manière ou d'une autre à James. Le reconnaissez-vous ?

Larson étudia la photo pendant une longue minute avant de faire non de la tête.

— Je suis désolé, mais non. Cela dit, je ne connaissais pas James très intimement. Vous aurez peut-être plus de chance avec Ethan, son colocataire.

Josie rempocha son téléphone.

— J'ai essayé plusieurs fois de le joindre au numéro que m'ont donné les parents de James. À chaque fois, je tombe sur sa messagerie.

Larson eut un rire bref.

— Ça ne m'étonne pas. Ethan est toujours un peu difficile à coincer. J'ai été enchanté d'apprendre que James devenait son colocataire, parce que lui au moins me payait toujours mon loyer à temps.

— Ethan est aussi un de vos étudiants ?

— Oh, non, son sujet à lui, c'est la criminologie. Je lui louais déjà l'appartement depuis un an quand je suis devenu le tuteur de James. Au bout d'un semestre, James m'a dit qu'il cherchait un logement bon marché. Je les ai présentés l'un à l'autre, et ça s'est enchaîné à partir de là.

— Et quand avez-vous parlé à Ethan pour la dernière fois ?

— Oh, il y a quelques semaines. Comme je le disais, Ethan est un peu... farfelu. Il a tendance à s'enfermer dans ses sujets de recherche sans donner signe de vie. James m'a dit une fois qu'il avait passé un week-end entier devant son écran, sans dormir, pendant soixante-douze heures. Et, bien sûr, il est surtout obsédé par les affaires non résolues et les tueurs en série. Des sujets charmants.

Sa tentative de plaisanterie tomba à plat.

— Lui et James étaient proches ?

Larson l'invita du geste à monter les marches du perron et Josie lui emboîta le pas. Devant la porte d'entrée, Larson composa un code et ils entrèrent dans un grand hall carrelé, dont un des murs était dissimulé derrière des rangées de boîtes aux lettres. En face, un tableau de liège était couvert de flyers punaisés proposant cours de guitare ou expositions artistiques, de petites annonces de gens proposant de promener des chiens ou d'effectuer des heures de ménage.

— Ethan et James sont devenus très amis, oui, dit Larson en sortant un jeu de clés de sa poche.

Il se dirigea vers une lourde porte de bois de l'autre côté du hall, qui s'ouvrit en grinçant.

Josie désigna le hall d'un geste.

— Vous avez des caméras ici ? Dans ce hall d'entrée ?

— Eh bien, oui. Nous avons eu des problèmes, des vols de colis. J'ai fait installer des caméras de sécurité l'année dernière.

— C'est toujours une bonne idée, de toute façon. Seriez-vous en mesure de visionner les bandes ? Combien de temps sont-elles conservées ?

— Six mois. C'est de la très haute définition.

— Je cherche un système à installer chez moi. Quel est le vôtre ?

— Je ne sais pas très bien comment il s'appelle, mais il vient de chez Rowland Industries.

— Oh, dit Josie, qui se souvenait avoir eu quelques démêlés avec cette grosse entreprise de sécurité. Je connais Rowland Industries. Tous leurs modèles sont très performants. Dans ce cas, pourriez-vous regarder les bandes de ces deux dernières semaines, au moins, et repérer la dernière fois que James et Ethan sont entrés et sortis du bâtiment ?

— Bien sûr. Je ne sais pas très bien comment faire, mais il me suffira de passer quelques coups de fil pour y accéder. Je dois aussi vous dire que les parents de James m'ont autorisé à vous laisser entrer dans l'appartement, d'autant plus qu'Ethan est injoignable. Ils m'ont dit de tout faire pour vous aider à retrouver le meurtrier de leur fils.

Josie trouvait de plus en plus inquiétant qu'Ethan Robinson reste introuvable. Larson la conduisit dans un couloir étroit jusqu'à une porte rouge portant le numéro 19.

— Docteur Larson, auriez-vous les coordonnées des parents d'Ethan ?

Larson cherchait la bonne clé pour ouvrir la porte.

— Oui, bien sûr. Je peux vous les envoyer par SMS quand je serai revenu à mon bureau, si vous voulez. Je crois qu'Ethan n'a plus que son père, mais j'ai son numéro. Comme je vous le disais, il a plusieurs fois payé son loyer en retard, et son père m'avait appelé pour me demander de ne pas le mettre à la porte et de bien vouloir patienter, en jurant qu'ils allaient me payer.

— Ethan est originaire de Philadelphie ?

— Non. De Portland, je crois. Dans l'Oregon. C'est là que son père habite, pour autant que je sache.

L'intérieur de l'appartement était sombre et sentait le tabac froid, le graillon et la transpiration. Larson alluma la lumière dans chaque petite pièce pour faire visiter les lieux à Josie. L'endroit n'avait rien d'exceptionnel. Un salon, une cuisine étroite avec une petite alcôve occupée par une table carrée et deux chaises pliantes, et un couloir qui desservait une salle de bains et deux chambres. L'endroit était jonché de manuels universitaires et de matériel informatique. Le mobilier, spartiate, semblait avoir été chiné dans des recycleries. Une assiette et une fourchette traînaient dans l'évier, une poêle propre et un mug sur l'égouttoir attendaient d'être rangés. Une couverture roulée en boule, quelques romans policiers cornés et une bouteille entamée de Gatorade gisaient sur un côté du canapé rouge, tout avachi, dont l'autre moitié était impeccable. La table pliante de la cuisine était pareillement divisée en deux : un côté était propre et nu tandis qu'assiettes sales et emballages de fast-food traînaient sur l'autre.

— Lequel des deux était le maniaque de la propreté ? demanda Josie.

— James, dit Larson en riant. Tenez, cette chambre-là est la sienne.

Le lit était impeccablement fait, il n'y avait pas un vêtement au sol, tous les objets sur la table de nuit et sur la commode étaient disposés avec ordre. Josie vit, accrochée au-dessus de la commode, une photo de famille encadrée semblable à celles qu'elle avait vues sur sa page Facebook. Dans l'angle de la chambre, un ordinateur portable bleu reposait sur un petit bureau. Josie l'indiqua d'un geste.

— Vous permettez ?

— Bien sûr.

Josie s'assit au bureau, ouvrit l'ordinateur et l'alluma. Comme elle s'y attendait, il était protégé par un mot de passe.

— Je pense que je peux vous aider, dit Larson.

Ils échangèrent leurs places et, au bout de deux essais, la session s'ouvrit. En se rasseyant face à la machine, Josie demanda :

— Vous m'avez dit que vous et James n'étiez pas très proches. Il vous avait donné son mot de passe ?

Larson gloussa.

— J'ai joué aux devinettes. Un des ordinateurs de mon labo lui est réservé et en tant qu'administrateur, je connais le mot de passe. James n'aime pas se compliquer la vie, en général, donc je me suis dit qu'il avait peut-être le même mot de passe pour son ordinateur personnel. Et j'avais raison.

— Eh bien, je suis vraiment ravie que vous ayez vu juste.

Larson regarda par-dessus son épaule pendant qu'elle examinait les dossiers et l'historique du navigateur stockés sur la machine. Tout ce qu'elle découvrit était visiblement lié à ses études. Le jargon scientifique la dépassait complètement. Josie n'avait choisi d'étudier que le minimum de matières scientifiques nécessaires pour obtenir son diplôme.

— La mère de James a dit qu'il étudiait la génétique.

— Son sujet était plus exactement l'épigénétique, précisa Larson.

Josie pivota sur son siège pour se tourner vers lui.

— C'est un champ différent de la génétique ?

Larson s'assit sur le bord du lit.

— L'épigénétique est plus spécialisée. Pour faire le plus simple possible, disons que l'épigénétique est l'étude des altérations héréditaires de l'expression génique qui ne nécessitent pas de modification de la séquence ADN.

— Vous voulez dire des modifications des gènes ? Les articles qu'il a écrits et les revues auxquelles il a accès me passent tous un peu au-dessus de la tête, dit Josie avec un geste vague.

— Pas les changements propres aux gènes eux-mêmes, mais à la manière dont ils s'expriment. Les mécanismes qui les déclenchent ou non. Les facteurs extérieurs.

— Comme le mode de vie, par exemple ?

— Oui. Encore une fois, je simplifie à l'extrême...

Josie sourit.

— Simplifiez, ça me va très bien.

— D'accord, eh bien, oui, le mode de vie peut avoir un effet important sur l'activation ou non de certains gènes. L'environnement, également. Si ça ne vous embête pas que je prenne un exemple personnel, j'ai vu l'émission *Dateline*, le mois dernier, qui parlait de vous et de la journaliste Trinity Payne.

Josie réprima un grognement. Trinity avait profité d'un moment de faiblesse pour obtenir l'accord de Josie et elles étaient allées toutes les deux à la télévision pour parler de leur réunion, après avoir été séparées trente ans. Mais Josie savait aussi que Trinity ne lâcherait jamais le sujet et qu'il valait mieux accepter la situation. Elle avait donc joué le jeu, pour lui faire plaisir, et Trinity avait fini par obtenir le poste qu'elle convoitait, celui de présentatrice du journal télévisé matinal d'une chaîne nationale.

— Je préférerais ne pas en parler, si ça ne vous dérange pas.

— Oh, pas du tout, je ne cherchais pas à être indiscret. Je voulais simplement souligner que vous avez une jumelle – une vraie. Vous savez sans doute que les vrais jumeaux ont cent pour cent de gènes en commun.

— Oui.

— Et pourtant, il y a des différences significatives entre vous et Mme Payne, n'est-ce pas ?

Josie réfléchit. Au début, quand elles s'étaient rencontrées, Trinity et elle étaient à couteaux tirés. Elles voyaient le monde chacune à leur façon, leurs métiers étaient très différents. Celui de Josie était d'élucider des crimes. Celui de Trinity, de montrer à ses téléspectateurs des choses qui resteraient peu connues autrement. Elles s'étaient souvent affrontées parce que Trinity insistait pour tout rendre public. Pour Josie, la justice importait plus que la couverture médiatique. Et Trinity avait longtemps cherché la célébrité, quand Josie préférait envoyer des criminels en prison aussi discrètement que possible. Et pourtant elles montraient le même acharnement à atteindre leurs objectifs. Josie n'avait reculé devant rien pour résoudre une affaire de jeunes filles disparues, quelques années auparavant. Tout comme Trinity était prête à tout pour aller au bout d'un bon reportage.

— Je dirais qu'il y a des divergences, indéniablement, répondit-elle. Mais beaucoup de ressemblances, aussi.

— Vous n'échapperez pas à ces ressemblances. Ce n'est pas mon propos. Ce que je veux dire, c'est que si vous prenez des jumeaux monozygotes, donc ayant exactement les mêmes gènes, et que vous les placez dans des environnements différents, ils font des expériences différentes, des choix de vie différents et leur expression génique sera différente. Par exemple, dans l'étude que je mène, celle à laquelle James collaborait, nous nous demandons pourquoi de vrais jumeaux peuvent développer des maladies différentes. Saviez-vous que les jumeaux monozygotes meurent rarement des mêmes causes ?

— Euh, non, je l'ignorais.

Larson se leva et se mit à tourner en rond dans la chambre en agitant les mains, passionné.

— Il existe une substance chimique, le méthyle, qui flotte à l'intérieur de nos cellules. Il s'attache à notre ADN, dans notre corps, par un processus appelé « méthylation ». Lorsque la méthylation se produit, elle peut, en gros, inhiber ou freiner l'activité de certains gènes, ou même les empêcher de produire certains types de protéines. Des tas de choses peuvent modifier notre méthylation : maladies, régime alimentaire, tabac, alcool, drogues, traitements médicamenteux, ou même des choses dans notre environnement extérieur. Vous et votre sœur avez les mêmes gènes, mais vos niveaux de méthylation de l'ADN sont différents, et cela va modifier l'expression de vos gènes, modifications qui peuvent se transmettre aux générations suivantes.

— Donc vous me dites que même si nos gènes sont identiques au départ, si je bois plus, par exemple, cela peut avoir une influence sur mon taux de méthylation et changer la façon dont mes gènes se comportent ?

— Plus ou moins, dit Larson en souriant. Imaginez que chaque cellule de votre corps, contenant votre ADN, est là à attendre qu'on lui dise quoi faire. Les groupements méthyles présents dans votre corps se lient à vos gènes et leur disent quelle est leur fonction, pour simplifier. Ce sont les groupements méthyles qui disent à la cellule ce qu'elle est. Par exemple : « Tu es une cellule de muscle cardiaque, voilà ce que tu vas faire. » Et puis il y a les histones. Des protéines autour desquelles l'ADN s'enroule, et qui indiquent aux cellules la quantité de travail à fournir – en d'autres termes, elles régulent les gènes.

— Donc grâce aux méthyles et aux histones, les cellules vont savoir quoi faire, et avec quelle intensité ?

— Là encore, nous simplifions à l'extrême, mais oui, c'est ça.

— Pardonnez-moi de vous poser cette question, mais y a-t-il une application pratique à ces recherches ?

Les yeux de Larson se mirent à briller et il frappa dans ses mains.

— Inspectrice Quinn, les recherches sur l'épigénétique pourraient modifier en profondeur notre capacité à prévenir et à soigner certaines maladies, notamment le cancer. Si nous pouvions développer des médicaments permettant de manipuler les groupements méthyles ou les histones, nous pourrions guérir énormément de gens.

Il avait l'air prêt à se lancer dans une nouvelle conférence. Josie referma l'ordinateur et se leva.

— C'est fascinant. Et ça paraît très prometteur.

Elle sortit ostensiblement son téléphone pour regarder l'heure.

— Je suis désolée, docteur Larson, mais je dois voir un policier de Philadelphie dans peu de temps.

Larson baissa les yeux, penaud.

— Excusez-moi, inspectrice. Je me laisse emporter par mon travail.

— Et je vous admire beaucoup pour ça, répondit Josie en passant devant lui pour se glisser dans le couloir. Je vous remercie énormément de m'avoir consacré tout ce temps, mais je ne peux pas me permettre d'être en retard à cet autre rendez-vous.

Il la suivit dans la cuisine.

— James aussi était passionné par ses recherches. C'est une perte immense. J'espère que vous retrouverez la personne qui l'a tué.

Une photo aimantée sur le réfrigérateur, presque perdue au milieu de menus de plats à emporter et d'emplois du temps, attira l'œil de Josie.

— Je ferai de mon mieux, murmura-t-elle. Qui est avec lui, sur cette photo ?

On y voyait James, en plan américain, un bras passé sur l'épaule d'un autre jeune homme aux cheveux foncés, ébouriffés, et aux yeux marron. Ils souriaient tous les deux, en sueur. Derrière, Josie devina un panneau un peu flou, sur lequel elle pouvait lire malgré tout : « Broad Street Run. »

— Ah, ça, c'est Ethan. Ils ont participé à un marathon local, l'année dernière.

Josie sortit son téléphone et photographia les deux jeunes hommes. Larson la raccompagna et elle le remercia une fois de plus. Il tenta de la convaincre de participer à son étude, avec Trinity, en lui disant que les jumeaux monozygotes séparés à la naissance, comme c'était leur cas, lui étaient particulièrement utiles. Elle déclina poliment. Tandis qu'il s'éloignait, elle ressortit son téléphone pour étudier la photo d'Ethan Robinson. Mais où avait-il bien pu passer ?

18

SEPTEMBRE 1993

Les lèvres de Travis s'attardèrent sur la nuque de Janine, lui chatouillèrent l'oreille et elle se mit à rire. Les martinis lui montaient à la tête. À moins que ce ne soit lui. Entre son départ à l'armée et son retour à Fort Lewis, il s'était passé huit mois, deux semaines, trois jours et sept heures. Une fois leur premier long baiser échangé, une gêne inattendue s'était installée entre eux. C'était Travis qui avait eu l'idée d'aller prendre un verre – et ça avait marché. Au bout de deux heures, les choses entre eux avaient repris leur cours normal. Ils ne pouvaient s'empêcher de se toucher, de se caresser. Travis avait laissé un généreux pourboire à la serveuse et ils étaient rentrés chez Janine, avaient franchi la porte en titubant, collés l'un à l'autre.

Ils n'avaient même pas pris la peine d'allumer avant de s'affaler sur le canapé. Janine effleura le dos de Travis. Cela faisait si longtemps. Elle était au bord de l'explosion.

Elle le repoussa pour qu'il s'allonge et se mit à califourchon au-dessus de lui, le sourire aux lèvres. Lorsqu'elle se pencha pour l'embrasser de nouveau, il grimaça.

— Attends un peu, bébé.

Elle se redressa et il entreprit de vider ses poches, jeta son portefeuille, sa monnaie et ses clés sur la table basse. Janine lui caressait la cuisse du bout des doigts en attendant. Quand il se remit à parler, son ton avait changé. Le chuchotement taquin avait fait place à une voix pleine de soupçon, de tension.

— Qu'est-ce que c'est que ça, bon Dieu ?

Janine chercha son regard.

— Quoi ?

Il se pencha, ramassa quelque chose sur la table basse et le lui tendit.

À la seule lueur du réverbère de la rue, elle eut du mal à identifier l'objet.

— Des lunettes d'homme, dit Travis.

Janine sourit nerveusement.

— Et alors ? Ce ne sont pas les miennes.

— Qu'est-ce qu'elles font là ? Qui est venu ici ? Tu sors avec un autre ?

Janine cligna des yeux, tentant d'éclaircir le brouillard dans sa tête. Elle regretta soudain d'avoir bu le dernier martini.

— Je ne... Mon chéri, elles ne sont pas à moi. Je ne sais pas d'où elles sortent.

Il s'écarta d'elle, ses yeux marron luisants de colère.

— Il y a des lunettes d'homme sur ta table basse et tu ne sais pas d'où elles viennent ? Tu me prends pour un con ?

Quand elle voulut lui prendre la main, il la repoussa.

— Mais non ! Je te le jure ! Je ne sais pas à qui elles sont. Elles n'étaient pas là tout à l'heure. Quelqu'un a dû entrer ici. Tu devrais peut-être vérif...

— Ne mens pas, Janine !

Il s'éloigna. Un instant plus tard, il y eut un bruit sourd et Travis jura :

— Bordel de merde !

Janine se releva en titubant légèrement.

— Attends. Travis...

Puis une autre voix se fit entendre dans le noir, une voix d'homme, que Janine ne connaissait pas.

— Mais oui, Travis, attends donc une minute.

Elle vit la silhouette de Travis se retourner. Le faisceau d'une lampe torche quelque part derrière elle l'éblouit et il leva la main.

— C'est qui, bordel ?

— Travis, j'ai peur...

Elle poussa un cri quand une main s'accrocha à ses cheveux pour lui tirer la tête en arrière, et sentit l'haleine brûlante de l'étranger à son oreille.

— Oh, mais tu fais bien d'avoir peur, Janine.

19

AUJOURD'HUI

Josie rejoignit Market Street et prit la direction du commissariat central. Elle appela brièvement Noah, mais il n'avait rien de nouveau à signaler. Arrivée à la hauteur de 30th Street, elle héla un taxi qui la déposa à l'angle de 8th Street et de Race Street, en face du commissariat. Le bâtiment avait la forme d'un double canon de fusil. Quand elle s'approcha de l'entrée, un homme mince et grand aux cheveux poivre et sel, vêtu d'un costume gris impeccable, s'écarta du mur contre lequel il était appuyé, près de la porte, et l'aborda.

— Vous devez être Josie Quinn, dit-il, la main tendue.

Josie la lui serra.

— Lieutenant Boyd ?

Il lui sourit, ses yeux noisette pétillant sous des sourcils broussailleux.

— C'est moi.

Josie regarda l'entrée de l'immeuble derrière lui, mais il secoua la tête.

— Ça ne vaut pas le coup d'entrer. Vous passeriez vingt

minutes à franchir les contrôles de sécurité, même si vous êtes mon invitée. Vous voulez manger un bout ?

Son estomac avait grondé pendant tout le trajet en taxi.

— Je meurs de faim.

— Allons déjeuner, alors.

Il sortit un porte-clés et la guida jusqu'à un SUV banalisé stationné juste devant l'entrée. Ils roulèrent en silence. Josie observait les gens dans les rues pendant que Boyd se faufilait dans le trafic. Elle perdit toute notion de l'endroit où ils se situaient par rapport au commissariat et à son hôtel.

— Vous êtes déjà venue à Philadelphie ?

— Seulement deux ou trois fois, pour des concerts, répondit Josie.

Il finit par se garer en face d'un lieu qui paraissait trop petit pour pouvoir être un restaurant mais, une fois à l'intérieur, une bonne odeur de viande et de frites lui contracta l'estomac. Boyd indiqua les box en vinyle orange qui bordaient un des murs.

— Asseyez-vous. Vous aimez les oignons ?

— Euh, oui, bien sûr.

Elle prit place dans un box vide et attendit qu'il revienne. Dix minutes plus tard, il s'installait face à elle avec un plateau chargé de nourriture et de deux sodas. Josie s'empara du sandwich au bœuf posé devant elle et entreprit de le dévorer. Ils mangèrent quelques minutes sans parler, et les sourires que lui lança Boyd montraient qu'il appréciait visiblement ce qu'il avait commandé. Enfin, il s'essuya le menton et dit :

— Je comprends pourquoi Gretchen vous aime bien.

Josie s'immobilisa, une frite à mi-chemin entre son plateau et sa bouche.

— Quoi ? Vous lui avez parlé ?

— Pas récemment. Mais quand elle a voulu aller travailler à Denton, c'est vous qui lui avez fait passer son entretien d'embauche. Vous lui avez plu. Beaucoup. Et Gretchen apprécie très peu de gens. En tout cas, elle le montre rarement.

— Elle n'est pas démonstrative, c'est sûr.

Josie abandonna sa frite et but une gorgée de soda avant de reprendre :

— Quand lui avez-vous parlé pour la dernière fois ?

— À Noël. Elle m'a appelé pour me souhaiter de bonnes fêtes de fin d'année. On a un peu papoté, un peu parlé boutique. Mais on ne se téléphone qu'une ou deux fois par an.

Cela remontait à neuf mois.

— James Omar, c'est un nom qui vous dit quelque chose ?

— Non.

Josie lui montra sur son téléphone la photo du petit garçon épinglée sur le t-shirt de James, mais ça ne lui disait rien non plus. Puis elle lui montra la photo de James Omar et d'Ethan Robinson qui figurait sur leur réfrigérateur.

— Désolé, je n'en reconnais aucun des deux.

En soupirant, Josie rangea son téléphone.

— Lieutenant...

— Appelez-moi Steven.

— Steven. Je crois que Gretchen a des ennuis.

Il hocha la tête.

— D'après ce que vous m'avez dit hier, je pense que vous avez raison.

— Vous avez fait équipe longtemps ?

— Oh, huit ou neuf ans à peu près.

Dans un métier comme le leur, ça n'était pas rien. Josie savait très bien que, dans la police, les gens avec qui vous travailliez pouvaient devenir plus proches de vous que votre propre famille. Que les choses que vous voyiez, que vous traversiez ensemble pouvaient créer des liens plus forts que tout.

— Vous pensez qu'elle a pu faire ça ?

Boyd baissa les yeux et se mit à plier sa serviette en papier en petits carrés.

— Je n'en sais rien. Mon instinct me dit que non, mais Gretchen est toujours restée un mystère pour moi. Malgré tout ce temps passé avec elle, je n'ai jamais eu l'impression de la connaître. De la connaître vraiment.

Josie pensa à sa propre affection pour Gretchen, malgré le fait qu'elle ne savait presque rien de cette femme. Et puis elle se remémora les lattes cloutées fixées aux appuis de fenêtre du rez-de-chaussée de sa maison. Que pouvait-elle bien cacher ? Ou que fuyait-elle ?

— Donc vous ne savez pas où elle irait si elle devait s'enfuir ? Ni à qui elle pourrait demander de l'aide ?

— Je suis désolé, mais non.

C'est alors que la question la plus importante lui vint à l'esprit.

— Vous croyez qu'elle ruinerait sa carrière comme ça ? En tirant dans le dos d'un gamin avant de décamper ?

Boyd soutint son regard.

— À mon avis, Gretchen n'est pas du genre à fuir, et son métier compte plus que tout pour elle. Ça, je le sais. J'en suis certain, à cent pour cent. Je n'ai aucune idée de ce qu'elle faisait de son temps libre. Je sais qu'elle n'était pas mariée, qu'elle n'avait pas d'enfants, mais je ne sais pas si elle avait des hobbys, des amis, ou même un animal de compagnie. Je ne sais même pas si elle est hétéro, bon sang. Par contre, je suis absolument certain qu'elle aime son métier, et qu'elle le fait bien !

Josie ne pouvait pas dire le contraire. Elle enfourna quelques frites dans sa bouche. Elle avait de plus en plus l'impression de se retrouver dans une impasse. Gretchen était comme une porte fermée à double tour dont personne ne semblait avoir la clé. Une image de sa collègue traversa l'esprit de Josie, qui se redressa tout à coup.

— Sa veste ! Vous connaissez l'histoire, vous savez comment elle l'a eue ?

Boyd se mit à rire.

— Ce vieux blouson de cuir crado qu'elle n'enlève jamais ? Oui, je connais l'histoire.

20

— Quelques années avant son départ pour Denton, elle a eu à traiter un double homicide. Deux bikers. Vous avez souvent affaire à des gangs de bikers hors-la-loi, par chez vous ?

— Ça arrive. Mais le plus souvent, ils ne font que passer.

— Vous connaissez un peu leur fonctionnement ?

— Je sais qu'en gros, ce sont comme des bandes mafieuses, qui trempent dans les combines habituelles : drogue, prostitution, jeu. Je sais qu'ils sont en guerre les uns avec les autres. Que beaucoup de leurs membres sont ultraviolents. Alors c'est ça ? Gretchen est dans un gang de motards ?

Boyd leva la main.

— Non, non, Gretchen n'appartient à aucun gang. Comme je vous le disais, on lui a confié une enquête concernant l'assassinat de deux bikers, ici, à Philadelphie. Une guerre de territoire. Un type du nom de Linc Shore est arrivé dans le coin. Ça vous dit quelque chose ?

Josie secoua la tête.

— Shore était un membre haut placé du gang des Devil's Blade. Il avait dirigé le chapitre des Blade à Seattle pendant des dizaines d'années. On ne sait toujours pas très bien ce qu'il était venu faire par ici. Peut-être donner un coup de main au chapitre Nord-Est du gang. Comme je le disais, ils étaient pris dans une sale guerre de territoire avec un autre gang, les Dirty Aces. Bref. Vous savez ce qu'est un prospect ?

— Quelqu'un qui voudrait faire partie du gang ? hasarda Josie.

Boyd déplia sa serviette qu'il avait réussi à réduire à la taille d'une pièce de monnaie.

— Ça, c'est plutôt ce qu'on appelle un *hang-around*. En général, un prospect est un cran au-dessus, parce qu'un membre à part entière du gang l'a pris sous son aile.

— Donc le prospect est un peu plus intégré que le *hang-around*, c'est ça ?

— En gros, oui. Justement, Shore avait un prospect avec lui. Il s'appelait Seth Cole. Un jeune de vingt, vingt et un ans. Maintenant, on sait que les membres des gangs torturent leurs prospects. Ils leur font faire plein de saloperies pendant qu'ils attendent d'avoir le droit de porter les couleurs.

— Porter les couleurs ?

— C'est quand un prospect devient membre à part entière. Les membres votent, et le prospect doit alors faire quelque chose pour prouver sa loyauté au gang – commettre un meurtre, ou un autre crime. On leur donne alors un patch aux couleurs du gang à mettre sur leur blouson ou leur veste.

— Je vois, dit Josie. Et ce Linc Shore avait pris le prospect sous son aile ?

— On ne le sait pas. On ne le saura sans doute jamais. Le gamin est venu de Seattle avec lui. Il est probable que Shore l'ait emmené uniquement pour lui faire faire son sale boulot – une sorte d'esclave personnel. Toujours est-il que les Dirty Aces les ont attrapés alors qu'ils étaient seuls, leur ont tiré dessus et leur ont coupé la gorge à tous les deux.

— Comment savez-vous que c'étaient les Dirty Aces ?

— Ils ont laissé leur carte de visite. Un as de pique, en partie brûlé. Apparemment, ils font ça souvent quand ils tuent quelqu'un. Comme ça, l'autre gang sait à qui il a affaire.

— Nom de Dieu.

— Comme vous dites. Donc on a tout de suite compris que c'était une guerre de territoire. Pour une raison que j'ignore, Gretchen a pris ça très à cœur.

— Dans quel sens ?

Boyd se renfonça dans son siège et balaya du regard la petite gargote.

— Bon, notre travail, c'est d'enquêter, pas vrai ? Ça peut être n'importe quoi, on enquête. Un meurtre est un meurtre. Mais quand la victime est une lycéenne de dix-sept ans violée et assassinée en attendant le bus, ou un bébé tué par une balle perdue, ou encore une vieille personne battue à mort pendant un cambriolage, c'est quand même plus rude. Vous travaillez peut-être un peu plus vite, vous passez plus de temps dessus, vous mettez plus d'énergie à résoudre l'affaire que si c'est, par exemple, le meurtre de deux hommes qui ont choisi de vivre dans la violence et la mort.

— Linc Shore et Seth Cole étaient des personnes à haut risque, en quelque sorte, dit Josie.

— Pour des types comme ça, ça devait arriver un jour ou l'autre. Si vous rentrez dans un gang de bikers hors-la-loi, il y a de bonnes chances que vous finissiez assassiné, et d'une manière avez désagréable, avec ça. La plupart d'entre nous ne s'investissent pas personnellement autant pour des victimes comme celles-là. On fait quand même le boulot, mais on n'est pas aussi déterminés à résoudre l'affaire, parce que dès que les assassins seront sous les verrous, deux nouveaux prospects vont obtenir leurs couleurs et prendre leur place. Mais Gretchen, je peux vous dire que ça l'a énormément secouée. Je ne l'avais jamais vue comme ça avant. Je l'ai même surprise plusieurs fois en train de pleurer. C'était vraiment étrange. Ça n'aurait dû être qu'une affaire parmi d'autres. Et à part elle, personne n'avait vraiment envie de s'y intéresser. Si vous vous impliquez dans une affaire comme ça, que vous y plongez vraiment, vous vous retrouvez dans le collimateur de tout le gang de ceux que vous voulez coller en prison. Gretchen s'en fichait complètement. Elle a travaillé plus dur sur cette affaire que sur n'importe quelle autre.

— Elle connaissait une des deux victimes ? demanda Josie, perplexe.

— Non, c'est ça qui est bizarre. Elle n'avait aucun lien avec eux. Je ne sais toujours pas pourquoi cette affaire était aussi importante pour elle. En tout cas, elle a réussi à faire arrêter deux bikers et à transmettre l'affaire au procureur. Les deux meurtriers des Dirty Aces ont été condamnés à perpétuité, et la bande de Shore a offert le blouson à Gretchen.

— C'était celui de Shore ?

Boyd haussa les épaules.

— Je n'en sais rien. Elle ne me l'a jamais dit. Ça pouvait être celui de Shore, celui du prospect, ou juste un blouson qu'ils lui ont offert. Mais il était usé. Et on aurait dit qu'il y avait des traces d'anciens patchs. Quoi qu'il en soit, je l'ai vue après le verdict. Souvent, quand on doit aller témoigner au tribunal, on va déjeuner au Reading Terminal, le marché couvert, pas très loin. Il y a plein de stands différents, là-bas. Bref, j'étais au tribunal pour une audience et, en allant manger au marché couvert, j'ai aperçu Gretchen au stand de burgers, avec un membre des Devil's Blade et la femme de Linc Shore.

— Sa femme ?

— Oh, ça, je ne sais pas exactement. Sa femme, sa petite copine, sa veuve... Je sais seulement qu'elle était en couple avec Shore. Elle avait assisté à tout le procès. Et le type qui l'accompagnait aussi. Ils lui ont offert le blouson et, après, Gretchen ne s'en est plus jamais séparée.

— Vous avez demandé à Gretchen pourquoi elle avait accepté ce blouson ?

— Oui, bien sûr. Elle m'a répondu que ça n'était pas mes oignons. Je lui ai reposé la question plusieurs fois, jusqu'à ce qu'elle me dise que ça ne concernait qu'elle et les amis de Linc Shore, que je ne pouvais pas comprendre, et que je n'avais pas besoin d'en savoir plus. Je l'ai encore tarabustée un peu, mais il était visible qu'elle ne m'en dirait jamais plus, alors j'ai cessé de l'interroger.

Le silence s'installa. Josie tendit l'oreille vers la cuisine, d'où provenaient des ordres, les cliquetis d'une spatule métallique sur le gril, les grésillements de la viande en train de cuire, le *bip* de la friteuse annonçant qu'un bain de frites était prêt. Gretchen demeurait un mystère. Elle soupira.

— Y a-t-il eu d'autres enquêtes qui l'ont autant remuée ?

Boyd prit le temps de réfléchir avant de répondre.

— Non, pas que je me souvienne. Rien d'aussi visible que cette fois-là.

— Serait-il possible que je jette un coup d'œil à ce dossier ? Celui des meurtres de Shore et de Cole ?

Boyd plissa le front.

— C'est un vieux dossier. Classé. Je vais voir ce que je peux faire. En attendant, vous pouvez aller sur internet et chercher sur Philly.com. Il y a eu pas mal d'articles à l'époque. Si j'arrive à mettre la main sur le dossier, je vous l'enverrai. Ça vous va ?

— C'est parfait.

21

Josie ne rentra pas directement chez elle. Après avoir payé sa chambre d'hôtel et affronté les embouteillages de l'après-midi, elle se rendit au domicile de Gretchen pour profiter des derniers moments de jour. Elle se gara dans la rue et alla jusqu'à la maison en passant sous la Rubalise toujours tendue en travers de l'allée et autour de la véranda. Le soleil couchant se reflétait sur les fenêtres latérales. Josie se dressa sur la pointe des pieds et passa le bout des doigts sur les pointes qui hérissaient un des appuis de fenêtre. Avec ce que Steven Boyd lui avait appris, Josie comprenait mieux ce qui poussait Gretchen à s'assurer que personne ne puisse entrer chez elle – en tout cas, pas sans se blesser. Redoutait-elle que les Dirty Aces s'en prennent à elle parce qu'elle avait envoyé deux de leurs membres en prison ? Le gang avait-il suivi sa trace jusqu'à Denton et fini par se venger ? Mais si c'était le cas, que venait faire James Omar dans cette histoire ? Il ne pouvait pas être venu ici par hasard et s'être retrouvé au mauvais endroit au mauvais moment. Puisqu'il avait loué une voiture pour venir de Philadelphie jusqu'ici...

Josie fit le tour de la maison et revint devant la porte d'entrée. Elle ne pouvait se défaire de l'idée que quelque chose d'important lui échappait. Mais aucun détail nouveau ne lui sauta aux yeux. Du moins pas à l'extérieur de la maison. Elle se glissa sous le ruban jaune qui barrait l'accès à la véranda et tenta d'ouvrir la porte. Elle n'était pas verrouillée et s'entrebâilla en grinçant. Josie entra. Des grains de poussière flottaient dans les rayons de soleil qui filtraient à travers les voilages des fenêtres. Rien n'avait changé, si ce n'était les traces de poudre fine là où l'équipe d'identification criminelle avait cherché des empreintes à identifier. Elle contempla encore une fois la trace circulaire exempte de poussière sur la table basse du salon. Noah l'avait relevée, mais elle n'était pas sûre que ça ait de l'importance. C'était le problème avec les scènes de crime. Il était difficile de savoir ce qui pouvait être significatif, et il fallait considérer tous les indices comme porteurs de sens – au début, du moins.

Elle revisita la maison, lentement, cherchant du regard quelque chose qu'elle aurait pu ne pas voir lors de son passage précédent. Mais la seule chose qui lui apparut, et qu'elle n'avait pas remarquée la première fois, c'était que toute la vaisselle de Gretchen était en plastique. Josie ouvrit les placards, répertoria chaque objet. Quatre bols, quatre assiettes, quatre grands gobelets – tous en plastique. Ses tasses à café étaient des tasses de voyage – en plastique. Étrange, bien sûr, mais cela avait-il un sens particulier ? Josie pouvait presque entendre Noah lui murmurer à l'oreille : « Elle est peut-être simplement maladroite. » Pourtant, dans son travail, Gretchen ne faisait jamais rien tomber et, au commissariat, elle buvait son café dans des mugs de porcelaine.

Son téléphone bipa dans sa poche, la faisant sursauter. Elle y jeta un coup d'œil. Le docteur Larson venait de lui envoyer le nom et le numéro de téléphone du père d'Ethan, Doug Robinson. Elle le remercia, toujours par SMS, éteignit les lumières dans toute la maison et revint à sa voiture. Avant de faire démarrer le moteur, elle composa le numéro de portable qu'elle venait d'obtenir. À la quatrième sonnerie, une voix d'homme lui répondit.

— Monsieur Robinson ? demanda-t-elle. Doug Robinson ? Je suis Josie Quinn, inspectrice de la police de Denton. C'est en Pennsylvanie et...

— Oh, oui, bonjour, l'interrompit-il. Oui, euh, le professeur Larson m'a appelé. Écoutez, je suis vraiment désolé de ce qui est arrivé à James. Quel choc. C'est... C'est vraiment terrible.

Josie fut soulagée d'apprendre que le docteur Larson lui avait déjà annoncé la mauvaise nouvelle.

— Vous connaissiez James ?

— Oh, oui, je l'ai rencontré plusieurs fois. Ethan l'avait invité ici l'année dernière, aux vacances de printemps. Il l'avait emmené visiter Portland. Un bon gamin. Très sérieux.

— Monsieur Robinson, quand avez-vous eu des nouvelles de votre fils pour la dernière fois ?

Elle l'entendit marmonner, comme s'il comptait. Puis :

— Hmm, trois semaines, peut-être ?

— Pas de coups de fil, de SMS ? C'est inhabituel ?

Robinson se mit à rire.

— Pour Ethan ? Non, pas du tout. Il est un peu original. Pas très sociable. Depuis toujours, en fait. Il n'avait pas des tonnes d'amis à l'école. Toujours plongé dans un livre ou collé à un ordinateur. Un bon élève, mais qui ne sortait pas facilement de sa coquille. Ma femme – sa mère – savait très bien s'y prendre avec lui, mais elle est décédée quand il était encore au lycée.

— Toutes mes condoléances.

— Merci. Oui, ça a été dur pour lui. Mais depuis qu'il est à l'université, il s'en sort plutôt bien.

— J'ai cru comprendre qu'il était en doctorat. Où a-t-il commencé ses études ?

— Oh, là-bas, à l'université de Pennsylvanie. La fac toute

proche de Drexel. Et au moins aussi chère. Mais je ne me plains pas. C'est un bon tremplin pour la suite.

Josie réorienta la conversation sur ses relations avec Ethan.

— Donc votre fils peut passer de longs moments sans vous contacter. Combien de temps au maximum, selon vous ?

— Six semaines, peut-être. Écoutez, inspectrice, Ethan est un grand garçon, vous savez. Il vit sa vie de son côté. Je suis là pour le soutenir s'il en a besoin, et il le sait, mais je ne le harcèle pas. Sauf quand il paie son loyer en retard et que Larson m'appelle.

Josie ne savait que penser de l'apparent détachement du père. Est-ce qu'il ne s'intéressait pas plus que ça à son fils ou est-ce qu'Ethan était vraiment imprévisible et disparaissait souvent sans donner de nouvelles ? Elle se demanda si l'homme lui cachait quelque chose, si Ethan et son père ne s'étaient pas brouillés, pour une raison ou une autre. Certes, toutes les familles ne demeuraient pas forcément proches, mais elle trouvait étrange le désintérêt de Doug Robinson pour son fils, d'autant plus que le colocataire d'Ethan venait d'être assassiné.

— Alors pourriez-vous me rendre service et essayer de contacter votre fils de ma part ? Après la mort de James, j'aimerais vraiment m'assurer qu'il est sain et sauf.

— Bien sûr.

— Et aussi... Je ne l'ai pas vu dans la liste des amis de James sur Facebook. Il est bien sur les réseaux sociaux ?

— Non. Pas que je sache. C'est sa forme de rébellion à lui.

— Encore une chose, dit Josie.

Elle lui expliqua qu'on avait trouvé la photo d'un petit garçon sur la scène de crime et qu'elle ne savait pas si c'était important ou non, mais qu'elle essayait d'identifier ce garçon. Robinson accepta d'y jeter un coup d'œil mais, quelques secondes après qu'elle lui eut envoyée, il répondit par SMS qu'il n'avait jamais vu ce gamin de sa vie.

Josie était de nouveau dans l'impasse. Et avec une disparition de plus sur les bras.

22

Avant de partir de chez Gretchen, Josie envoya un message à Noah.

Vous avez retrouvé les téléphones ou le TDM ?

Il répondit presque instantanément :

Non. Rien du tout. Ça n'a rien donné.

En soupirant, elle passa à des choses plus personnelles.

Je suis rentrée. Tu veux venir ce soir ?

Là encore, la réponse fut rapide.

J'aimerais bien, crois-moi. Mais le ballon d'eau chaude de ma mère a lâché et je dois l'aider à en installer un nouveau. J'en ai pour la soirée.

Josie soupira de plus belle et mit le contact. Les parents de

Noah avaient divorcé quand il avait eu dix-huit ans. Benjamin de trois enfants, il était le seul à ne pas avoir quitté Denton. Josie ne pouvait s'empêcher d'adorer la façon dont il prenait soin de sa mère. Elle faillit lui répondre : « Salue-la de ma part », mais elle se rappela que l'unique fois où elle avait rencontré la mère de Noah, celle-ci l'avait scrutée de la tête aux pieds avant de déclarer : « Alors, c'est cette femme qui t'a tiré dessus ? » Noah avait essayé des centaines de fois de lui expliquer que Josie cherchait à sauver une adolescente quand c'était arrivé, qu'elle s'était crue obligée de tirer, qu'il n'avait pas porté plainte et lui avait pardonné immédiatement, mais Mme Fraley était restée de glace. Josie ne pouvait pas lui en vouloir. Elle se sentait encore coupable d'avoir tiré. Elle écrivit :

Pas de problème, je comprends. À demain.

Puis elle rentra chez elle.

Il y avait encore de la lumière dans la maison et, depuis l'allée, elle vit par la fenêtre du salon que la télévision était allumée. La petite Fiat sportive rouge de Trinity était garée devant l'entrée. À son grand étonnement, Josie se sentit soulagée. Après une nuit de solitude à Philadelphie, elle était contente d'avoir de la compagnie. Au salon, sa sœur était affalée sur le canapé bleu, en pantalon de survêtement et en t-shirt arborant le logo de son émission de télévision, la télécommande à la main. Un saladier de pop-corn était posé devant elle sur la table basse. Quand Josie entra dans la maison, Trinity appuya sur un bouton, figeant ce qui se passait à l'écran.

— Tu es encore là, dit Josie.

Trinity se mit à rire, se redressa et tapota le coussin à côté d'elle sur le divan.

— Moi aussi, je suis contente de te voir.

Josie se débarrassa de son blouson, de son sac, et vint s'asseoir à côté de sa sœur jumelle. Elle plongea la main dans le saladier de pop-corn et se mit à manger et à parler en même temps.

— Ce n'est pas ce que je voulais dire. Mais je croyais que tu devais repartir bosser.

— Je rentre à New York demain. J'espère que ça ne te dérange pas que je dorme ici, dit-elle avec un geste vague pour englober la pièce. Mais ça me fascine encore d'être chez toi.

Ce fut au tour de Josie d'éclater de rire.

— Tu devrais m'inviter à New York, pour que je puisse voir *ton* chez-toi.

Trinity lui donna une petite tape avec la télécommande.

— Arrête ! Il faudrait que tu lèves un peu le pied pour ça. Sauf si je te disais qu'une des pistes pour je ne sais laquelle de tes enquêtes se trouvait en plein cœur de Manhattan. Il n'y a que comme ça que je pourrais t'attirer là-bas.

Elles étaient aussi dévouées à leur métier l'une que l'autre, et Josie ne s'excusa pas.

— Au fait, les Devil's Blade ou les Dirty Aces, ça te dit quelque chose ?

— Des gangs de bikers hors-la-loi. Les 1 %. Tu n'es pas sur une enquête qui les implique, j'espère ? Ce sont de vrais sales types.

Josie dut réprimer un grognement. La dernière fois que Trinity avait utilisé cette expression, les cadavres s'étaient accumulés à une vitesse effarante.

— Je n'en suis pas sûre. Enfin, pas directement. Je ne crois pas.

— Ah, c'est beaucoup plus clair comme ça, plaisanta Trinity.

— Tu connais bien ces gens-là ?

— Un peu. On a fait un grand reportage sur eux, l'année dernière. Un de mes producteurs avait un contact chez les Dirty Aces. Le reportage ne parlait pas que d'eux, mais c'est sur les Dirty Aces qu'on a le plus travaillé. Ils font surtout du trafic de drogue et d'armes. Ils ont décrété que la côte Est leur appartenait, et ils n'aiment pas du tout que d'autres gangs empiètent sur leur territoire. Tous ceux qui se mettent en travers de leur chemin sont assassinés ou disparaissent mystérieusement.

— J'ai entendu ça aussi. Ma source m'a dit qu'ils laissent leur carte de visite.

— Oui, un as de pique à moitié brûlé. Mais ce n'est pas une carte de visite, plutôt un avertissement.

— Comment ça ?

Trinity posa la télécommande sur la table basse.

— Les Dirty Aces sont responsables de beaucoup de meurtres, mais ils ne laissent leur carte brûlée que quand ils veulent faire passer un message aux autres gangs.

— Et qu'est-ce qu'ils font des témoins ? demanda Josie. Si, par exemple, quelqu'un voyait un de leurs membres commettre un meurtre, et que ce quelqu'un était prêt à témoigner au tribunal ?

Trinity secoua la tête.

— Ces témoins-là disparaissent. On ne retrouve jamais leurs corps.

— Et ça leur arrive de s'en prendre à des procureurs ou à des policiers qui enquêtent sur eux ?

— Bien sûr. Mais c'est plus efficace de cibler les témoins. Les policiers et les procureurs ont besoin de témoins pour étayer leurs accusations.

— Donc ils ne laisseraient pas un as de pique s'ils tuaient ou s'ils faisaient disparaître un flic ?

— Non, je ne pense pas. C'est par rapport à Gretchen ? Tu crois que les Aces lui ont fait quelque chose ? Tu n'as pas trouvé d'as de pique chez elle, si ?

— Non, pour la seconde question, et pour la première, je ne sais pas. Elle a travaillé sur une affaire, il y a plusieurs années, et a envoyé en prison deux membres des Aces qui avaient tué des gars des Devil's Blade. J'essaie d'explorer toutes les possibilités, même les plus absurdes. Surtout avec notre doctorant assassiné, et la...

Josie s'interrompit avant de lui parler de la photo du petit garçon inconnu.

— C'est bon, dit Trinity. Je sais qu'il y a des choses que tu ne peux pas me dire. Ça ne me dérange plus. Je ne m'occupe plus des faits divers locaux.

Elle reprit la télécommande et relança l'émission qu'elle regardait avant l'arrivée de sa sœur.

— Mais si tu arrives à trouver un lien entre Gretchen, ta victime et les Aces, ça n'aura plus rien d'absurde.

Josie rit amèrement.

— Plus facile à dire qu'à faire.

— Allez, ne t'en fais pas. Tu as déjà réussi à débrouiller des enquêtes plus compliquées avec moins que ça, dit Trinity avec un clin d'œil.

Josie se leva et allait quitter le salon quand Trinity l'interpella :

— Tu vas où comme ça ?

Josie se retourna et la dévisagea.

— Je monte. J'ai des recherches à faire.

Trinity leva un sourcil parfaitement dessiné et lui indiqua le divan.

— Les ordinateurs portables sont faits pour être *portables*, ma chère sœur. Descends donc le tien et mets-toi à tes recherches pendant que je dévore cette émission. Je te ferai du café si tu penses que tu en as pour longtemps.

Josie leva à son tour les sourcils pour l'imiter.

— Tu as quelque chose à me demander, pour me passer de la pommade comme ça ?

Trinity se mit à rire.

— Mais non ! J'essaie de jouer mon rôle de sœur jumelle.

23

Deux heures plus tard, Trinity ronflait à côté de Josie, qui épluchait toujours les sites d'information de la ville de Philadelphie à la recherche d'articles sur le meurtre de Linc Shore et de Seth Cole, et sur la condamnation des deux Dirty Aces qui les avaient égorgés. Sur les photos d'identité judiciaires, les deux tueurs se ressemblaient beaucoup. Des hommes d'une bonne quarantaine d'années aux visages ronds, barbus, avec des cheveux grisonnants tirés en queue-de-cheval. Tous les deux trop vieux pour être le garçon de la photo. Il y avait des photos de Linc Shore et de son prospect, aussi. Photos d'identité judiciaires ou d'identité tout court, Josie n'aurait su le dire. Ni l'un ni l'autre ne lui étaient familiers. Linc Shore était lui aussi trop âgé pour être le garçon de la photo épinglée au t-shirt de James Omar. Il avait la cinquantaine, des cheveux noirs gras qui lui descendaient jusqu'aux épaules et une longue barbe brune parsemée de blanc. Ses yeux sombres regardaient l'appareil photo d'un air de défi, et un très léger sourire lui retroussait le coin des lèvres. On aurait dit quelqu'un qui détenait un secret. Ou qui attendait la chute d'une bonne blague.

Seth Cole, lui, aurait été assez jeune mais, comme le petit

garçon était de profil sur la photo, il était difficile de dire si c'était lui ou non. Josie interrompit ses recherches sur le meurtre pour taper le nom de Seth Cole dans Google et dans quelques bases de données de la police. Son empreinte numérique était presque inexistante. Sur la photo de profil de son compte Facebook, on le voyait sur une Harley-Davidson, souriant, une bière à la main. Il avait des cheveux blonds qui lui arrivaient au-dessous des épaules et un long nez crochu décentré dans un visage rouge et mal rasé. Il faisait bien plus vieux que ses vingt et un ans. Soit il s'était très peu servi de sa page Facebook, soit il avait limité le plus possible l'accès à ses informations personnelles, parce qu'on n'y voyait rien d'autre que cette photo et le fait qu'il vivait à Seattle. Les bases de données auxquelles Josie avait accès lui en apprirent à peine plus – seulement qu'il avait été condamné pour quelques délits mineurs liés à la drogue avant de s'acoquiner avec Linc Shore et le chapitre de Seattle des Devil's Blade.

Avec un soupir, Josie repartit à la pêche aux informations sur le double meurtre de Philadelphie. Elle dénicha plusieurs articles mais n'apprit rien de plus que ce que lui avait déjà dit Boyd. Les deux hommes avaient été sauvagement assassinés, et Gretchen avait travaillé d'arrache-pied pour traduire leurs meurtriers en justice, malgré des menaces répétées à l'encontre des témoins. Les deux membres des Aces avaient été condamnés à perpétuité, sans libération conditionnelle possible. Affaire classée. Deux ans plus tard, Gretchen faisait face à Josie dans le bureau occupé désormais par Bob Chitwood pour postuler au poste d'inspectrice de la police de Denton.

Josie passa une bonne partie de la nuit à éplucher toutes les sources à sa disposition, en tentant de trouver un lien entre James Omar et les Dirty Aces ou n'importe quel autre gang de motards hors-la-loi. Elle essaya diverses associations de noms dans le moteur de recherche : Gretchen Palmer et Dirty Aces, Gretchen Palmer et Devil's Blade, Gretchen Palmer et James

Omar ; et même Gretchen Palmer et Ethan Robinson. Rien. Elle obtint plein d'articles de presse citant Gretchen du temps où elle travaillait à la brigade criminelle de Philadelphie, et elle dénicha aussi les nécrologies de chacun de ses grands-parents, mais rien qui lui soit vraiment utile.

Son esprit fourmillait de questions sans réponses, dont la principale demeurait : où était donc passée Gretchen ? Si elle s'était enfuie comme l'avait suggéré Noah, pourquoi n'avait-elle pas emporté les 2 000 dollars cachés dans son tiroir à chaussettes ? Non, Josie était persuadée qu'on l'avait enlevée. Les Aces l'avaient-ils kidnappée ? Ou fait disparaître pour venger leurs deux membres emprisonnés ? James Omar était-il dans le collimateur des Aces ? Sa visite à Gretchen pouvait n'avoir aucun rapport avec la disparition de cette dernière. Il était possible qu'il soit allé la voir pour des raisons qui n'avaient aucun lien avec les Dirty Aces, et qu'il se soit simplement trouvé au mauvais endroit au mauvais moment. Ou peut-être les Aces essayaient-ils de faire porter à Gretchen le chapeau de son meurtre. Auquel cas ils avaient fait du très bon boulot. Le lendemain matin, le chef Chitwood allait lancer un mandat d'arrêt à son encontre et, une fois la presse au courant, le procès médiatique de Gretchen allait démarrer.

Mais alors, quid de la photo ? Qui l'avait épinglée au cadavre d'Omar, et pourquoi ?

À côté d'elle, Trinity s'étira et se redressa, encore à demi endormie. Elle cligna des yeux et loucha sur la box internet, qui indiquait 3 heures du matin.

— Mon Dieu, mais tu es encore là-dessus ? dit-elle à Josie.

Josie referma son ordinateur et se renfonça dans le canapé avec un gros soupir.

— Et je n'arrive à rien.

Trinity se leva, lui prit la main et l'entraîna vers l'escalier.

— C'est parce que tu as besoin de sommeil. Tu auras les idées plus claires après avoir dormi.

Josie se laissa remorquer pour monter les marches. Elle ne protesta pas quand sa jumelle s'installa dans son lit double et se remit très vite à ronfler. Épuisée, Josie se mit au lit à côté d'elle. Avec un petit pincement au cœur, elle se demanda combien, en trente ans, elle avait manqué de nuits pareilles, à dormir côte à côte avec sa sœur. Elle repoussa l'idée, la souffrance qui l'accompagnait, et tourna son esprit vers Gretchen, à la recherche d'un angle différent, d'une nouvelle perspective sur l'affaire. Une fois encore, elle se remémora la première fois qu'elle l'avait rencontrée. Le premier entretien d'embauche. Et puis elle pensa à ce qui avait fait que sa candidature lui avait paru intéressante, dès le début. Ses années d'expérience, ses références impeccables. Les références. Quelque chose s'alluma au fond de son cerveau, pour s'éteindre aussitôt. Elle essaya de s'en souvenir, mais le sommeil lui vint trop vite.

24

Noah était déjà à son poste quand Josie arriva à son bureau. Il poussa une tasse de café et un *Cheese Danish** dans sa direction, pendant qu'elle lui résumait tout ce qu'elle avait appris depuis vingt-quatre heures.

— Tu penses que les Aces sont mêlés à ça ? demanda-t-il.

Josie but une gorgée de café et ouvrit son tiroir pour en sortir le dossier personnel de Gretchen avant de répondre.

— Je ne sais pas. Je n'ai trouvé aucun lien entre les Aces, Gretchen et James Omar. C'est lui, l'élément incongru. Je ne vois pas ce qu'il fait dans cette histoire.

— Et n'oublions pas la photo, souligna Noah. Ça aussi, c'est très étrange. Comment se fait-il qu'aucune des connaissances de Gretchen ou d'Omar ne puisse identifier ce petit garçon ?

— Oui, c'est déroutant, convint Josie. Dis, je sais qu'il y a peu de chances que ça marche, mais est-ce que tu pourrais essayer de retrouver quelqu'un de la famille de Seth Cole et lui

---

* *Cheese Danish* : viennoiserie danoise à base de pâte feuilletée et de fromage frais. (N.d.T.)

demander de jeter un coup d'œil à cette photo ? Seth était assez jeune pour être ce môme, et il était blond.

— Bien sûr.

L'ordinateur de Noah émit un son, et il cliqua sur quelque chose avant de reprendre :

— Tu te rappelles que j'ai pris la liberté de demander l'autorisation de consulter les relevés téléphoniques de Gretchen et d'Omar couvrant les dernières semaines ?

— Tu les as déjà reçus ? dit Josie en posant le dossier de Gretchen sur son bureau.

— J'ai ceux de Gretchen. J'attends toujours ceux d'Omar.

À l'autre bout de la pièce, l'imprimante toussa et se mit à ronronner. Noah alla récupérer les pages tout juste imprimées, les étala sur son bureau. Josie le rejoignit. Ils étudièrent ensemble la liste des appels entrants et sortants.

— Là, dit Josie en indiquant un appel reçu deux semaines plus tôt. C'est le numéro de téléphone de James Omar.

Noah suivit la liste du bout du doigt, et dessina des étoiles en face des deux lignes où le numéro d'Omar apparaissait.

— Il l'a appelée la semaine dernière, et le jour du meurtre. Que des appels entrants. Elle ne lui a jamais téléphoné.

— Pourquoi ? Pour quelle raison a-t-il bien pu l'appeler ? Et comment avait-il obtenu son numéro ?

Noah ne tenta même pas de répondre à ces questions. Il savait que Josie ne faisait qu'exprimer son impuissance. Il se rassit.

— Je vais identifier le reste des numéros.

Tandis qu'il se mettait à l'ouvrage, Josie ouvrit le dossier personnel de Gretchen et le feuilleta pour arriver à la section des références. Deux d'entre elles citaient des policiers de Philadelphie, dont Steven Boyd. Mais c'était la dernière référence de la liste qui avait fait jaillir une étincelle dans son esprit, la nuit dernière, alors qu'elle s'endormait. Gretchen avait donné le nom, l'adresse professionnelle et le numéro de téléphone d'un certain Jack Starkey, agent du Bureau des alcools, tabacs, armes à feu et explosifs, ou BATAE, dans la division de Seattle, dans l'État de Washington. Josie relut le CV de Gretchen. Rien ne disait qu'elle avait travaillé à Seattle. Elle était allée au lycée à Allentown, en Pennsylvanie. Puis il y avait un blanc de quatre ans entre le moment où elle avait eu son bac et celui où elle était allée à l'université. Elle était sortie de Pennsylvania State University avec un diplôme en justice pénale, puis était entrée directement à l'école de police de Philadelphie. Elle avait commencé par faire des patrouilles de rue avant d'être affectée à la brigade criminelle, et y était restée jusqu'à son installation à Denton.

Alors, quel était le lien avec Seattle ?

Josie repensa à son entretien d'embauche. La seule chose qui l'intéressait alors, c'était la grande expérience accumulée par Gretchen à Philadelphie. Elle se souvint l'avoir interrogée sur ce vide de quatre ans entre le lycée et l'université. Gretchen avait répondu assez vaguement, évoquant une période sabbatique pour voyager. Josie lui avait demandé comment elle avait fait la connaissance d'un agent du BATAE, et là encore la réponse avait été floue. Gretchen lui avait dit qu'elle l'avait croisé au hasard de quelques conférences. Josie se demandait à présent si c'était vrai. Comment avait-elle vraiment connu Jack Starkey ? Y avait-il une connexion plus grande entre eux que le simple fait d'avoir assisté aux mêmes conférences ? Avait-elle travaillé avec lui pendant qu'elle était dans la police de Philadelphie ? Mais comment était-ce possible, si lui était basé à Seattle ? Avait-il travaillé sur la côte Est avant de partir pour l'État de Washington ? Linc Shore et Seth Cole venaient de Seattle. Josie savait que le BATAE avait affaire aux gangs de bikers. Il y avait de bonnes chances que ce Starkey ait eu à enquêter sur les Devil's Blade. Gretchen était-elle entrée en contact avec Starkey à cause du double meurtre de Shore et de Cole ? Elle avait peut-être appelé le BATAE de Seattle pour obtenir des renseignements sur les deux victimes.

Josie prit son téléphone et composa le numéro de Jack Starkey, mais n'obtint que sa boîte vocale, qui annonçait qu'il était absent pour une conférence, avec un accès limité à sa messagerie et à ses mails. Josie laissa malgré tout son numéro de portable et son numéro professionnel en le priant de la rappeler dès que possible.

Face à elle, Noah mit fin à une conversation téléphonique et la regarda d'un air abattu.

— Seth Cole n'est pas le garçon de la photo.

— Tu en es sûr ?

— Je viens juste de parler à sa mère. Bon, il avait été adopté à l'âge de trois ans, mais elle dit qu'elle est sûre que ce n'est pas lui. Par ailleurs, tous les autres appels des relevés de Gretchen correspondent à des numéros locaux. Pour autant que je puisse en juger, ce sont des coups de fil liés à ses enquêtes en cours. Rien qui sorte de l'ordinaire.

Une impasse de plus.

Josie posa les coudes sur son bureau, enfouit sa figure dans ses mains.

— Où est-elle, Noah ? Qu'est-ce qui se passe, bon sang ? Chitwood va sûrement nous demander de lancer un mandat d'arrêt dès ce soir.

— Il l'a déjà fait, annonça le sergent Dan Lamay en s'avançant vers eux.

Il alluma l'écran de télévision fixé au mur opposé avec la télécommande qu'il avait dans la main. Ils durent supporter une minute de publicité avant le début du journal d'information local. Le visage de Gretchen apparut juste derrière l'épaule du présentateur, au-dessus des mots : « Un mandat d'arrêt lancé contre une policière de Denton. » Josie n'entendit que des bribes de ce qui suivit. « Un étudiant, James Omar... à son domicile... on ne sait pas comment ils se connaissaient, ni ce qui a mené à cette lutte mortelle... toute personne détenant des informations... »

— Bon Dieu ! fit Josie.

Lamay éteignit la télévision et posa la télécommande sur le bureau de Josie.

— Désolé, patronne. Mais je me suis dit qu'il fallait vous mettre au courant.

Josie lui adressa un pâle sourire.

— Merci, Dan.

Ce dernier s'éloigna et Josie replongea la tête dans ses mains.

— Ça ne sent pas bon du tout, marmonna-t-elle.

Elle releva la tête en entendant Noah faire racler son fauteuil sur le sol carrelé. Il baissa la tête, se pencha en avant et chuchota :

— Hé. On va la retrouver, OK ?

Mais vivante ? se demanda Josie. Gretchen était-elle encore vivante ?

— Il ne lui arrivera rien, ajouta Noah comme s'il lisait dans ses pensées. Chitwood a lancé son mandat d'arrêt, et alors ? Même si on doit l'arrêter quand on la retrouvera, elle nous expliquera ce qui s'est passé, et tout ira bien.

Le téléphone fixe du bureau de Josie se mit à sonner. Elle s'en empara vivement, espérant que c'était Jack Starkey qui la rappelait. Mais c'était Lamay, qui l'appelait depuis l'accueil du commissariat.

— Patronne, le central nous annonce qu'il y a eu un meurtre, près du parc municipal.

25

JANVIER 1994

Seattle, État de Washington

Face à Kristen, sur la table, le tour de potier était en pièces. Irréparable. Sans être experte, elle savait que, vu comme elle l'avait cassé, il serait impossible de le rafistoler. En soupirant, elle repoussa les morceaux. Darryl allait être furieux. Il lui avait offert ce tour et avait transformé leur vestibule en véritable atelier de poterie, pour éviter qu'elle s'ennuie. Tout ça parce qu'une fois, au début de leur histoire d'amour, elle lui avait dit qu'elle avait toujours rêvé de se mettre à la poterie. Elle ne voulait même pas savoir combien tout le matériel, l'argile et le four de cuisson lui avaient coûté.

— Oh mon Dieu, le four, marmonna-t-elle.

Il avait dû coûter plus de 1 000 dollars. Elle avouerait avoir cassé le tour, demanderait à Darryl d'en racheter un, et s'y remettrait. Ou alors elle pouvait tomber enceinte, et laisser tomber tout ça. C'était leur projet d'origine, après que le restaurant où elle était serveuse avait fermé. « Reste à la maison », avait dit Darryl. Il gagnait une fortune en vendant des BMW. Ils n'avaient pas besoin de son salaire dérisoire de serveuse.

Même si elle gagnait beaucoup en pourboires. Fonder une famille aurait dû être l'étape suivante pour Kristen et Darryl Spokes. Mais ils avaient eu besoin de refaire le toit, et la boîte de vitesses de la voiture de Kristen avait lâché. Ensuite, c'était la mère de Darryl qui était tombée malade, et leur projet de fonder une famille avait été remis à plus tard. Et Kristen était toujours coincée à la maison. Quand elle s'était mise à chercher de nouveau du travail, Darryl avait eu cette idée d'atelier de poterie.

Sauf qu'elle n'arrivait à rien. À rien du tout.

— Chérie, ça va ?

La question la fit sursauter. Un coup d'œil à la pendule murale lui apprit qu'il était plus de vingt-trois heures. Une fois encore, il rentrait très tard du travail. Enfin, pas vraiment du travail : il était allé prendre un verre avec ses collègues, ce qui selon lui était absolument indispensable pour rester dans les bonnes grâces de son patron.

— N'entre pas, dit-elle, mais c'était trop tard.

Il était en bras de chemise, cravate défaite, un début de barbe sur les joues. Il leva un sourcil.

— Qu'est-ce qui s'est passé ?

Kristen soupira et essuya ses mains pleines de glaise sur son jean.

— Il s'est passé que je ne suis pas très douée pour la poterie, Darryl.

Il sourit.

— Ça va venir.

Elle était trop fatiguée pour discuter. Il avança d'un pas et indiqua un objet sur la table, près du tour de potier cassé.

— C'est...

— C'est le mug que j'ai essayé de faire.

Il alla prendre l'objet sur la table.

— Il est super, chérie !

Kristen rit faiblement.

— Je t'en prie, ne te moque pas.

Le mug, gris, n'était pas émaillé et s'affaissait d'un côté comme s'il avait fondu. Sa poignée pendouillait, on aurait pu penser qu'elle avait commencé à se dissoudre.

— Je vais l'emporter au bureau, dit Darryl, le sourire au coin des lèvres.

Kristen lui donna une tape sur le bras.

— Arrête !

Mais elle ne put s'empêcher de rire.

Il la prit dans ses bras et l'embrassa.

— Allez, viens te coucher. Demain, tu me feras du café pour ma nouvelle tasse.

Elle lui donna une nouvelle tape en gloussant, mais se laissa conduire jusqu'à leur chambre. Ils se débarrassèrent de leurs vêtements à peine le seuil franchi.

Darryl trébucha, la lâcha et se rattrapa au lit.

— Tu es soûl ? demanda Kristen.

— Allume, répondit-il.

Kristen alluma sa lampe de chevet et vit que Darryl se relevait, un portefeuille marron à la main. Il l'ouvrit et lui jeta un regard interrogateur.

— Kristen, qui est Travis Green, et qu'est-ce que son portefeuille fait par terre dans notre chambre ?

Elle allait lui dire qu'elle n'en avait aucune idée, qu'elle n'avait jamais entendu parler de Travis Green et qu'elle ne savait pas ce que son portefeuille faisait là. Mais la lumière s'éteignit et un bourdonnement sourd, quelque part, se tut. L'électricité avait sauté dans toute la maison.

— Kristen, répéta Darryl.

— Qu'est-ce qui se passe, bon sang ? demanda Kristen.

Puis une vive lumière traversa la chambre, éclairant d'abord le visage de Darryl avant de se poser sur Kristen, l'aveuglant.

Une voix d'homme se fit entendre.

— C'est vrai, ça, Darryl. Qu'est-ce qui se passe, bon sang ?

26

AUJOURD'HUI

Denton, Pennsylvanie

Le parc municipal de Denton était un grand espace vert qui séparait le campus de l'université locale de Main Street. Les gens du coin venaient y promener leur chien, faire du jogging ou organiser des événements associatifs. La maison de plain-pied typiquement américaine de Margie et Joel Wilkins était à un pâté de maisons du parc, séparée de la rue par une clôture blanche en bois. Dans le jardin, un grand érable, avec une balançoire suspendue à une branche, ombrageait la véranda et l'entrée. Sur la véranda, des fleurs en pot colorées encadraient des meubles de jardin blancs, en osier. Josie et Noah se tenaient devant le portail et discutaient avec Mettner.

— Ce sont des jeunes mariés, expliqua celui-ci. Ils devaient être à Philadelphie ce matin. Apparemment, ils avaient prévu de partir en croisière avec un groupe d'amis et la sœur de Joel. Quand ils ne se sont pas présentés à bord, sa sœur les a appelés, sur leurs deux portables. Elle n'a eu que leur messagerie, alors elle a commencé à s'inquiéter. Elle nous a téléphoné pour qu'on aille voir sur place.

Josie voyait à sa pâleur que c'était Mettner qui s'était occupé d'aller sonner chez les Wilkins.

— Décédés tous les deux ? demanda-t-elle.

Mettner fit signe que oui et essuya la sueur qui perlait à son front, alors que c'était une froide journée d'automne.

— Oui. La femme est dans le salon. Le mari au fond de la maison, dans la chambre principale.

— Vous êtes le seul à être entré ?

— Le seul, oui, confirma Mettner. Hummel est arrivé ensuite et m'a aidé à délimiter le périmètre.

Il désigna d'un geste son collègue qui se tenait devant la porte d'entrée, un porte-bloc à la main.

— Je n'ai touché à rien. J'ai quand même vérifié leurs pouls, même si...

Il n'acheva pas et déglutit. Sa pomme d'Adam faisait du yo-yo.

— Je comprends, dit Josie, compatissante. C'est vraiment le genre de chose auquel on ne s'habitue jamais.

Mettner secoua la tête comme pour se défaire de son désarroi.

— Je n'avais jamais vu une victime de sexe féminin. Pas comme ça, en tout cas. Ses yeux... J'ai seulement...

Noah posa le bras sur son épaule.

— Ça va aller. Vous voulez bien appeler une ambulance et la légiste ?

— Bien sûr.

Mettner repartit vers sa voiture de patrouille.

Hummel dirigeait officieusement l'équipe d'identification criminelle, chargée de relever les traces et les indices, et son véhicule contenait tout le nécessaire pour boucler et passer au peigne fin une scène de crime. Sa voiture n'était pas fermée ; Josie et Noah enfilèrent gants et combinaisons puis se dirigèrent vers la porte d'entrée.

— Trois homicides en une semaine, commenta Hummel en leur faisant signer le registre de la scène de crime.

Ça n'avait pas échappé à Josie. Son estomac faisait des saltos quand ils pénétrèrent dans la maison. L'intérieur était aussi accueillant que le jardin. La porte d'entrée donnait directement sur le salon. Le parquet luisant craquait sous leurs pieds. La pièce était lumineuse et agréable, avec des murs crème et deux canapés bleus, bien rembourrés, autour d'une table basse à plateau de verre, sur laquelle était posé un vase d'où jaillissait un bouquet de fausses fleurs très colorées. Un épais tapis bleu pervenche s'étendait sous la table – et sous le cadavre nu de Margie Wilkins. La jeune femme était sur le dos, la bouche ouverte, les yeux exorbités. Les derniers instants de sa vie s'étaient figés sur son visage. Josie comprit pourquoi Mettner était si bouleversé. Elle était jeune, entre vingt et vingt-cinq ans, peut-être, estima-t-elle. Ils le sauraient dès qu'ils auraient terminé d'examiner la scène de crime et qu'ils auraient parlé à la famille.

Josie soupira et s'accroupit près de la femme, prenant soin de ne rien déranger tant que l'équipe d'identification criminelle n'avait pas tout photographié.

— On l'a étranglée, dit-elle en montrant des traces de doigts mauves et roses sur le cou délicat de Margie Wilkins. Regarde, on voit où le tueur a mis ses mains. Et là...

Elle indiqua deux autres endroits de sa gorge.

— Ça, ce sont des empreintes de pouces.

Noah avait sorti son carnet, il dessina la scène et prit des notes pendant que Josie parlait.

— Des contusions à l'intérieur des cuisses, aussi. Elle a vraisemblablement été violée.

Elle se releva et marqua un temps de silence à la mémoire de Margie Wilkins. *Personne ne devrait mourir ainsi*, se dit-elle. Puis elle s'adressa à Noah :

— Fais-la photographier tout de suite et recouvre-la, s'il te plaît.

— Bien sûr.

Josie fit lentement le tour de la pièce du regard. Malgré toute la violence subie par Margie, la pièce elle-même était étrangement préservée.

— Il n'y a pas eu de lutte, dit Josie.

— Tu crois que c'est le mari qui l'a tuée ? Une dispute conjugale ? Meurtre suivi d'un suicide ?

— Je ne sais pas. Allons voir le corps du mari.

Ils suivirent le couloir, gaiement décoré, orné de diverses photos encadrées du jeune couple. La moitié d'entre elles étaient des photos de vacances, prises dans des endroits exotiques où on les voyait camper, pratiquer l'escalade ou le rafting en eaux vives. L'autre moitié datait visiblement du jour de leur mariage. Entre ces images, de petits panneaux de bois peints proclamaient « Heureux pour toujours » ou bien « Tout arrive quand deux personnes s'aiment ». Josie prit le temps d'étudier une photo du couple, prise le jour du mariage. Ils se tenaient sur la rive d'un lac, au coucher du soleil, et se regardaient dans les yeux, éperdument amoureux. Vivante, Margie avait dû être jolie, mais sa beauté semblait surtout tenir au bonheur intérieur qu'elle semblait irradier.

Josie s'arracha à la contemplation de la photo et suivit Noah dans la chambre, au bout du couloir. La pièce était beaucoup plus sombre, protégée du soleil par les stores vénitiens baissés. Un grand lit double trônait au centre. Une couverture, bleu pétrole avec un motif floral vert, était repoussée sur le côté du lit. Deux valises ouvertes et pleines de vêtements étaient posées au sol, près de la penderie. Ils étaient en train de faire leurs bagages pour partir en croisière. Ou peut-être avaient-ils presque fini de les préparer et attendaient-ils d'y jeter leurs dernières affaires le matin du départ.

— Il faut qu'on sache quand ils ont donné signe de vie pour la dernière fois, déclara Josie.

Noah se remit à prendre des notes.

— Il est là, dit-elle en longeant un côté du lit.

Joel Wilkins gisait entre le lit et le mur.

— Et ce n'est pas un meurtre suivi d'un suicide.

27

On avait ligoté les pieds et les mains de Joel Wilkins avec ce qui paraissait être de la corde d'alpiniste. Torse nu, seulement vêtu d'un short de sport, il était étendu sur le côté, ses cheveux blonds bouclés englués de sang. Une flaque de liquide rouge avait coagulé sur le plancher, sous son crâne défoncé. Il avait les yeux fermés, comme s'il venait tout juste de s'endormir.

— Mon Dieu, dit Noah.

Josie s'accroupit et l'examina de près, remarquant la large alliance argentée à son doigt. Elle se redressa et balaya la chambre des yeux. Son regard s'arrêta sur une petite coupe de cristal scintillante, pas plus grande que la paume de sa main, sur la table de chevet opposée. Elle contenait une bague ornée d'un diamant, taille princesse. La monture était incrustée de diamants plus petits. À côté, il y avait une seconde bague, plus fine, un anneau incrusté d'une demi-douzaine de petits diamants. La bague de fiançailles et l'alliance de Margie Wilkins. Un portefeuille noir était posé sur la grande commode en face du lit. Josie ne voulut pas y toucher avant qu'on ait photographié la scène, mais elle pouvait voir les billets de banque qui en dépassaient.

— Il n'a rien pris, dit-elle. Le tueur. Ce n'était pas un cambriolage.

Elle passa de l'autre côté du lit, celui de Margie, et indiqua les bagues.

— Cette bague de fiançailles doit valoir à elle seule plusieurs milliers de dollars.

Noah renchérit :

— Au premier coup d'œil, on dirait que rien ne manque non plus dans les autres pièces.

Josie revint vers la porte.

— Allons voir si on peut déterminer comment le tueur est entré dans la maison.

La salle de bains était de l'autre côté du couloir. Sa fenêtre était trop étroite, trop petite pour qu'un homme adulte puisse s'y faufiler. La pièce avait l'air intacte, à l'exception de deux téléphones qu'elle découvrit au fond des toilettes.

Elle appela Noah, qui la rejoignit dans la salle de bains et fixa la cuvette des WC.

— Donc on a un type qui entre ici, qui balance leurs téléphones dans les toilettes pour qu'ils ne puissent pas appeler au secours, qui ligote le mari, le tabasse à mort, puis viole la femme et la tue.

Il commençait à faire chaud dans la maison. Des perles de sueur apparurent sur le front de Josie. Elle quitta la petite pièce et ressortit dans le couloir aux murs ornés de photos de moments heureux.

— Oui, quelque chose comme ça, répondit-elle.

Elle revint vers l'entrée et passa dans la cuisine. C'était une grande pièce, au sol carrelé imitation pierre. Au centre, un grand îlot central était entouré de tabourets de bar. Tout était propre et net. Sur le plan de travail, les ustensiles chromés scintillaient. Deux chargeurs de téléphone étaient branchés à des prises murales, mais ils n'étaient reliés à rien.

— Ils doivent mettre leurs téléphones à charger là le soir, dit Josie.

— Et le tueur a dû les prendre en passant, compléta Noah.

— Sinon, rien ne semble avoir été dérangé.

Des assiettes, des verres, des plats et deux tasses de voyage en inox, ornées des mots Elle et Lui, séchaient sur l'égouttoir. L'évier était vide. Une autre tasse de voyage en plastique marron siglée « *Wawa* Coffee », avec le dessin d'une oie en vol, était posée à côté de la cafetière électrique. Josie en souleva le couvercle de sa main gantée pour y jeter un coup d'œil. Elle était vide et propre. Ils avaient visiblement lavé la vaisselle avant de monter se coucher, ou après avoir dîné, et tout préparé pour le lendemain matin. Ils avaient fait le ménage, presque bouclé leurs valises et mis leurs téléphones à charger, prêts à partir en croisière. Ils devaient être excités. Ils avaient peut-être fait l'amour. Ou bien, trop fatigués par les préparatifs de leur excursion, ils s'étaient simplement endormis. Personne ne le saurait jamais. À un moment de la nuit, quelqu'un était entré chez eux et les avait effacés du monde, avait détruit l'amour et la gaieté qui illuminaient chaque centimètre carré de leur douillette petite maison. Une vague de tristesse balaya Josie. Elle aimait son métier, mais elle en haïssait cet aspect-là. Elle pensa au stoïcisme qu'affichait Gretchen dans des situations semblables. Le nombre d'homicides annuels rien qu'à Philadelphie dépassait celui de certains pays tout entiers. Combien de scènes de crime comme celle-ci Gretchen avait-elle vues, là-bas ? Josie savait qu'elle ne manifestait aucune émotion après un meurtre. Qu'est-ce qui avait fait que celui de Linc Shore et de Seth Cole avait fendu son armure ?

La voix de Noah lui fit relever la tête.

— Là !

Il s'était approché d'une des fenêtres de la cuisine. En le rejoignant, elle vit que la fenêtre était ouverte, et sans mousti-quaire. Sans toucher le cadre, Noah passa la tête par la fenêtre.

— Il est entré par ici.

Josie attendit qu'il s'écarte puis l'imita. La moustiquaire gisait dans l'herbe, sous la fenêtre. Des marques sur l'encadrement de la fenêtre, côté extérieur, indiquaient qu'on l'avait forcée. Son regard fut attiré par un long objet noir, étroit, dans l'herbe, près de l'arrière de la maison.

— Qu'est-ce que c'est que ça ? fit-elle, même si elle savait très bien que Noah n'y voyait pas mieux qu'elle.

Ils sortirent dans le jardin, où l'équipe de Hummel photographiait l'extérieur de la maison. Josie et Noah la contournèrent, avançant lentement, les yeux rivés au sol à la recherche d'un détail inhabituel, et se dirigèrent vers l'objet noir.

— Une barre à mine, dit Noah.

Josie s'accroupit et examina l'outil. Des cheveux blonds, courts, des esquilles d'os et des lambeaux de chair étaient collés à une extrémité.

— Eh bien, on tient notre arme du crime. Fais-la répertorier par l'équipe, dit-elle en se redressant, j'en ai assez vu. On s'en va et on les laisse faire leur travail – relever les indices, prendre des photos, emballer ce truc. La totale. On peut faire l'enquête de voisinage, voir si quelqu'un a vu ou entendu quelque chose. Trouve le numéro de la sœur du mari et passe-lui un coup de fil. Essaie d'en savoir plus sur ce couple.

28

Deux heures plus tard, revenue devant la clôture blanche, Josie notait les dernières choses apprises en interrogeant les voisins des Wilkins. L'équipe d'identification criminelle avait presque terminé et Feist, la légiste, était déjà venue puis repartie. Josie savait qu'elle était à la morgue, où on lui apporterait les deux cadavres. Mettner s'avança vers le portail et fit signe à l'ambulance stationnée le long du trottoir.

— On est prêts, vous pouvez y aller.

Les ambulanciers attendaient depuis quelque temps qu'on leur donne l'autorisation d'entrer pour enlever les corps et les transporter à la morgue. Owen, adossé à son ambulance, était penché sur son téléphone. Il leva les yeux et s'adressa à Mettner :

— On prend qui en premier ?

— Commencez par la femme. Elle est au salon.

— Compris.

Owen salua Josie d'un hochement de tête quand lui et son collègue passèrent devant elle avec le brancard. Elle était soulagée que ce soit lui qui soit d'astreinte quand le double meurtre avait été découvert. C'était un des rares ambulancierssecouristes à supporter les cadavres les plus horribles sans avoir la nausée ni flancher. Et elle savait qu'il les manipulerait avec respect. Josie n'arrivait pas à oublier le regard vitreux, vide, de Margie Wilkins.

Noah émergea de la Ford Escape de Josie, côté passager, où il s'était installé pour passer des coups de fil.

— Tu as appris quelque chose ?

Josie feuilleta son carnet, relisant ses notes.

— La voisine du côté est n'a rien vu, rien entendu. Le voisin du côté ouest dit qu'il les a vus rentrer hier soir vers 18 heures, pour le dîner. Joel d'abord, puis Margie une trentaine de minutes plus tard. Il dit qu'elle était prof de fitness à mi-temps à l'université, et que Joel était enseignant au lycée. Il a discuté un moment avec Joel quand celui-ci est rentré, et qu'il lui a expliqué qu'ils partaient en croisière ce matin. Il a bien remarqué que leurs deux voitures étaient encore là quand il s'est levé, mais il s'est dit qu'ils avaient dû changer d'idée.

Noah leva la main pour l'interrompre.

— Je viens d'avoir la sœur de Joel. Elle dit qu'il lui a envoyé un SMS vers 23 h 30 hier soir et que leur échange était normal. Il lui a demandé où ils devaient se retrouver exactement, et à quelle heure – des petites choses comme ça.

— Donc c'était bien lui.

— Oui. Elle n'a aucun doute là-dessus. Joel a conclu en disant qu'ils montaient se coucher, et c'est tout.

Josie désigna la maison.

— Le voisin de derrière dit que ses chiens se sont mis à aboyer et à grogner comme des dingues vers 2 heures du matin. Il est sorti, a fait le tour de son jardin, mais n'a rien vu d'inhabituel. Entretemps, les chiens avaient arrêté d'aboyer, alors il s'est recouché.

— Donc ils étaient vivants à 23 h 30, le tueur est vraisemblablement passé par-derrière vers 2 heures, s'est servi d'une barre à mine pour faire sauter la moustiquaire de la cuisine et forcer la fenêtre. Il est entré et est monté dans leur chambre.

— En prenant leurs téléphones au passage et en les jetant dans les toilettes avant.

— Donc, sauf si la femme dormait sur le canapé, il a dû les réveiller tous les deux en même temps, avant de les séparer. Mais dans ce cas, comment a-t-il pu ligoter le mari sans que la femme se sauve ou se jette sur lui ?

Josie se mordillait la lèvre inférieure. Il fallait être gonflé pour s'attaquer à un couple. Surtout si on était seul.

— Je crois qu'on peut supposer qu'il avait une arme à feu. On contrôle bien mieux les choses quand on est armé. Mais il a aussi pu être aidé. Un complice. Ou alors, il a défoncé le crâne du mari avant même de réveiller la femme.

— Mais il n'y a pas de sang sur le lit, objecta Noah.

— Il a peut-être tiré le mari du lit, l'a jeté par terre et l'a frappé avant que l'un des deux ne puisse réagir. Ils devaient dormir profondément. Se faire réveiller par un intrus dans sa chambre, ça doit être plus que déroutant. L'autre scénario possible, c'est que le tueur les a réveillés tous les deux et qu'il a obligé la femme à ligoter son mari. Que dit la sœur à propos de cette corde d'alpiniste ?

— Que c'est probablement la leur. Ils faisaient beaucoup d'escalade. Elle dit qu'ils adoraient les sports de plein air.

— Donc le tueur n'a pas apporté la corde. Soit il l'a prise dans la maison, soit il leur a demandé d'en trouver une, dit Josie. Je suppose qu'il a demandé à la femme de le faire.

— Tu crois que le mari était déjà mort quand il a emmené la femme au salon ?

— Mort, ou mourant. Si le tueur était seul, il n'aura pas pris le risque que le mari puisse se défaire de ses liens pendant qu'il violait la femme. Pour lui, le mari devait être le principal danger. N'importe qui d'à moitié sensé éliminerait le plus gros risque dès le départ. Et il a été assez malin pour neutraliser leurs téléphones avant même de commencer et de dénicher la corde d'escalade. De plus, tout était éteint quand on est arrivés, et aucun des voisins, même celui de derrière, ne se rappelle avoir vu de lumière allumée ici pendant la nuit. Donc le type a aussi été assez intelligent pour prendre une lampe torche – je suppose – et ne rien allumer, pour ne pas attirer l'attention. Ce tueur est loin d'être idiot.

— Bon, mais espérons quand même qu'il nous a laissé des indices quelque part dans la maison.

— Que sait-on de l'histoire des deux victimes ?

— Joel Wilkins est du coin. Il est allé à l'université dans l'Ouest, avant de revenir s'installer à Denton. Margie Wilkins est d'Érié, au bord du lac. Elle aussi est allée à l'université dans l'Ouest. C'est là qu'ils se sont connus. Ils sont tous les deux enseignants et sportifs. Ils étaient mariés depuis un an environ. Ils sont sortis ensemble pendant trois ans avant ça.

— Donc pas d'ex qui cherche à se venger.

— On dirait que non. J'ai demandé à la sœur si elle avait en tête quelqu'un qui aurait pu leur vouloir du mal, mais elle ne voit pas du tout. Elle dit qu'ils étaient gentils et que tout le monde les appréciait.

Josie soupira.

— Oui, c'est ce que disent les voisins aussi. Ils ont tous été bouleversés d'apprendre ce qui est arrivé. C'est un quartier assez soudé. Personne ne se souvient d'avoir vu quelque chose qui sorte de l'ordinaire ces derniers jours. Je ne sais pas si le tueur a choisi la maison au hasard ou s'il a fait un peu de reconnaissance avant de frapper.

Ils inclinèrent tous deux la tête lorsque Owen et son collègue passèrent avec une housse mortuaire sur leur brancard et chargèrent le corps de Margie Wilkins dans l'ambulance.

— On revient dans vingt minutes, leur lança Owen.

Ils acquiescèrent en silence. Une fois l'ambulance partie, Noah reprit :

— La sœur de Joel Wilkins sera à Denton dans quelques heures. Je lui ai demandé d'attendre jusqu'à demain, qu'on ait le temps de nettoyer, avant de venir faire le tour de la maison pour nous dire si quelque chose a pu disparaître sans qu'on s'en aperçoive.

— Parfait.

— À quoi avons-nous affaire, là, patronne ?

Elle comprenait ce qu'il voulait dire. Il ne lui demandait pas si les meurtres étaient particulièrement horribles – ils l'étaient –, ni s'ils étaient prémédités – ils l'étaient tout autant. Noah lui demandait si c'était un crime isolé ou s'il fallait mettre toute la ville en état d'alerte maximum. Il n'y avait, jamais, aucun moyen de le savoir. Jusqu'à l'assassinat suivant. Mais d'expérience, Josie savait que les tueurs qui faisaient preuve d'une telle sophistication n'en étaient pas à leur premier crime, et ne comptaient pas s'arrêter là. Elle soupira longuement.

— On va avoir besoin de la presse, annonça-t-elle. C'est peut-être quelqu'un qui connaissait les Wilkins, qui avait un contentieux avec eux et qui s'est vengé, mais mon instinct me dit que non.

— En tout cas, la scène de crime évoque plutôt un crime froid et impersonnel, renchérit Noah.

— Et si ça n'a rien de personnel et qu'on a affaire à quelqu'un qui tue pour le plaisir, alors il faut alerter la population.

Noah se passa la main dans les cheveux.

— D'accord. Rentrons au commissariat. On en parle au chef, et ensuite on sonnera l'alarme.

Organiser une conférence de presse avec Bob Chitwood était aussi agréable que de se faire dévitaliser une dent, mais, au bout d'une heure, tous les trois avaient défini les détails que le chef pouvait révéler au grand public. Il les avait bombardés de questions sur les meurtres, la scène de crime, la chronologie, la famille des victimes – presque comme s'il mettait à l'épreuve leurs aptitudes policières, en plus de leur patience. En quittant son bureau, Josie se consola en se disant que, pour une fois, ce ne serait pas à elle d'affronter les caméras. Et aussi que ce double homicide d'un jeune couple apprécié de tous à Denton éviterait au nom de Gretchen d'apparaître dans les journaux pendant encore au moins un jour ou deux. Josie s'installa à son bureau et appela ses contacts parmi les journalistes. Elle venait de passer son dernier coup de fil quand son portable sonna. Un numéro avec l'indicatif de Philadelphie.

— Josie Quinn, j'écoute.

— Inspectrice Quinn, fit une voix d'homme familière. C'est le docteur Larson.

— Que puis-je pour vous, professeur ?

Il eut un instant d'hésitation.

— Eh bien, il s'agit d'Ethan. Ethan Robinson, le colocataire de James.

— Oui, je me souviens. J'ai appelé son père dès que vous m'avez envoyé ses coordonnées. Vous avez de ses nouvelles ?

— À vrai dire, non. C'est bien là le problème. Son père m'a téléphoné parce qu'Ethan ne répond ni à ses coups de fil, ni à ses messages.

— Mais son père m'a dit qu'Ethan était coutumier du fait.

— C'est vrai. Ethan... Comment dire ? Il se coupe du monde, parfois. Mais M. Robinson s'inquiétait de le voir refaire surface sans avoir été prévenu de la mort de James, et il a essayé de le joindre par tous les moyens. Il m'a appelé pour me demander si je pouvais avoir accès à son emploi du temps – et de fait, il y en avait une copie dans l'appartement –, et vérifier auprès de ses professeurs qu'il suivait bien ses cours. Mais ça fait une semaine qu'Ethan n'a assisté à aucun cours, je le crains.

Josie sentit une petite boule d'angoisse se former au creux de son ventre.

— C'est très inquiétant, en effet, docteur Larson, mais vous devez comprendre que ce qui se passe à Philadelphie n'est pas de mon ressort. Je pense que vous, ou son père, devriez signaler sa disparition à la police de Philadelphie immédiatement. Et ensuite, essayez d'apprendre quand Ethan a donné de ses nouvelles pour la dernière fois, et à qui.

— D'accord, je m'en occupe. J'imagine que je suis fondé à signaler sa disparition. Il y a une antenne de police sur le campus, aussi.

— Vous avez pu mettre la main sur les images vidéo dont je vous parlais ? Celles de l'entrée de leur immeuble ?

— Je devrais les avoir d'ici demain, je pense. J'ai discuté avec mon conseiller clientèle chez Rowland Industries, et il m'envoie ça par mail. Les deux dernières semaines, c'est bien ça ? J'essaierai d'isoler les images où Ethan et James apparaissent.

— Parfait, merci. Quand vous les aurez, transmettez-les à la police de Philadelphie. Ils vous les demanderont probablement d'eux-mêmes, de toute façon. Là encore, si vous pouviez m'indiquer ce que vous verrez sur ces bandes, ça me serait très utile. Et signalez-moi aussi la dernière fois où ils apparaissent tous les deux ensemble sur les images, s'il vous plaît. Ça pourrait servir.

— Bien sûr. Merci, inspectrice. Je vous tiens au courant. Vous avez réfléchi à ma proposition de participer à mon étude avec votre sœur jumelle ?

— Non, dit Josie avant qu'il ne se lance dans une tirade sur l'immense potentiel de l'épigénétique. Je suis désolée, mais nous ne sommes pas intéressées.

Ils raccrochèrent, et Josie se reprit à ruminer sur l'étrange relation – ou plutôt sur l'absence de relation – entre Ethan et Doug Robinson. C'est son père qui aurait dû manifester ce genre d'inquiétude, pas son propriétaire. À moins que tout ça ne soit qu'un prétexte pour l'appeler et essayer de les faire participer, elle et Trinity, à ses recherches.

Noah se laissa tomber dans son siège et lui lança une pile de feuilles de papier, qui s'étalèrent sur son bureau.

— C'est le compte rendu de ce qu'on a relevé dans la maison de Gretchen ? demanda-t-elle en se mettant à les examiner.

— Oui. Ses empreintes sont partout dans la maison, évidemment. On a trouvé celles d'Omar sur la véranda, mais pas à l'intérieur. Il y a quelques autres empreintes dans la maison, non identifiées, mais qui pourraient être celles d'anciens résidents ou d'artisans venus faire des réparations.

— Et la photo ?

— Aucune empreinte sur la photo. Enfin, si, il y a quelques empreintes partielles au dos, mais elles sont trop anciennes pour que les techniciens en tirent quelque chose.

— Donc il n'y a pas celles de Gretchen, remarqua Josie.

Noah la dévisagea.

— Je ne pense pas que la procureure accorde trop d'importance à ce détail. Sachant qu'elle est rentrée chez elle juste avant qu'Omar se fasse tuer, que la balle extraite du corps du gamin est du même calibre que son arme de service, qu'elle a disparu et qu'elle s'est débarrassée du TDM de sa voiture...

Josie se raidit mais garda le silence.

Noah alluma l'ordinateur de son bureau.

— On devrait commander à manger. Parce qu'on en a pour toute la soirée à faire de la paperasse.

Il baissa la voix avant d'ajouter :

— Quand on aura fini, tu pourrais venir chez moi. On dormira un peu et...

Il n'acheva pas.

Josie n'eut pas le temps d'imaginer la suite : son téléphone se mit à sonner. Espérant que c'était Jack Starkey, l'agent du BATAE, elle décrocha immédiatement.

— Quinn à l'appareil.

La voix du sergent Lamay lui parut bizarre, il avait du mal à trouver ses mots.

— Euh, patronne... Vous pouvez... Vous pouvez... descendre ?

— Que se passe-t-il, sergent ?

Il y eut un long silence, puis Lamay dit :

— Euh, l'inspectrice Palmer est là, et elle veut que je l'arrête.

30

Josie descendit presque d'un bond les marches qui menaient au rez-de-chaussée, Noah sur ses talons. Elle déboula dans le hall et s'arrêta brusquement en voyant Gretchen, blême, au centre de la salle. Elle portait le même pantalon noir et le même polo blanc de la police de Denton que le jour de sa disparition. Mais, maintenant, son polo était maculé de traces de boue et de ce qui ressemblait à du sang. Son pantalon, déchiré au niveau du genou gauche, dévoilait un bout de peau claire. Du sang avait séché autour d'une plaie de cinq centimètres sur son arcade sourcilière gauche.

— Gretchen !

Ses yeux marron fouillèrent la pièce comme si elle entendait Josie sans la voir, alors qu'elle se tenait face à elle.

Josie entendit Noah demander à Lamay d'appeler une ambulance, ce qui parut faire reprendre ses esprits à Gretchen. Elle croisa brièvement le regard de Josie puis ses yeux se posèrent sur Noah et Lamay, derrière elle.

— Non, non, dit-elle en leur offrant ses poignets. Je n'ai pas besoin de soins. Je me rends, c'est moi qui ai tué James Omar.

Noah se tourna vers Josie, comme pour lui demander quoi

faire. Elle voulut poser la main sur l'épaule de Gretchen, mais celle-ci se déroba.

— OK, dit doucement Josie. Et si on allait plutôt dans la salle de conférences, au bout du couloir ?

La fureur tordit le visage de Gretchen. Ignorant Josie, elle tendit les bras vers Noah, paumes vers le haut.

— Mettez-moi en cellule. Je me rends.

— Gretchen, intervint Josie. Asseyons-nous et discutons, d'accord ?

— Je ne veux pas discuter, cracha Gretchen. Je veux que vous fassiez votre putain de job.

Josie resta calme.

— Je vais faire mon boulot. Mais je vais le faire à ma manière.

— Arrêtez-moi !

— On peut t'arrêter. Un mandat a déjà été délivré. Mais il nous faut d'abord des aveux, rétorqua Josie. Et ensuite il faudra appeler la police d'État.

Elle fit signe à Lamay, qui déclara qu'il se chargeait de téléphoner mais ne bougea pas, observant leur échange. Le protocole exigeait qu'on fasse appel à la police d'État si un policier municipal avouait un crime. Pour éviter toute interférence.

Josie se retourna vers Gretchen.

— Tu es sûre que tu ne veux pas t'asseoir et récupérer un peu avant ?

Gretchen grogna presque :

— Arrêtez-moi.

— Très bien. Puisque tu te rends, je pense que les menottes ne sont pas nécessaires. Si on te place en détention provisoire, on est médicalement responsables de toi. Il faut faire examiner cette blessure avant toute autre chose. Tu le sais, Gretchen...

Le coup de poing fut rapide, violent. Si violent que Josie n'eut pas le temps de réagir. Elle n'imaginait même pas que Gretchen, plus âgée qu'elle, puisse agir si vite. Ou peut-être n'avait-elle pas été si rapide que ça, mais Josie ne s'attendait pas à recevoir un coup de poing, parce que c'était Gretchen. Elle eut juste le temps de voir la colère et le désespoir se peindre sur son visage avant de se retrouver les fesses sur le carrelage, une douleur cuisante à la pommette. Noah et Lamay foncèrent sur Gretchen, la plaquèrent au sol, mains dans le dos. Josie porta la main à sa joue et sentit le sang couler. Elle fixa Gretchen, une joue au sol, tandis que Lamay lui passait les menottes. Elle avait fermé les yeux mais son visage détendu, ses traits relâchés n'exprimaient qu'une seule émotion : le soulagement.

31

Josie, assise au bord d'un lit d'hôpital, essayait de ne pas grimacer pendant qu'un jeune médecin palpait délicatement la peau à vif de sa pommette. Gretchen avait réussi à la toucher juste sous l'orbite, sur l'os, et la peau avait éclaté. Le médecin appuya de ses mains gantées sur le bord de la plaie, et la douleur envahit aussitôt la moitié de son visage. Le temps d'un éclair, elle fut ramenée à son enfance, quand, à l'âge de six ans, alors qu'elle arborait une longue entaille le long de sa joue, une infirmière l'avait immobilisée pour nettoyer la plaie. Un frisson incontrôlable la parcourut. Le médecin s'interrompit pour la regarder dans les yeux.

— Désolé. Ça va ?

Josie voulut porter la main à sa joue mais le médecin l'en empêcha et reposa sa main sur sa cuisse.

— S'il vous plaît. Il faut que la zone reste propre.

Elle avait envie de le repousser et de rentrer chez elle pour engourdir la douleur avec quelques lampées de Wild Turkey. Impossible. Elle se répéta alors en silence qu'elle n'avait plus six ans. Que ce n'était pas sa mère qui lui avait fait ça. Sa collègue, son amie, avait des ennuis. Le coup de poing était un message, et le comprendre faisait partie de son travail.

— Dites-moi seulement s'il va me falloir des points de suture, dit-elle au médecin.

Il lui sourit. Ses dents blanches bien alignées rappelèrent à Josie le sourire de James Omar sur la photo où il était en compagnie d'Ethan Robinson, après leur course de Broad Street.

— Non. Je pense qu'un Steri-Strip devrait suffire. Appliquez de la bacitracine et de la vitamine E, et il ne devrait même pas y avoir de cicatrice visible. Mettez de la glace si ça gonfle. Ça va sûrement vous faire beaucoup plus mal demain.

Josie se redressa, prête à partir, mais le médecin leva la main et se mit à rire doucement.

— Je sais que vous êtes pressée, inspectrice, mais laissez-moi au moins nettoyer ça et poser un pansement.

Josie rougit de frustration. Elle dut user de toute sa volonté pour ne pas se défouler sur ce pauvre jeune homme plein de bonnes intentions qui cherchait seulement à la soigner. Elle fit de son mieux pour essayer de lui sourire, et tenta de masquer son amertume sous un ton léger pour lui dire :

— Dépêchez-vous, s'il vous plaît. Je dois repartir travailler.

Il lui fit signe de se rasseoir sur le lit.

— Bien sûr.

Comme promis, il fit vite, et Josie ne sentit aucune douleur, hormis les picotements de l'antiseptique. Quelques minutes plus tard, elle était seule derrière les rideaux de séparation des box, soulagée d'en avoir fini. Une paire de chaussures apparut sous le rideau qui lui faisait face.

— Je suis là, Fraley.

Noah franchit le rideau et le tira derrière lui. Il s'approcha, lui souleva le menton pour mieux examiner sa joue. Le simple fait d'être près de lui et le sourire qui prit la place de sa grimace quand leurs yeux se croisèrent suffirent à apaiser quelque peu son angoisse. Elle poussa un long soupir et appuya le front contre sa poitrine. Il la prit dans ses bras et la tint serrée contre lui un moment. Les souvenirs anciens refluèrent. Et puis l'instant passa. Il la relâcha et fit un pas en arrière, laissant une trace de son odeur sur les vêtements de Josie. Après-rasage, café, et quelque chose qui n'appartenait qu'à lui.

— Comment explique-t-elle sa plaie au front ? demanda Josie.

Noah répondit immédiatement. C'était leur rythme, bien à eux, instauré depuis plusieurs années, et qui réconfortait beaucoup Josie, surtout en période de stress.

— Elle a dit aux médecins qu'elle était tombée. Elle ne veut pas dire comment, ni où, ni quand. Elle aurait besoin de points de suture mais comme elle ne veut pas leur en dire plus, et que la plaie est ouverte depuis plus de vingt-quatre heures, ils ne vont pas y toucher pour l'instant. Ils ne veulent pas enfermer une infection en la recousant maintenant. Les médecins ont presque fini de poser le pansement. Elle dit qu'elle n'a mal nulle part ailleurs. Elle est très sale, mais de ce qu'on peut en juger, elle n'a pas d'autres blessures.

— Je ne porterai pas plainte.

— Je pense qu'elle le sait. Je ne sais pas ce qui lui a pris, mais elle ne s'est calmée que quand Lamay lui a fait la lecture de ses droits.

— Elle a dit quelque chose ?

Noah secoua la tête.

— Non. Elle n'a parlé à aucun des gars de Denton. J'ai appelé la police d'État. Ils envoient quelqu'un. Loughlin. Je lui ai expliqué ce qui se passait au téléphone. Elle devrait arriver d'une minute à l'autre. Tu la connais ?

Josie acquiesça. Heather Loughlin était une policière pleine d'expérience. Josie ne l'avait croisée qu'en de rares occasions mais elle était sérieuse et impartiale.

— Une bonne inspectrice, dit-elle à Noah.

— En fait, Gretchen a quand même dit qu'elle voulait un avocat. Mais rien de plus.

Évidemment que Gretchen allait demander un avocat. Elle s'était retrouvée un nombre incalculable de fois de l'autre côté de la table d'interrogatoire, à poser des questions, à espérer que le suspect ne se taise pas et n'exige pas d'avocat.

— Je crois qu'elle va avouer, Josie.

Ce fut au tour de Josie de secouer la tête.

— Non, elle ne dira rien. Elle a dit qu'elle se rendait. Ça n'est pas la même chose que de faire des aveux. Elle prend un avocat pour se couvrir jusqu'à ce que tout s'éclaircisse.

— Josie, elle t'a flanqué un coup de poing exprès pour se faire arrêter.

La grimace de Josie déclencha une douleur qui lui traversa tout le visage.

— Je me fiche de ce qu'elle dit ou fait. Elle n'a pas tué James Omar.

— Et si elle l'avait fait ?

Josie l'écarta de son chemin et tira bruyamment le rideau. Dans le couloir, en face d'une salle de soins vitrée également masquée par des rideaux, un des agents de patrouille de Denton était assis sur une chaise pliante, le nez sur son téléphone. Josie alla se planter devant lui, les mains sur les hanches. Il faillit faire tomber son portable en levant les yeux vers elle.

— Patronne, marmonna-t-il.

— Inspectrice, corrigea Josie. Gretch... L'inspectrice Palmer est-elle là-dedans ?

Noah apparut au côté de Josie. Le planton lui lança un regard plein d'appréhension.

— C'est bon, fit Noah. Loughlin est arrivée ?

Il hocha la tête.

— Elle est là.

Josie se glissa jusqu'à la porte vitrée et l'entrouvrit, à peine, pour entendre ce qui se disait. Noah se plaça derrière elle pour écouter, lui aussi. Par l'interstice, Josie put voir Gretchen, sur un lit, portant les mêmes vêtements qu'à son arrivée au commissariat. Un épais carré de gaze couvrait son arcade sourcilière, maintenu en place par un bandage noué autour de son crâne. Elle avait les bras le long du corps et évitait de regarder, debout près du lit, l'inspectrice Heather Loughlin, grande femme robuste aux cheveux blonds soyeux tirés en queue-de-cheval. Comme Josie et Noah, elle portait un pantalon kaki et un polo, mais le sien s'ornait du blason de la police d'État sur son sein droit.

— Inspectrice Palmer, disait-elle, j'ai cru comprendre que vos collègues vous ont cherchée plusieurs jours. Pouvez-vous me dire où vous étiez ?

Gretchen ne répondit pas.

Loughlin indiqua son front.

— Qui vous a fait ça ?

— Je suis tombée.

— Comment ? Où ? Quand êtes-vous tombée ?

Gretchen pencha la tête, fixa un chariot de réanimation rangé dans un angle de la pièce.

— Qu'est-ce que James Omar faisait chez vous ? Comment l'avez-vous rencontré ?

— Je veux un avocat, dit Gretchen d'une voix basse, presque vaincue.

Loughlin prit un ton plus conciliant.

— Gretchen, vous connaissez le système. Je peux vous aider. Quoi qu'il se soit passé devant chez vous ce jour-là, je peux vous aider. Mais il faut me parler. Je dois savoir ce qui s'est passé. La vérité.

Gretchen déglutit.

— Appelez Andrew Bowen. S'il vous plaît. Dites-lui que j'ai de quoi le payer.

Josie tourna la tête et croisa le regard de Noah. « Andrew Bowen ? » articula-t-elle en silence. Bowen était un avocat pénaliste réputé à Denton. Tous les flics locaux le connaissaient mais la police de Denton – Josie, en l'occurrence – avait arrêté sa mère pour meurtre six mois plus tôt. L'affaire était plutôt sordide et avait sérieusement altéré les rapports auparavant cordiaux qu'il entretenait avec les enquêteurs municipaux.

Loughlin sortit son téléphone et fit défiler plusieurs photos avant de tourner son écran vers Gretchen.

— Le lieutenant Fraley m'a transféré cette photo. Pouvez-vous me dire qui est le petit garçon qui y figure ?

Gretchen y jeta un bref coup d'œil mais ne répondit rien.

— La photo était épinglée sur le t-shirt du cadavre de James Omar. Qui est ce garçon ?

Quelque chose traversa la figure de Gretchen – choc, peur, les deux, peut-être – et disparut presque aussitôt. Elle resta muette. Loughlin garda son téléphone tendu vers elle encore quelques secondes mais, comme elle refusait de le regarder, elle le rempocha.

— Je serai heureuse d'appeler Me Bowen pour vous, Gretchen. Mais vous savez comment ça marche. Vous avez été à ma place dans des échanges de ce genre, combien... des centaines de fois ? Des milliers, peut-être. Vous êtes sûre que vous ne voulez pas me dire ce qui s'est passé avant que votre avocat n'intervienne ? Vous êtes sûre que vous ne voulez pas me dire d'abord qui a tué James Omar ?

Silence. Puis Gretchen se tourna vers Loughlin, la regarda droit dans les yeux et déclara :

— Je suis responsable de la mort de ce garçon.

— Non, murmura Josie.

Elle voulait entrer dans la pièce et secouer Gretchen mais savait pertinemment qu'elle ne pouvait rien faire. Noah posa la main sur son épaule. Josie se tourna vers lui et chuchota :

— Il y avait forcément quelqu'un d'autre.

Elle se retourna à temps pour voir une larme rouler sur la joue de Gretchen.

— S'il vous plaît, dit celle-ci à Loughlin. Appelez Andrew Bowen maintenant. Il me faut un avocat.

32

Andrew Bowen donnait l'impression d'être tombé de son lit. En regardant l'heure sur son téléphone, Josie se dit que c'était peut-être le cas. Il était plus de 23 heures lorsqu'il entra d'un pas lourd dans le commissariat, une mallette à la main, vêtu d'un pantalon de costume et d'une chemise blanche froissée, à pointes de col boutonnées. Il semblait avoir peigné à la hâte ses épais cheveux blonds. Grand, avec un beau visage anguleux et des yeux bleus perçants, il n'avait pas quarante ans. Il lança un regard noir à Josie quand un agent en uniforme le guida dans le couloir jusqu'à l'entrée de la salle de conférences, où elle se tenait en compagnie de Noah et de Heather Loughlin.

— Merci d'être venu, déclara Noah après lui avoir présenté Loughlin. Elle est là.

Bowen se contenta d'un bref signe de tête et se faufila dans la salle de conférences.

— Eh bien, quel accueil chaleureux, remarqua Josie.

— J'imagine que ça veut dire qu'il accepte de la prendre comme cliente, fit Noah.

— Vous dites qu'elle est venue ici d'elle-même... Comment

est-elle arrivée au commissariat ? Quelqu'un lui a posé la question ? demanda Loughlin.

Noah secoua la tête.

— Elle n'a rien voulu nous dire. Mais Lamay a jeté un coup d'œil aux images des caméras de vidéosurveillance extérieures. Elle est venue en voiture, avec sa Cruze, et s'est garée sur le parking municipal.

— Donc on a sa voiture ?

— Elle est à la fourrière en attendant que l'équipe scientifique vienne l'examiner.

Josie sentit monter en elle une vague de soulagement mêlé d'un peu d'espoir. Quoi qu'ait pu dire ou laisser entendre Gretchen, elle ne croyait pas une seconde qu'elle avait tué James Omar. Il y avait autre chose. Quelqu'un d'autre était mêlé à cette affaire. Josie devait découvrir qui, en commençant par ce que la voiture pouvait lui apprendre. Gretchen était partie et revenue avec sa Cruze. L'autre personne en question était forcément montée avec elle. Il devait y avoir quelque chose là-dedans. Des empreintes. De l'ADN. Même s'il n'y avait qu'un seul cheveu, Josie le découvrirait.

— Et le pistolet ? demanda Josie. Son arme de service ?

— Ni sur elle, ni dans la voiture, répondit Noah.

Josie eut une autre idée.

— Et son blouson. Il était dans la voiture ?

— Quoi ?

— Sa veste en cuir. Celle offerte par le gang des Devil's Blade. Celle qu'elle n'ôtait jamais.

— Je vais me renseigner, dit-il en s'éloignant pour passer un coup de fil.

— Il y a moyen d'avoir du café, ici ? demanda Loughlin.

Josie la conduisit jusqu'à la kitchenette du rez-de-chaussée et fit couler deux tasses de café. Le téléphone de Loughlin se mit à sonner. Elle décrocha, s'attabla et entama une conversation à voix basse. Josie était en train d'ajouter une seconde dose de crème dans sa tasse quand Noah les rejoignit.

— Pas de blouson, annonça-t-il.

Josie sortit dans le couloir et indiqua la caméra fixée au plafond, la tasse toujours à la main.

— Elle l'avait sur elle au moment où Omar lui a téléphoné, on l'a vu sur la vidéo.

— Et... ?

— Le blouson n'est ni chez elle, ni dans sa voiture.

— Il doit être dans le fleuve, avec le reste de ce qu'elle a balancé.

Josie but une gorgée de café puis secoua la tête.

— Non. Elle n'aurait pas jeté son blouson dans le fleuve. C'est la personne qui l'a enlevée qui l'a.

— Tu penses toujours qu'il y avait quelqu'un d'autre ? Josie, elle s'est rendue. Elle t'a balancé un coup de poing dans la figure pour qu'on l'arrête. Et elle a dit à Loughlin qu'elle avait tué Omar.

— Non, rétorqua Josie. Elle a dit qu'elle était responsable de sa mort. Ce n'est pas pareil. Ce n'est pas un aveu.

Noah prit un air dubitatif.

— Je ne crois pas qu'un jury verra forcément les choses comme toi. Écoute, je sais que tu te sens... solidaire de Gretchen, d'une certaine façon, mais je crois qu'il faut que tu te fasses à l'idée qu'elle ait pu tuer ce gamin. On ne sait rien de l'histoire : ni pourquoi Omar était chez elle, ni ce qui s'est passé entre eux, et rien ne dit qu'une autre personne a été mêlée à ça. Gretchen s'est rendue et n'a incriminé personne d'autre.

— Parce qu'elle se tait. Elle est terrorisée. Il se passe quelque chose, quelque chose qu'on ne soupçonne pas.

— Peut-être que oui. Mais peut-être pas. Parfois, même les gens entraînés à faire les bons choix ne les font pas.

Josie mit la main sur sa hanche.

— Qu'est-ce que tu entends par là ?

— Regarde ce qui est arrivé à Luke, précisa Noah.

Josie le fusilla du regard, mais il leva les mains et insista :

— Écoute-moi, s'il te plaît.

Luke était de la police d'État. Quand le mariage de Josie et Ray s'était désagrégé, Luke et elle avaient entamé une relation, et ils avaient fini par se fiancer. Mais alors qu'ils étaient ensemble depuis deux ans et demi, il avait été impliqué dans une fusillade en dehors de son temps de travail et, au lieu de le signaler, avait tenté de dissimuler les faits, ruiné sa carrière ruinée, et avait fini par être poursuivi en justice.

— Luke était entraîné, tout comme nous, à réagir correctement face à un crime. C'était son métier de flic. Ça aurait dû être très simple pour lui. Je suis sûr que ce n'était pas la première fois qu'il avait affaire à un homicide. Faire ce qu'il fallait aurait dû lui être facile. Une seconde nature. Mais ce n'est pas ce qu'il a fait. Il a paniqué. Il a tout fait de travers. Parfois, les gens font tout à l'envers. Même quand il n'y a aucune raison pour ça. Même si c'est la dernière chose à laquelle on s'attendrait de leur part. Les gens ne font pas forcément les choses comme il faut.

— Luke n'avait pas été appelé sur les lieux, rétorqua Josie. Il allait voir un ami. Il avait perdu quelqu'un de proche. Ce n'était pas la même chose.

— Non, c'est vrai, ce n'était pas la même chose. Mais encore aujourd'hui, tu ne te demandes pas pourquoi il n'a pas simplement appelé le 911 ?

Josie hésita un instant, avant de reconnaître :

— Si, bien sûr, je me pose la question.

— Eh bien, c'est parce que, parfois, les gens se plantent. Sans rime ni raison. Ça arrive, c'est tout.

Elle avait beau être agacée, Josie savait qu'il y avait du vrai dans ce que disait Noah. Les gens pensent se connaître jusqu'à ce qu'on les mette à l'épreuve. Ils pensent savoir exactement comment ils réagiraient dans une situation périlleuse, terrifiante. Or la pénible vérité, c'est que même les gens honnêtes, respectueux des lois, avec un sens aigu du bien et du mal, perdent parfois les pédales. Elle ne put empêcher sa voix de déraper dans les aigus.

— Tu es en train de me dire que Gretchen, avec toute son expérience, qui a passé presque quatre fois plus de temps dans la police que Luke, a tué quelqu'un qu'elle ne connaissait pas et s'est enfuie ? Qu'elle a délibérément détruit des éléments de preuve ? Qu'elle s'est simplement « plantée » ?

Si Noah fut piqué par le ton acerbe de sa réplique, il ne le montra pas. Il se contenta de hausser les épaules.

— Je ne dis pas que c'est ce qui s'est produit. On ne sait pas ce qui est arrivé. Ce que je dis, c'est qu'il faut envisager la possibilité que Gretchen ait tiré sur le gamin avant de s'enfuir, oui.

Josie tendit l'index vers lui et répondit, clairement et calmement, d'un simple mot :

— Non.

Avant que Noah puisse rétorquer, la porte de la salle de conférences s'ouvrit en grinçant et Andrew Bowen en émergea, l'air encore plus fatigué qu'à son arrivée.

— Je vais chercher l'inspectrice Loughlin, annonça Noah.

Quelques instants plus tard, Heather Loughlin les rejoignit dans le hall. Les trois policiers se tournèrent vers Bowen.

— Vous pouvez lancer la procédure, dit-il. Je vais m'inscrire comme son défenseur légal auprès du tribunal dans la matinée.

Une fois la procédure déclenchée, Gretchen allait être prise en charge par les services du shérif du comté, et conduite à la prison de Bellewood, à soixante-cinq kilomètres de là. Elle y resterait jusqu'au procès, à moins de verser une caution ou de négocier un accord.

— Va-t-elle signer des aveux ? demanda Loughlin.

— Gretchen Palmer ne répondra plus à aucune question ce soir, répondit Bowen en soupirant et en passant la main dans ses boucles blondes. Mais nous vous retrouverons demain pour que vous puissiez recueillir ses aveux. Elle m'a chargé de plaider coupable en son nom.

Josie ne put retenir un hoquet de surprise.

— Elle va reconnaître le meurtre avec préméditation ?

— Mais elle pourrait être condamnée à perpétuité – à mort, même, renchérit Noah.

Bowen eut un sourire contraint.

— Je ne suis pas autorisé à discuter de la stratégie judiciaire de ma cliente avec vous. Mais, étant son avocat, mon devoir est de tout faire pour empêcher une condamnation à mort, comme je le ferais pour n'importe quel client sur qui pèseraient des charges aussi lourdes.

Loughlin s'avança vers l'avocat et lui tendit une carte de visite.

— Appelez-moi demain matin.

Bowen s'empara de la carte et la glissa dans sa mallette.

— Merci. On la transfère demain à la prison du comté, à Bellewood. Je vais contacter la procureure générale, et nous prendrons les dispositions nécessaires pour enregistrer ses aveux et entamer les négociations de réduction des charges.

— Qui est le garçon sur la photo ? demanda Josie. Vous lui avez posé la question ?

— Je vous en prie, inspectrice, rétorqua Bowen, l'air fatigué. Vous savez très bien que je ne peux rien vous dire des discussions privées entre ma cliente et moi.

— Même si le garçon de la photo est en danger ?

— Mis en danger par qui ? Par la femme qui est en cellule dans votre commissariat ? J'en doute. Mais je suis sûr que Gretchen Palmer fournira à l'inspectrice Loughlin toutes les informations nécessaires demain.

Ils n'obtiendraient rien de plus d'Andrew Bowen, Josie le savait. Si Gretchen ne voulait pas parler, rien ne pouvait l'y obliger. Bowen était là pour faire écran à toutes les questions qu'ils souhaitaient lui poser. De plus, à ce stade, Josie et Noah n'étaient plus concernés. Il ne leur restait plus qu'à remplir tous les formulaires administratifs, à boucher les trous de l'enquête et à transmettre le dossier au bureau de la procureure pour lancer l'accusation. Même si Bowen leur avait annoncé que Gretchen allait plaider coupable, il fallait quand même boucler le dossier pour que les services de la procureure entament la procédure, au cas où elle se rétracte et décide de plaider non coupable. La seule personne autorisée à lui parler désormais était Loughlin, en tant qu'inspectrice de la police d'État. Si Gretchen avouait officiellement devant elle, tout ce qui lui arriverait ensuite relèverait de la procureure et du système judiciaire.

Gretchen semblait déterminée à s'envoyer elle-même en prison à perpétuité. Mais pourquoi ? Pourquoi ne pas se battre ? Pourquoi ne pas viser l'acquittement lors du procès ? Ou au moins essayer de négocier une réduction des charges ? Josie savait ce que Noah répondrait à cela : parce qu'elle se sentait coupable d'avoir tué Omar, et qu'elle en assumait la responsabilité. Mais Josie était certaine que l'histoire était plus compliquée. Et si c'était le cas, il y avait un autre tueur en liberté, quelque part.

— Inspectrices, lieutenant, bonne nuit, dit Bowen.

Josie, impuissante, le regarda s'éloigner.

33

Ils allèrent ensemble chez Noah mais, moins de cinq minutes après leur arrivée, le téléphone de Josie se mit à sonner.

— Ne décroche pas, dit-il en passant au salon pour ouvrir les rideaux.

— C'est le boulot, dit-elle. Si je ne réponds pas, c'est toi qu'ils vont appeler. Allô ? dit-elle en portant l'appareil à son oreille.

Bob Chitwood hurlait presque.

— J'ai besoin de l'un de vous deux immédiatement. J'ai tiré à la courte paille, et c'est tombé sur vous, Quinn. Si vous me dites que vous êtes déjà couchée, j'appelle Fraley. À moins que vous ne soyez ensemble, auquel cas vous pouvez jouer à pile ou face. Le gagnant a intérêt à se dépêcher d'aller au petit centre commercial pas loin de Corinthian Place. On a signalé plusieurs cambriolages.

— J'y vais, soupira-t-elle.

Chitwood raccrocha sans rien ajouter. Josie se tourna vers Noah, qui lui dit :

— J'ai entendu. J'y vais. Toi, tu dors un peu.

— Parce que tu crois que je vais réussir à dormir ?

Leur désaccord sur la culpabilité de Gretchen, objet de tension, se dressait encore entre eux, non résolu. Noah lui tendit la télécommande de la télévision.

— Mais oui, tu vas finir par dormir. Je m'occupe de ça. Tu feras le tour de la maison des Wilkins avec la sœur de Joel demain matin.

Josie se planta devant lui avant qu'il n'arrive à la porte.

— Tu crois vraiment que Gretchen est coupable ?

— Il faut vraiment qu'on en parle maintenant ?

— J'ai besoin de savoir.

Il lui caressa la joue, remit une mèche de cheveux en place derrière son oreille et déposa sur sa joue, là où le médecin avait mis le pansement, le plus léger des baisers avant de répondre :

— Ce que je pense n'a pas d'importance. Ce qui compte, ce sont les éléments matériels, et les actes de Gretchen. Elle veut plaider coupable. L'affaire est close. Et on doit s'occuper du double meurtre des Wilkins et de tout ce qui se passe à Denton.

Elle recula d'un pas.

— On est censés se serrer les coudes, Noah.

— Qui ça, « on » ?

— Toi, moi, Gretchen. La police de Denton. On travaille en équipe. On doit être solidaires.

Il prit un air dubitatif.

— La frontière est mince entre la solidarité et la prévarication, tu sais.

Josie se sentit pâlir.

— Tu sais bien que ce n'est pas ce que je voulais dire.

Noah croisa les bras.

— Alors qu'est-ce que tu voulais dire ? Parce que je me montre solidaire de Gretchen en faisant mon boulot. Elle est adulte. Elle a fait des choix et, maintenant, elle assume la responsabilité de ces choix. Je sais que ce n'est pas ce que tu as envie d'entendre ou de croire, mais...

— Ce n'est pas que je n'en ai pas envie, mais c'est faux, tout simplement. Gretchen n'a pas fait ça. C'est mon instinct qui me le dit, et mon instinct se trompe rarement.

Il décroisa les bras et reprit plus calmement :

— Josie, je comprends que tu aies envie d'exonérer Gretchen. Et je comprends même très bien ton besoin d'avoir la réponse à toutes ces questions. C'est très frustrant pour nous de refermer le dossier alors qu'on ne sait pas du tout pourquoi les choses se sont passées ainsi, mais tu dois bien garder à l'esprit que tu connais très mal Gretchen. Aucun d'entre nous ne la connaît vraiment. Même le lieutenant de Philadelphie t'a dit qu'ils n'étaient pas très proches l'un de l'autre. Elle a accepté un cadeau des Devil's Blade. Un cadeau qu'elle a porté chaque jour depuis. Je sais que tu as déjà dû faire des recherches là-dessus, mais les Devil's Blade, c'est du sérieux. Ce sont des criminels – des assassins, des trafiquants de drogue –, et ils traitent les femmes d'une manière... Je peux imaginer qu'elle accepte leur cadeau par politesse, d'accord, mais de là à le porter tous les jours ? Et pourquoi cette affaire avait-elle autant d'importance pour elle ? Il t'est déjà venu à l'idée que ce que cache Gretchen – et tu dis toi-même qu'elle cache quelque chose – peut être criminel ?

Une dizaine de réponses se bousculèrent dans la tête de Josie mais tous ses arguments se résumaient à un seul : elle le savait, un point c'est tout. Et elle savait aussi que ce n'était pas un genre de raisonnement acceptable pour Noah. Le téléphone de ce dernier se mit à sonner. Il y jeta un coup d'œil et le fit taire.

— Il faut que j'y aille. On en reparlera à mon retour.

— Je serai partie. Je rentre chez moi.

Noah fit volte-face.

— Josie, je t'en prie, n'en fais pas une affaire personnelle.

Mais c'était déjà le cas. Gretchen savait, probablement mieux que n'importe qui d'autre dans l'entourage de Josie, ce que c'était qu'avoir une mère toxique, qu'avoir été élevée par quelqu'un qui vous hait et vous fait du mal à la moindre occasion. Et elle savait combien il était difficile de parler de cette violence. Quand Josie, trop faible, trop détruite, s'était montrée incapable d'assembler les derniers morceaux du puzzle permettant d'accuser la femme qui affirmait être sa mère, c'est Gretchen qui l'avait fait à sa place. Elle comprenait Josie comme personne ne l'avait comprise jusqu'ici – et sans doute comme personne ne la comprendrait jamais.

Et Josie savait que Gretchen mentait.

— Si Gretchen était coupable de quoi que ce soit, je n'empêcherais jamais sa mise en examen, tu le sais, dit-elle. Mais je ne crois pas qu'elle soit responsable de la mort de James Omar.

— Alors, accordons-nous sur le fait que nous ne sommes pas d'accord.

34

Robyn Wilkins faisait les cent pas devant la clôture qui entourait la maison de son frère. Ses bottes de cuir brun lui montaient jusqu'aux genoux, par-dessus un jean moulant bleu foncé, et elle portait, sur un t-shirt crème à manches longues, un pashmina lie-de-vin dont elle triturait nerveusement le bord. Ses longs cheveux blonds étaient relevés en un chignon désordonné. Ses yeux bleus étaient rouges d'avoir trop pleuré et elle avait les traits tirés. Josie gara son Escape le long du trottoir, descendit de voiture et se présenta en lui offrant ses condoléances.

Robyn posa une main sur son cœur.

— Oh, mais c'est vous ! La cheffe de la police... Vous avez une sœur jumelle...

— Je ne suis plus que simple inspectrice, coupa Josie. Je n'étais cheffe que par intérim. Si cela vous gêne d'examiner les lieux avec moi, je peux demander au lieutenant...

Robyn posa la main sur son bras.

— Non, non, je suis contente que ce soit vous. Vraiment. Mais je ne m'attendais pas à vous rencontrer en chair et en os.

Josie regretta une nouvelle fois d'avoir accepté, sur l'insistance de Trinity, de passer dans *Dateline*. Elle indiqua la maison.

— Allons-y, voulez-vous ?

Un mouchoir froissé apparut dans l'autre main de Robyn, qui s'en tamponna le nez.

— Il le faut, n'est-ce pas ?

Une main sur le portillon, Josie s'arrêta.

— Non, vous n'êtes pas obligée de le faire aujourd'hui. Si c'est trop dur pour vous, on peut remettre à plus tard. Je le comprendrai très bien. Mais cela aiderait beaucoup l'enquête de savoir si quelque chose manque ou a été volé.

Robyn contempla la maison, sourcils froncés, comme si elle réfléchissait. Puis elle prit une grande inspiration et annonça :

— Je préfère en finir maintenant. Et puis, de toute façon, je vais devoir revenir bientôt pour prendre des vêtements pour les funérailles, trier leurs affaires et... Mon Dieu !

Josie lui laissa le temps de se reprendre. Puis Robyn hocha la tête et Josie ouvrit le portail. Elles s'avancèrent côte à côte jusqu'à la porte d'entrée, et Josie ouvrit.

— Nous avons trouvé les clés de votre frère à l'intérieur.

Robyn indiqua le porte-clés mural en bois flotté, fixé tout près de la porte.

— C'est mon frère qui l'a fabriqué. Il avait ramassé ce bout de bois sur une plage de l'Oregon, ajouta-t-elle, les larmes aux yeux. Ils adoraient voyager. Vous savez, les parents de Margie sont morts quand elle était adolescente – un accident de voiture – et lui avaient laissé un joli petit héritage. Et elle savait très bien faire durer l'argent quand ils partaient en voyage. « En faire plus avec moins », c'est ce qu'elle disait toujours. C'est ce qui leur a permis de voyager autant.

— Vos parents habitent toujours Denton ? demanda Josie.

Robyn fit oui de la tête.

— Je leur ai annoncé hier. Ils sont trop bouleversés pour s'occuper de tout ça maintenant.

— Je comprends parfaitement. Heureusement que vous êtes là.

En dehors des traces de poudre à relever les empreintes qu'elles découvrirent un peu partout, la maison était restée telle que l'équipe d'identification criminelle l'avait trouvée la veille. Robyn fit lentement le tour de chaque pièce, suivie de Josie.

— Vous pouvez déplacer les objets, lui dit celle-ci. Nos agents sont déjà passés.

Sur le seuil de la chambre principale, Robyn demanda :

— On n'a même pas pris la bague de fiançailles de Margie ?

— Non. Il semble que rien n'ait été volé. C'est pourquoi nous vous avons demandé de faire cette visite. Nous voulons avoir la confirmation que ce n'était pas un cambriolage.

Elles examinèrent une pièce après l'autre, parcoururent toute la maison trois fois, mais rien ne semblait manquer ou avoir été déplacé. Robyn posa des questions sur le meurtre, sur la manière dont on avait découvert les corps, sur la chronologie possible. Josie fit de son mieux pour lui répondre sans compromettre l'enquête. Lorsqu'elles passèrent dans la cuisine pour la dernière fois, Robyn s'attarda devant l'îlot central. Josie pouvait imaginer qu'elle s'était tenue là souvent, quand elle rendait visite à son frère. Ce fut au tour de Josie de poser des questions.

— Depuis combien de temps Joel et Margie habitaient-ils ici ?

— Oh, trois ans, à peu près. Ils avaient acheté la maison avant de se marier. Ils savaient qu'ils s'étaient trouvés pour la vie.

— Je vois qu'ils aimaient l'aventure. Leur vie quotidienne ici était-elle plus routinière, ou était-ce différent chaque jour ?

Robyn tendit le bras, prit une serviette en papier dans le distributeur posé sur l'îlot central et s'en essuya les yeux.

— Ils avaient une vie assez bien réglée. Ça leur facilitait les choses. Ils faisaient beaucoup de fitness et d'exercice. Ils se levaient en général à 6 heures pour aller courir, ils faisaient trois fois le tour du parc, et mon frère partait travailler. Margie n'avait pas besoin d'aller à l'université trop tôt dans la journée, et elle faisait sa musculation au travail, mais Joel passait à la salle de sport après ses cours. Ils étaient en général rentrés à 18 h 30 au plus tard. Ils cuisinaient chacun à leur tour. Que des repas sains.

Donc n'importe qui pouvait sans mal connaître leurs habitudes et leurs emplois du temps, même si Josie nota que le tueur avait choisi de frapper alors qu'ils étaient tous les deux chez eux, quand bien même il y avait chaque jour un laps de temps où Margie restait seule chez elle. Soit le tueur n'avait fait aucune reconnaissance préalable, soit l'agression sexuelle n'était pas le premier motif de son intrusion. Ni le cambriolage. Josie sentit ses poils se hérisser. Cela ressemblait de plus en plus à un meurtre pour le seul plaisir de tuer.

— Je sais que le lieutenant Fraley vous a sans doute déjà posé la question, mais y avait-il une personne avec qui Joel et Margie avaient des démêlés, voire un conflit ? Quelqu'un qui leur voulait du mal ? Quelqu'un qui aurait pu s'en prendre à Margie, indépendamment de Joel ?

Robyn secoua la tête.

— Non, je ne vois pas et, croyez-moi, après ma conversation avec le lieutenant Fraley hier, je me suis creusé la cervelle. Mais je n'ai pu penser à personne. Mes parents non plus. J'ai appelé deux amies de Margie, qui étaient demoiselles d'honneur à son mariage. Elles non plus ne voient pas qui aurait pu lui en vouloir.

— À ce propos, si vous pouviez nous dresser une liste de ses amis proches pour que nous puissions les contacter directement, ça nous serait très utile.

Robyn hocha la tête.

— Oui, bien sûr.

Elle se redressa, jeta un dernier coup d'œil à la cuisine, et se figea. Elle indiqua le plan de travail, où leur image se reflétait sur les chromes de la machine à café.

— Ça. Ça ne leur appartient pas !

Josie suivit son regard, et vit la tasse de voyage en plastique à côté de la cafetière. Celle siglée « *Wawa* Coffee ».

— Cette tasse ? Elle était là hier à notre arrivée.

Robyn s'avança et voulut prendre la tasse mais Josie posa doucement une main sur son bras.

— Attendez. N'y touchez pas. Si vous pensez que c'est important, je vais la faire enregistrer comme indice matériel.

Robyn retira sa main comme si elle venait de se brûler et croisa les bras sur sa poitrine.

Josie envoya un bref SMS à Hummel pour lui demander de venir chez les Wilkins récupérer un nouvel objet. Elle n'avait ni sachet ni étiquettes sur elle et, de plus, il fallait une chaîne de contrôle pour valider cet élément matériel. Elle voulait aussi s'assurer, grâce aux photos prises sur les lieux la veille, que la tasse n'avait pas bougé et qu'aucun policier n'y avait touché.

— Comment savez-vous que ça ne leur appartient pas ? demanda Josie à Robyn.

Celle-ci fit le tour de la pièce en ouvrant tous les placards.

— Vous voyez un seul objet en plastique dans cette cuisine ?

Josie prit le temps de vérifier.

— Non, reconnut-elle.

Elle s'approcha du placard où, sur la planche du bas, étaient rangées d'autres tasses de voyage, ressemblant beaucoup à celles marquées « Elle » et « Lui », encore sur l'égouttoir.

— Elles sont toutes en inox.

— Exactement, répondit Robyn. Ils voulaient être écoresponsables et éviter les produits cancérogènes en refusant d'acheter des ustensiles en plastique. Ils utilisaient même des sacs en tissu pour aller faire leurs courses. Jamais ils n'auraient eu de tasse en plastique chez eux. Il n'y a même pas de *Wawa* dans la région.

— C'est une chaîne du Sud-Est de l'État, confirma Josie. Du New Jersey et du Delaware, aussi, je crois. Ils auraient pu rapporter une tasse d'un voyage dans ces coins-là.

Robyn secoua ostensiblement la tête.

— Oui, en théorie. Je suis sûre qu'ils se sont déjà arrêtés dans un *Wawa* à un moment ou à un autre de leurs voyages. Ils aimaient bien la côte du New Jersey en été. Mais ils n'auraient jamais acheté un truc pareil. Ça pourrait être un de vos policiers qui l'aurait laissé sur place ?

Josie savait, sans l'ombre d'un doute, qu'aucun policier de l'équipe scientifique ne se serait baladé sur une scène de crime en cours d'analyse avec une tasse à la main — et l'y aurait oubliée, encore moins. Mais elle répondit par une autre question :

— Ou alors, est-ce que Joel et Margie auraient pu recevoir quelqu'un qui soit venu avec sa propre tasse ?

Les épaules de Robyn s'affaissèrent.

— Ah. Oui, j'imagine que oui. Je veux dire, je n'ai pas souvenir qu'ils aient eu des invités récemment, mais je ne sais pas tout de leur vie.

Josie posa la main sur son épaule et la guida vers la porte.

— Quoi qu'il en soit, nous allons emporter cette tasse comme élément matériel, et je vais demander au labo de voir s'il y a des empreintes identifiables dessus. Nous devons tout traiter comme un indice potentiel.

Robyn eut un léger mouvement de tête.

— Merci.

35

MARS 1994

Les ronflements de Billy tirèrent Gretchen d'un profond sommeil. Si les dragons existaient, se dit-elle, leur grondement devait ressembler aux sons émis par son mari quand il dormait. Ils étaient audibles dans toute la maison. Elle se retourna et tapota son côté du lit – du moins, c'était le sien quand il rentrait –, mais il n'était pas là. Elle se remit sur le dos et fixa le plafond, en se demandant si elle parviendrait à se rendormir malgré tout le boucan qu'il faisait. Une minute plus tard, elle traversa la maison à tâtons dans le noir et alla au salon, que la télévision éclairait de sa lumière bleutée. Billy était étendu sur le canapé, les pieds encore chaussés ballants sur l'accoudoir.

Lentement, Gretchen délaça ses chaussures et les lui retira. Ses chaussettes blanches étaient grises de poussière et de crasse, et un trou laissait voir son gros orteil gauche. Elle se demanda si le rôle d'une épouse était de s'assurer que son mari ait des chaussettes propres et sans trou. Mais Billy ne s'intéressait pas du tout à ces choses-là. Il ne s'intéressait qu'à elle. N'avait voulu qu'elle depuis le jour où ils s'étaient rencontrés, dans l'Est.

Elle se glissa entre le canapé et la table basse, et posa le regard sur l'étrange objet de terre cuite posé entre les clés et le portefeuille de Billy, sur la table. On aurait dit que quelqu'un avait essayé de façonner une tasse à café dans de la lave en fusion. Ça n'était pas exactement le genre d'objet que Gretchen s'attendait à voir son mari, qui travaillait à intégrer un gang de bikers hors-la-loi pour le compte du BATAE, rapporter à la maison. Mais Billy était toujours plein de surprises.

Sa longue barbe était rêche sous ses doigts. Elle le réveilla d'un baiser. Avant même qu'il l'attire à elle, elle sut qu'il ne dormait plus puisqu'il avait cessé de ronfler. Son corps en dessous du sien était chaud, ses mains allaient et venaient sur son dos, puis ses doigts se glissèrent sous sa chemise de nuit et il prit ses fesses à pleines mains. Ils s'embrassèrent longuement, lentement, et Gretchen sentit le désir monter. C'était ce sentiment qui lui avait fait traverser tout le pays.

— Tu avais dit que tu ne t'endormirais pas sur le canapé, chuchota-t-elle quand il lui embrassa le cou.

— Désolé. La soirée a été rude. Mais je vais bientôt porter les couleurs.

Un frisson de peur parcourut l'échine de Gretchen. Porter les couleurs signifiait qu'il allait devenir membre à part entière, officiel, des Devil's Blade, le gang qu'il cherchait à infiltrer depuis près de deux ans. Elle redoutait ce moment depuis qu'elle avait entendu cette expression pour la première fois. Et s'ils le démasquaient ? Le moindre petit accroc à sa couverture pouvait s'avérer fatal.

— C'est une bonne chose, tu sais, ajouta-t-il en la sentant se tendre.

— Je sais. Mais je m'inquiète pour toi.

— Je suis comme cul et chemise avec Linc, Gretch. Il n'oubliera pas ce que j'ai fait pour lui.

Elle s'abstint de rétorquer que Lincoln Shore était un criminel et que même si Billy lui avait sauvé la vie, pour lui, un flic restait un flic et Linc le tuerait sans hésiter s'il découvrait qu'il était un agent infiltré du BATAE. Ils en avaient déjà débattu une dizaine de fois, et ça ne valait pas le coup de se disputer maintenant, alors qu'il la caressait et que ses lèvres s'approchaient de son oreille.

Elle changea de sujet et déclara :

— Elle est chouette, cette tasse, au fait.

— Quoi ?

— Cette... chose. C'est une tasse, non ? Ou c'était une tasse. Qu'est-ce que tu lui as fait ? Tu l'as laissée tomber dans une friteuse ?

Sur son corps, les mains et la bouche de Billy s'immobilisèrent. À la lueur de la télévision, elle vit son regard interloqué. Elle s'assit et désigna l'objet en céramique inachevé, sur la table. Il repoussa Gretchen, manquant la jeter à terre, et bondit sur ses pieds.

— Où est mon couteau ?

— Quoi ? dit Gretchen.

Il balaya du regard le plateau de la table basse. Portefeuille, objet ressemblant vaguement à une tasse, clés.

— Mon couteau. Il était là.

Tous les membres des Devil's Blade – prospects ou officiellement intronisés – avaient un couteau.

— Tu es sûr que...

Il l'interrompit.

— Il était juste là !

Il se tourna vers elle, baissa la voix.

— Gretchen, je t'ai appris à te servir du Ruger, là-haut, tu te souviens ?

Elle acquiesça en silence, des picotements désagréables au creux de l'estomac, qui s'étendirent jusqu'à sa poitrine.

— Monte le chercher dans la chambre. Retrouve-moi dans l'entrée. Dépêche-toi.

— Tu es sûr que c'est nécess...

La voix de Billy demeura égale mais sa fermeté dénotait presque la panique.

— Monte !

Elle fonça dans leur chambre. Le tiroir de la table de nuit de Billy s'ouvrit en protestant. Elle tâtonna au-dessous et trouva la petite clé, qu'elle tint entre ses dents pour grimper sur le lit. Au-dessus de la tête de lit, ils avaient accroché un tableau acheté à une foire artistique locale, représentant une petite barque en bois, vide, flottant à la surface paisible d'un lac au crépuscule. Aussi silencieusement que possible, Gretchen souleva le tableau pour découvrir le coffre-fort qu'il dissimulait. Elle dut s'y reprendre à trois fois pour insérer la petite clé et ouvrir la porte tant elle tremblait.

Le Ruger n'était pas là.

La panique l'envahit, une sueur froide recouvrit son corps. Elle voulut redescendre au salon mais s'immobilisa dans le couloir en voyant Billy debout, raide, devant la porte d'entrée. Il lui fallut un instant pour comprendre ce qui n'allait pas. Ses mains. Il avait les mains dans le dos. Et le canon d'une arme de poing appuyé sur la tempe. Avant que Gretchen puisse deviner ce qu'était la forme noire à côté de Billy, le faisceau d'une lampe torche l'aveugla.

Une voix qu'elle ne reconnut pas la salua :

— Bonsoir, Gretchen.

— Sauve-toi ! fit Billy.

36

AUJOURD'HUI

Denton, Pennsylvanie

Josie attendit l'arrivée de Hummel. Elle prit une photo de la tasse de voyage « *Wawa* Coffee » avant qu'il ne l'emporte dans un sachet scellé. Ils passèrent en revue les photos prises la veille par l'équipe d'identification criminelle. La tasse était exactement au même endroit, donc aucun policier n'y avait touché. Pendant tout le trajet du retour vers le commissariat, elle ne cessa de penser à cette tasse mystérieuse. Elle lui avait semblé sans aucun intérêt la veille, mais c'était le problème avec les scènes de crime. On ne savait jamais ce qui pouvait avoir de l'importance ou pas. Et c'était précisément pour cela qu'ils avaient demandé à Robyn Wilkins de faire le tour de la maison. Une fois à son poste de travail, Josie appela son contact au labo de la police d'État pour lui demander une faveur. En face d'elle, le bureau de Noah était désert. Elle espéra qu'il dormait. En s'asseyant à son bureau, elle avait trouvé une petite boîte à gâteaux de chez *Komorrah's Koffee*. Avec un *Cheese Danish* à l'intérieur. Son dessert préféré. Noah avait dû le lui laisser avant de rentrer. C'était sa façon à lui d'essayer d'arrondir les angles, mais Josie n'était pas sûre que cela suffirait. Elle n'aimait pas qu'il accepte aussi facilement l'idée que Gretchen puisse être une meurtrière.

Mais elle avait faim, et dévora son gâteau avant d'appeler Jack Starkey, l'agent du BATAE que Gretchen avait cité dans ses références professionnelles. Sa messagerie disait toujours qu'il participait à une conférence et était donc injoignable. Elle chercha le numéro de l'antenne de Seattle du Bureau des alcools, tabacs, armes à feu et explosifs, et eut au bout du fil un autre agent qui lui répéta que Starkey était absent. Elle laissa son numéro et demanda à l'agent de contacter Starkey pour qu'il la rappelle dès que possible.

Puis elle descendit au sous-sol voir si Gretchen se trouvait toujours en cellule, mais elle n'y était plus. Les représentants du shérif l'avaient emmenée à la prison du comté, à Bellewood, pendant que Josie était avec Robyn Wilkins. De toute façon, elle n'aurait pas pu lui parler. Loughlin devait recueillir ses aveux plus tard dans la journée, et Gretchen était représentée par son avocat. En soupirant, Josie se remit à ses tâches ordinaires, et passa près de deux heures à rédiger des rapports sur l'affaire Wilkins. La docteure Feist l'appela pour lui dire que les autopsies n'avaient rien révélé de surprenant. Comme la scène de crime le laissait deviner, Margie Wilkins avait été violée et étranglée, et Joel Wilkins était mort la tête défoncée. Les fractures de son crâne correspondaient à celles qu'on pouvait infliger à l'aide d'une barre à mine. Il allait falloir patienter quelques jours pour les relevés d'empreintes, et quelques semaines pour avoir les résultats de l'analyse de l'ADN recueilli sur le cadavre de Margie Wilkins. Le vrai travail de police ne ressemblait pas du tout à ce qu'on en voyait à la télévision.

Elle partit en intervention quand elle reçut un appel pour violences conjugales et se rendit sur place, mais la femme décida de ne pas porter plainte. Après s'être remise à la paperasse, elle alla déjeuner. Noah n'avait toujours pas reparu quand elle revint à son bureau. Elle prit son portable personnel pour appeler le docteur Perry Larson. Il décrocha à la troisième sonnerie.

— Docteur Larson, dit-elle, je me demandais si vous aviez pu signaler la disparition d'Ethan Robinson à la police, et si vous aviez eu l'occasion de visionner les images de vidéosurveillance de l'entrée de son immeuble.

En fond sonore, Josie entendit des bruits de circulation, puis le chuintement d'une porte automatique et enfin le silence, avant que Larson lui réponde :

— Oh. Oui. Les policiers sont venus hier. Ils ont tout fouillé, visité tout l'appartement. Nous avons regardé les vidéos, et il se trouve qu'Ethan et James ont quitté l'immeuble ensemble, le jour où James est allé à Denton.

— Vraiment ? Vous serait-il possible de m'envoyer ces images ?

— Oui, bien sûr.

Il nota son adresse électronique et, quelques instants plus tard, le fichier était dans la boîte de réception de Josie. Elle l'ouvrit. La vidéo ne durait qu'une dizaine de secondes. La caméra était installée au-dessus de la porte d'entrée du hall. Les deux jeunes hommes apparurent par la porte qui donnait sur le couloir. James Omar, tout d'abord, vêtu du t-shirt et du pantalon qu'il portait quand on l'avait retrouvé mort dans l'allée de Gretchen. Ethan Robinson, un peu plus grand que lui, avait les cheveux bruns, raides. Vêtu lui aussi d'un jean et d'un t-shirt, il avait la bandoulière d'une housse d'ordinateur portable sur l'épaule.

Avec un soupir d'agacement, Josie revint au début de la vidéo et la relança. Ils retraversèrent l'écran, d'une porte à l'autre. Ethan, derrière James, lui parlait tout en marchant. Il était au milieu d'une phrase quand il surgissait dans le petit hall d'entrée, et au milieu d'une seconde quand il sortait du champ de la caméra. Josie revint au début, relança la lecture en essayant de lire sur les lèvres d'Ethan Robinson. Elle répéta plusieurs fois l'opération. Elle ne put deviner ce qu'il disait, ne déchiffra aucun des quelques mots qu'il articulait.

— Il dit : « Quand tu seras là-bas, ne... »

Josie sursauta si violemment en entendant Noah par-dessus son épaule qu'elle fit tomber son stylo et son carnet. Elle pivota sur sa chaise et se pencha pour les ramasser.

— Tu m'as fait une peur bleue.

Noah portait comme d'habitude un pantalon kaki et un polo de la police de Denton. Il s'était lavé les cheveux et le parfum enivrant de son après-rasage fit très légèrement refluer la colère de Josie à son endroit.

— Désolé, dit-il en souriant.

— Merci pour le gâteau. Comment peux-tu deviner ce que dit le gamin ? Tu ne m'as jamais dit que tu savais lire sur les lèvres.

Noah haussa les épaules et alla s'affaler sur son siège de bureau.

— Un peu, seulement.

— Tu as réussi à deviner ce que Gretchen disait sur la vidéo du commissariat, aussi.

— J'ai eu une petite amie, il y a longtemps, qui était malentendante. Elle lisait sur les lèvres, et elle m'a appris à le faire. On en faisait un jeu.

C'était la première fois que Noah parlait de ses anciennes petites amies en évoquant plus que leurs noms et combien il en avait eu. Il avait presque deux ans de moins que Josie, ne s'était jamais marié, et n'avait pas eu de relation stable depuis qu'il était entré dans la police.

— C'est James Omar ? demanda-t-il.

— Oui. Ça date du matin de son meurtre. Omar et son colocataire, Ethan Robinson, ont quitté ensemble leur immeuble.

— Mais on dirait qu'ils n'allaient pas au même endroit, puisque Robinson dit : « Quand tu seras là-bas. »

— Donc Robinson savait ce qu'Omar faisait, où il allait et pourquoi. Et d'après le professeur Larson, Ethan n'est pas réapparu depuis.

— Mais la police de Philadelphie est sur le coup, n'est-ce pas ?

— Oui.

Josie changea de sujet et lui résuma l'inspection de la maison de Joel et Margie Wilkins, lui parla de la tasse qui ne leur appartenait pas, selon Robyn.

— Tu as une photo de cette tasse ?

Josie sortit son téléphone pour la lui montrer.

— Et elle n'appartient pas à quelqu'un de chez nous, dit Noah.

— Non, Hummel et moi avons vérifié. Elle était déjà là quand la première équipe est arrivée.

— Il y avait deux tasses sur l'égouttoir, si je me souviens bien.

— Exact. Celles marquées « Elle » et « Lui ».

— Mais une seule à côté de la machine à café.

— Parce qu'elle n'est pas à eux et que ce ne sont pas eux qui l'ont posée là, renchérit Josie. Il reste la possibilité qu'un ami ou un invité l'ait apportée chez eux, ce qui expliquerait la présence de la tasse.

— Mais pourquoi juste à côté de la machine à café, alors ?

— C'est vrai, ça n'a pas de sens. Je pense que c'est le tueur qui l'a apportée et l'a laissée sur place.

— Délibérément ?

— Ça peut paraître étrange qu'il l'ait fait intentionnellement, mais je tendrais à penser que oui. Personne n'a vu ce type, il a été assez prévoyant pour jeter leurs téléphones dans les toilettes, et a réussi à maîtriser deux victimes. Il y a forcément une bonne part de sophistication dans cette affaire. Difficile de croire alors qu'il ait accidentellement laissé une tasse propre et vide sur place. À 2 heures du matin.

— Il a bien abandonné l'arme du crime, fit remarquer Noah.

— Oui. Mais beaucoup de tueurs laissent l'arme du crime sur place. Et puis il a laissé son ADN sur le corps de Margie Wilkins, donc il se fiche de laisser derrière lui des traces qui pourraient potentiellement l'identifier. La tasse de café, c'est tout à fait autre chose.

— D'accord. Admettons qu'il ait apporté la tasse et qu'il l'ait volontairement laissée sur place. Pourquoi ?

— Par jeu, déclara Josie. Si Robyn n'était pas venue, si elle n'avait pas remarqué la tasse, on n'aurait jamais su que ça avait une signification. Ce type tue pour le plaisir. La tasse, c'est sa manière à lui de nous narguer. Il nous prend pour des idiots, et ça l'amuse.

Noah se renfonça dans son siège, battant du pied pour le faire pivoter à droite et à gauche, tandis qu'il réfléchissait.

— Il n'y a pas de *Wawa* à Denton, c'est une chaîne de Philadelphie.

— C'est vrai, dit Josie. Quand j'étais là-bas, j'en ai vu un peu partout.

— Tu penses que le tueur est venu de Philadelphie ?

— Pas tout à fait.

Josie cliqua sur sa souris pour faire apparaître à l'écran le dossier électronique se rapportant au meurtre de James Omar, et les photos prises dans la maison de Gretchen. Elle retrouva celle de la table basse avec un cercle sans poussière, là où un objet rond avait été posé. Elle cliqua pour agrandir l'image et tourna son écran vers Noah. Elle s'attendait à ce qu'il se montre sceptique mais il se pencha en avant, étudia longuement la photo avant de demander :

— Le cercle a la même taille que la tasse ?

Josie lui sourit. En quelques clics, elle trouva une photo du cercle luisant, dépourvu de poussière, avec, sur le côté, des règles jaune clair qui permettaient d'en connaître les dimensions. Elle ouvrit ensuite une autre photo, prise en compagnie de Hummel le matin même, de la tasse de chez *Wawa*, où elle tenait elle-même les règles jaunes qui en donnaient les mesures. Elle rapprocha les deux images sur son écran.

— Oui, les dimensions correspondent.

— Mais on n'a aucun moyen de demander à Gretchen si cette tasse est bien à elle. Bowen ne nous laissera jamais lui parler directement. Je pense qu'on pourrait demander à Loughlin de lui poser la question.

— J'ai déjà appelé Denise Poole, mon contact au labo de la police d'État.

— Oui, je me souviens d'elle, dit Noah. Elle va nous permettre d'avoir les empreintes plus vite ?

Josie acquiesça.

— Bon, elle a dit que ça pouvait être compliqué d'obtenir des empreintes sur une surface courbe, mais elle va faire son possible. J'ai demandé à Hummel de lui apporter lui-même la tasse.

Noah lui fit les gros yeux.

— Tu plaisantes ? Il y a quatre heures de route. Chitwood va piquer une crise quand il l'apprendra.

Josie sourit.

— Mais, lieutenant Fraley, cette tasse a été trouvée sur les lieux d'un double homicide dont la presse s'est emparée. D'ailleurs, Chitwood est passé à la télévision hier soir pour annoncer au grand public que nous faisions tout notre possible pour retrouver l'assassin.

Noah lui sourit en retour.

— Très bonne remarque. Alors, disons qu'on retrouve les empreintes de Gretchen sur cette tasse de chez *Wawa*. Et alors ?

— Et alors, on saura qu'il y avait quelqu'un d'autre chez elle, le jour où James Omar a été tué.

Noah remua lentement la tête.

— Non, on n'en saura rien. Tout ce qu'on pourra déduire si

on trouve les empreintes de Gretchen sur la tasse, c'est qu'elle s'est rendue chez les Wilkins.

Le cœur de Josie bondit. Personne ne savait où était Gretchen la nuit où les Wilkins étaient morts. Mais elle ne pouvait pas croire une seconde que Gretchen soit allée chez eux.

— Ce dont on est sûrs, c'est que Gretchen n'a pas laissé de sperme sur le cadavre de Margie Wilkins, rétorqua-t-elle. Je ne crois pas que la présence de sa tasse sur place nous permette de dire qu'elle y était aussi.

Avant que Noah puisse répondre, Chitwood les interpella depuis le seuil de son bureau, sa voix résonnant dans toute la pièce :

— Quinn, Fraley ! Loughlin est arrivée. Elle a obtenu les aveux de Palmer. Dépêchez-vous de descendre en salle de conférences.

37

Gretchen avait remis à l'inspectrice Heather Loughlin des aveux écrits et signés. Une confession succincte, presque griffonnée. Josie connaissait l'écriture de Gretchen, d'ordinaire nette et précise. La tension et le désespoir étaient presque palpables dans ces mots rédigés à la hâte. Josie et Noah les parcoururent plusieurs fois, tandis que Loughlin sirotait un café et que Chitwood faisait les cent pas devant la table. Quand ils eurent achevé leur lecture, Josie lui tendit le document. Il y jeta à peine un coup d'œil.

— Vous y croyez ? demanda Josie à Loughlin.

Cette dernière haussa les épaules.

— Peu importe ce que je crois. Elle a avoué. Et elle avait réponse à tout.

Chitwood jeta les aveux de Gretchen sur la table. Noah s'en saisit pour les relire.

— Elle dit qu'elle a rencontré Omar à Philadelphie il y a quelques années. C'est plutôt vague.

— Il y a quelques années, Omar n'était même pas à Philadelphie, intervint Josie. Il vivait dans l'Idaho et a fait sa licence dans l'Indiana. Quand il est arrivé à Drexel, Gretchen avait déjà quitté Philadelphie et travaillait ici à Denton.

— Et alors ? dit Chitwood. Elle avait des amis à Philadelphie. Elle l'a peut-être rencontré en y retournant leur rendre visite. Ou bien elle s'est emmêlée dans sa chronologie et elle l'a rencontré l'été dernier.

Josie était à peu près certaine que Gretchen n'était pas allée à Philadelphie depuis son installation à Denton, même pour aller voir des amis, mais elle n'avait aucun moyen de le prouver. Elle changea d'angle.

— Où Gretchen dit-elle qu'ils se sont rencontrés ?

— En faisant du jogging sur les berges de la Schuylkill – enfin, il faisait du jogging, pas elle. Elle dit qu'ils se sont télescopés et qu'elle est tombée par terre. Il l'a aidée à se relever et à s'asseoir sur un banc. Ils ont discuté un peu et, quand il a appris qu'elle était policière, il lui a posé toutes sortes de questions sur son métier. Elle avait mal au crâne et n'avait pas très envie de parler, alors elle lui a laissé son numéro et dit qu'il pouvait l'appeler quand il voulait s'il avait d'autres questions sur le métier de policier.

— Ça paraît très vague, là encore, dit Josie.

Loughlin haussa les épaules.

— Je n'ai aucune raison de ne pas la croire, même si cette histoire d'intérêt pour son métier de policière me paraît, en effet, plutôt bidon. Je ne sais pas si elle dit la vérité sur les circonstances de leur rencontre. Mais elle dit qu'il a retrouvé sa trace ici, à Denton, et qu'elle s'est sentie menacée, d'autant plus qu'il avait fait deux heures de route pour venir jusque chez elle.

— Et quel a été le sujet de leur altercation, selon elle ? demanda Noah. Dans ses aveux, elle dit seulement qu'elle lui a demandé plusieurs fois de partir, qu'il a refusé et qu'il s'est montré agressif.

Josie relut, par-dessus l'épaule de Noah, les aveux de Gretchen. Les termes en étaient très généraux et très flous.

— Elle dit que, pour une raison qu'elle ignore, il avait développé une obsession pour elle. Elle ne sait pas pourquoi, et elle ne pense pas que ce soit sexuel, mais le fait qu'il débarque chez elle sans y être invité lui a paru intrusif, menaçant. Elle dit qu'il la harcelait au téléphone depuis deux semaines.

Josie se souvint que les relevés téléphoniques de Gretchen indiquaient que James Omar ne l'avait appelée que deux fois. On ne pouvait pas appeler ça du harcèlement.

— Si elle s'est sentie harcelée, pourquoi n'a-t-elle pas fait un signalement ?

— Comme je le disais, je ne pense pas qu'elle soit sincère sur ce qu'il y avait entre eux. Je pense que, quoique ça puisse être, c'était embarrassant pour elle et qu'elle a cru pouvoir régler ça toute seule. Et quand ça a dérapé, elle s'est enfuie.

— Vous pensez qu'ils avaient une relation sexuelle ? demanda Noah.

Sa question était tellement chargée de scepticisme que Josie comprit qu'il avait autant de mal qu'elle à imaginer Gretchen avoir une liaison quelconque avec un étudiant d'une vingtaine d'années.

Loughlin haussa de nouveau les épaules.

— Ça n'est pas impossible.

Noah posa le doigt sur la seconde page des aveux.

— Elle a désactivé le TDM de sa voiture et l'a jeté dans le fleuve, tout comme son téléphone et celui d'Omar. Et puis elle a erré plusieurs jours avant de décider de se rendre. Elle n'a pas dit où elle était allée ?

Loughlin secoua la tête.

— Elle a commencé à s'énerver quand j'ai insisté là-dessus.

— Pourquoi s'est-elle garée une rue derrière chez elle quand elle est rentrée retrouver Omar ? demanda Josie. Elle vous l'a dit ? Et ce petit garçon sur la photo ? A-t-elle dit qui c'était, et pourquoi elle avait épinglé ce cliché au t-shirt d'Omar ?

Elle prit les pages des mains de Noah pour les feuilleter, avant d'ajouter :

— Elle ne fait aucune mention de cette photo et de ce petit garçon.

— Je lui ai posé la question, dit Loughlin. Les deux questions, en réalité. Elle dit qu'elle s'est garée une rue plus loin et qu'elle est rentrée chez elle discrètement, par le fond du jardin, parce qu'elle redoutait qu'Omar ne se montre dangereux, et qu'elle voulait évaluer la situation avant de se montrer.

— Et pour la photo ?

— Elle dit qu'elle l'a trouvée par terre près de son corps après lui avoir tiré dessus. Elle a supposé que la photo lui appartenait et était tombée de sa poche, alors elle l'a épinglée à son t-shirt.

— Où a-t-elle trouvé l'épingle à nourrice ?

— Dans la trousse de couture de sa grand-mère. C'est ce qu'elle dit, en tout cas.

— Vous me dites qu'elle a commencé par espionner ce gamin, qu'ils se sont disputés à propos d'on ne sait quoi, qu'elle s'est sentie « menacée », qu'elle lui a tiré dans le dos alors qu'il s'en allait et qu'elle est rentrée dans la maison pour dénicher une épingle à nourrice et attacher à son t-shirt une photo qu'elle prétend être tombée de sa poche ?

Loughlin fronça les sourcils.

— Oui, ça paraît peu plausible. Mais pourquoi avouer avoir tué ce jeune homme, si ce n'est pas elle ?

C'était ce que Josie ne comprenait toujours pas. Sans hésiter, Gretchen avait reconnu un meurtre avec préméditation. Pourquoi ?

Chitwood prit la parole :

— Elle a tué ce môme. Elle ment peut-être sur le motif ou sur la manière dont ils se sont rencontrés, mais elle a déjà eu des contacts avec lui. Ils étaient tous les deux sur place à l'heure du coup de feu. La balle extraite de son corps est du même calibre que l'arme de service de Gretchen. Et elle a avoué. Affaire close. Vous avez du pain sur la planche avec l'assassinat des Wilkins.

Il quitta la pièce à grandes enjambées. Les trois policiers sortirent lentement dans le couloir.

— Heather, fit Josie. Et son blouson ? Vous lui avez demandé où était son blouson ?

Loughlin acquiesça.

— Elle dit qu'elle l'a perdu.

Gretchen ne pouvait pas avoir perdu son blouson. Mais Josie était fatiguée d'être seule contre tous à affirmer que Gretchen était innocente. Il lui fallait la preuve que quelqu'un d'autre était là le jour où James Omar avait été abattu – qu'il y avait autre chose.

Josie et Noah dirent au revoir à Loughlin et revinrent à leurs postes de travail. Josie prit son téléphone.

— Qui appelles-tu ?

— Ethan Robinson est la seule personne en dehors de Gretchen à avoir une idée de ce qu'Omar faisait vraiment chez elle ce jour-là.

— Son colocataire ? Il a disparu.

— Oui. Mais pas son père.

Doug Robinson décrocha à la quatrième sonnerie. Quand Josie se présenta de nouveau et lui demanda s'il avait eu des nouvelles de son fils, il répondit d'un ton pressé, presque agacé :

— Euh, non. J'ai eu la police de Philadelphie, qui le recherche. Je leur ai dit que je les appellerais immédiatement s'il réapparaissait, mais je sais qu'il ne refera pas surface chez moi.

— Et pourquoi cela, monsieur Robinson ? demanda Josie, saisissant ainsi l'occasion de lui poser la question qui la travaillait depuis leur première conversation.

— Que voulez-vous dire ?

— La dernière fois que je vous ai eu au téléphone, vous avez laissé entendre qu'une sorte de fossé s'était creusé entre vous.

Robinson soupira longuement.

— Il me semble vous avoir dit que sa maman est décédée quand il était lycéen.

— Oui, je m'en souviens.

— Ils étaient vraiment très proches. Ils l'ont toujours été. Après son décès, il a découvert...

Il n'acheva pas. Josie l'entendit respirer un long moment.

Ce n'était pas la douleur ou la tristesse qui l'empêchait de parler, comprit-elle, mais la frustration. Elle le relança.

— Monsieur Robinson ?

— J'aime mon fils. D'accord ?

— Oui, bien sûr.

— Mais après le décès de ma femme, il a découvert que nous l'avions adopté. Tout bébé. Ma femme ne voulait pas le lui dire. En tout cas pas tant qu'il était petit. Je pensais que, quand il serait assez grand pour comprendre ce que signifiait être adopté, il valait mieux le faire. Il a toujours été curieux, depuis tout petit, vous voyez ? Il était vraiment intelligent, toujours à poser des questions. Toujours fourré à la bibliothèque, en train de lire des choses bien au-dessus du niveau de sa classe. Vous savez qu'à douze ans, nous l'avons trouvé en train de lire des livres sur les tueurs en série ? Ma femme en a sauté au plafond !

— Oui, j'imagine, dit Josie, curieuse de savoir où il voulait en venir.

— Et après sa mort, il a fallu faire beaucoup de démarches. De la paperasse, des choses comme ça. Et en fouinant, Ethan est tombé sur certains documents. Il m'a demandé des explications. Je lui ai dit la vérité.

— Et il était furieux parce que votre femme et vous ne lui aviez rien dit ? hasarda Josie.

— Oui. Vraiment furieux. J'ai essayé de lui expliquer que c'était sa mère qui ne voulait pas qu'il l'apprenne, mais ça n'a fait qu'empirer les choses. Il m'a dit que je me défaussais sur elle parce qu'elle n'était plus là pour se défendre.

Josie comprenait très bien qu'Ethan ait pu penser ça, mais n'en souffla pas un mot.

— Et c'est ce qui a créé cette tension entre vous ?

— Les choses ne sont plus comme avant depuis ce moment-là. Pour être honnête, inspectrice, je n'ai de ses nouvelles que quand il a besoin d'argent. Je lui téléphone une fois par semaine, mais il ne décroche jamais, ne me rappelle jamais. Et même quand il vient ici chez nous, ce qui est assez rare, il ne me parle que si c'est absolument nécessaire et, la plupart du temps, il est toujours fourré dehors. La fois où il est venu avec James, j'ai cru que les choses s'amélioraient entre nous. James est — enfin, était — un bon petit gars. Mais après leur retour à Philadelphie, Ethan a recommencé à m'ignorer. J'essaie depuis des années d'arranger les choses, mais il déborde de colère. Je n'arrive pas à renouer les liens.

— Vous avez appelé les membres de votre famille pour savoir si quelqu'un avait eu de ses nouvelles ? La famille de votre femme ?

— Oui. La police de Philadelphie m'a tout de suite demandé de le faire. Personne n'a de ses nouvelles.

Une idée frappa Josie.

— Vous savez s'il a déjà essayé de retrouver ses parents biologiques ?

— Non, pas que je sache. Il était furieux, certes, mais il aurait eu l'impression de trahir sa mère, vous comprenez ? Qu'il soit adopté ou pas, elle était sa mère. Elle l'avait élevé, et elle l'aimait.

Donc il n'y avait aucune chance qu'Ethan Robinson soit allé se cacher dans sa famille biologique.

— Je suis vraiment désolé pour votre femme, monsieur Robinson. Merci d'avoir pris le temps de me répondre. Si vous avez la moindre nouvelle, appelez immédiatement la police de Philadelphie. Et si ça ne vous dérange pas de me tenir au courant, ce serait très aimable à vous.

— Bien sûr. Au fait, vous avez pu attraper l'assassin de James ?

Josie hésita, regarda Noah absorbé par ce qu'il lisait sur l'écran de son ordinateur, face à elle.

— Non, nous y travaillons encore.

Ils allèrent déjeuner sur le pouce et trouvèrent à leur retour les relevés téléphoniques de James Omar pour les deux semaines précédentes, ainsi que la liste des amis et collègues de Margie Wilkins envoyée par sa belle-sœur, Robyn. Josie entreprit de téléphoner aux proches de Wilkins tandis que Noah épluchait les appels entrants et sortants de James Omar et relevait les noms de chacun de ses correspondants. Une heure plus tard, Josie terminait sa conversation avec la dernière personne sur la liste.

— Personne ne harcelait Margie Wilkins, dit-elle à Noah. En tout cas, ses amis ne voient personne susceptible de lui en vouloir. C'est un cul-de-sac.

— Il reste l'ADN. On a l'ADN du tueur.

— Oui. Mais le temps que les résultats arrivent, je serai peut-être retraitée. Et encore faut-il que cet ADN corresponde à celui de quelqu'un qui est déjà dans nos bases de données. Il nous faut des pistes à creuser, et je n'en ai aucune.

Noah lui fit signe de le rejoindre.

— Alors fais une pause et viens voir ce que j'ai trouvé.

Josie fit rouler son fauteuil jusqu'à lui. Sur son bureau, elle découvrit le relevé des appels téléphoniques fourni par Spur Mobile, annoté par Noah. À côté, une pile de pages imprimées avec les noms et les coordonnées de tous les correspondants de James Omar, et, sur le dessus, une page avec en en-tête le nom et le numéro de téléphone d'Ethan Robinson.

Noah indiqua le numéro d'Ethan Robinson, qui figurait surligné en rose des dizaines de fois sur le relevé téléphonique.

— Ce sont tous les appels et SMS échangés entre James Omar et Ethan Robinson.

Josie tendit le bras, parcourut rapidement quelques pages.

— Tu n'as pas pu obtenir le contenu des SMS ?

— Tu connais Spur Mobile. Pour y accéder, si on n'est pas en possession du téléphone, la procédure est très compliquée. Mais j'attends qu'ils me l'envoient. Ça va seulement prendre un peu plus de temps.

Josie ne l'ignorait pas. Les différents opérateurs téléphoniques se montraient plus ou moins coopératifs avec la police. Spur Mobile était parmi les plus réticents, et leur procédure était très contraignante. Ils finiraient par obtenir le contenu des SMS, mais ce serait long.

— Et sinon, quoi d'autre ? demanda Josie.

Noah passa les numéros de téléphone en revue. Il y avait les trois proches parents de James Omar : son père, sa mère, sa sœur. Le docteur Larson. Certains numéros étaient ceux de restaurants, où il avait visiblement commandé des plats à emporter. Des numéros correspondaient à d'autres étudiants de l'université Drexel, et Noah avait réussi à trouver presque toutes leurs pages Facebook. Il lui tendit les résumés imprimés de leurs profils, que Josie parcourut rapidement. Et puis il y avait les coups de fil à Gretchen.

— Il y a un appel, là, à une société d'ambulances de Norristown – dans la banlieue de Philadelphie.

— Bizarre, dit Josie en plissant le front et en faisant glisser son doigt sur la page pour trouver la date de l'appel. Omar a passé ce coup de fil deux semaines avant sa mort. Et il n'a appelé qu'une seule fois.

— Il aurait fait un mauvais numéro ?

— Probablement. Et ça, c'est quoi ?

Il y avait trois appels passés par Omar au même numéro durant les deux semaines précédentes, dont un le matin de sa mort.

— C'est un téléphone jetable.

— Tu as essayé d'appeler ?

— Bien sûr. Il n'est plus en service. Prépayé. Son propriétaire n'a pas rechargé son crédit.

— Peut-on essayer de le géolocaliser, de retrouver où il était avant qu'il soit hors service ?

Noah hocha la tête.

— Je pense que oui. Je vais faire une demande.

— Et ce coup de fil à Ethan Robinson ? Il a été passé après le meurtre ?

Noah vérifia l'heure du coup de téléphone puis consulta son carnet.

— Il a été passé soit juste avant, soit juste après. On peut estimer le moment de la mort d'Omar à une heure près – entre le moment où Gretchen a quitté le commissariat et le moment où la première voiture de patrouille est arrivée chez elle. On ne peut pas être plus précis que ça.

— Mais l'appel a bien été passé dans ce laps de temps.

— Oui, mais plus près du moment où la patrouille est arrivée. J'aurais tendance à croire que ce n'est pas Omar qui a passé ce coup de fil.

Le téléphone de Josie se mit à sonner sur son bureau. Elle fit rouler son siège pour décrocher.

— Inspectrice Quinn à l'appareil.

— Bonjour, je suis Jack Starkey. Vous cherchiez à me joindre ?

40

Le cœur de Josie bondit. Allait-elle enfin obtenir des réponses, au lieu de n'avoir que des questions sans fin ?

— Bonjour, agent Starkey. Merci de me rappeler.

— Quelqu'un de ma brigade de Seattle m'a contacté. Il disait que vous sembliez très *entreprenante*.

Josie ne se reconnut pas dans ce terme mais elle ne releva pas.

— C'est important, en effet. Je vous appelle au sujet de Gretchen Palmer.

— Gretchen Lowther, oui.

— Pardon ?

— À l'époque, elle s'appelait Lowther, pas Palmer.

Elle mit un moment à comprendre. Elle savait que Palmer était le nom de famille de Gretchen, puisque ses grands-parents s'appelaient Agnes et Fred Palmer. Elle tira à elle son carnet et se mit à chercher la liste de noms que la mère de Caroline Weber avait donnés pour la branche maternelle de la famille de Gretchen. Lowther n'était pas le nom de famille de sa mère. Ce qui ne pouvait vouloir dire qu'une chose.

— Attendez une minute. Gretchen a été *mariée* ?

Starkey se mit à rire.

— Oui. Elle était très jeune. Elle a épousé un copain à moi, Billy. William Benjamin Lowther. Elle a probablement changé de nom en repartant dans l'Est.

Josie commença à prendre des notes sur une page vierge. En face d'elle, Noah la dévisageait, avec une expression mi-curieuse, mi-interloquée.

— Donc ils ont habité Seattle ?

— Oui. Billy était un agent...

— Du BATAE ?

Josie avait l'impression d'être perdue. Starkey devait la prendre pour une idiote.

— Oui. C'était un très bon agent, d'ailleurs.

Josie remarqua qu'il parlait de Billy Lowther au passé mais décida de l'interroger à ce sujet plus tard.

— Combien de temps ont-ils été mariés ?

Starkey marmonna, comme s'il prenait le temps de faire le calcul, avant de répondre :

— Je ne sais pas, deux ans à peu près. Pas longtemps.

— Vous dites que Gretchen était très jeune. Quel âge avait-elle quand ils se sont rencontrés ?

— Dix-huit ans, dit Starkey en riant. Croyez-moi, on a vérifié. Billy était en formation sur la côte Est à l'époque. Il est revenu avec elle à Seattle, en disant qu'ils allaient se marier. Ils ne se connaissaient que depuis deux semaines. Elle paraissait à peine seize ans. On voulait être sûrs qu'il ne faisait rien d'illégal.

Josie se demanda pourquoi Caroline Weber ne lui avait rien dit du mariage de Gretchen. Se pouvait-il que celle-ci n'en ait parlé à personne ? C'était possible, si le mariage avait été bref. Ou peut-être Caroline n'avait-elle pas pensé que ça avait de l'importance. Starkey la tira de ses réflexions en poursuivant :

— Ils étaient vraiment amoureux. Sacrément. Billy avait presque douze ans de plus qu'elle, mais ça ne les gênait absolument pas, ni lui, ni elle. Ils sont allés à la mairie et se sont mariés. En prenant deux fonctionnaires sur place comme témoins.

Josie tenta d'imaginer Gretchen, jeune, profondément et follement amoureuse d'un homme qu'elle n'avait rencontré que deux semaines plus tôt, se marier dans une mairie où elle ne connaissait absolument personne en dehors de son mari. Cette dernière partie du tableau lui ressemblait assez, mais la Gretchen jeune et raide amoureuse lui échappait totalement.

— Et ça n'a pas marché ?

Starkey s'assombrit tout à coup.

— Billy est mort.

— Je suis désolée. Qu'est-ce qui s'est p...

— Alors, c'est quoi, cette histoire avec Gretchen, la coupa Starkey. Je sais qu'elle m'a cité comme référence professionnelle, mais votre message paraissait tellement pressant que j'ai cru qu'elle avait des ennuis.

Ça, on peut le dire, pensa Josie. Elle lui décrivit succinctement la situation : un certain James Omar avait été retrouvé mort devant chez Gretchen, et elle s'était enfuie. Elle ne lui dit pas que Gretchen avait refait surface et avoué le meurtre. Elle voulait d'abord voir ce qu'il savait.

— Et il n'y a pas de lien entre Gretchen et ce gamin ? demanda Starkey.

— Aucun, à part le fait que Gretchen a travaillé à Philadelphie et qu'Omar était de Philadelphie. J'y suis allée et j'ai rencontré son ancien coéquipier, Steven Boyd. Il m'a parlé d'une affaire sur laquelle Gretchen avait travaillé deux ans avant de venir chez nous. Deux gars des Dirty Aces avaient assassiné deux membres des Devil's Blade qui avaient débarqué de la côte Ouest. Linc Shore et Seth Cole. Apparemment, Gretchen a pris cette affaire très à cœur et a remué ciel et terre pour que les deux Dirty Aces soient condamnés à perpétuité. J'ai cru, au début, que les Aces avaient ciblé Gretchen parce qu'elle avait envoyé leurs gars en prison, mais je n'ai rien trouvé qui aille dans ce sens. Et je ne vois aucun lien entre Omar et l'un ou l'autre de ces gangs.

— Vous dites que c'est Gretchen qui a enquêté sur le meurtre de Linc Shore ?

— Oui, c'est ce que son collègue m'a dit.

— Gretchen Palmer ? insista Starkey.

— Oui. Vous n'étiez pas au courant, pour Linc Shore ?

— Bon, si, je savais qu'il s'était fait tuer sur la côte Est. Nous, on a affaire aux gangs de bikers de Seattle. Shore était président du chapitre local. Une chose pareille nous arrive forcément aux oreilles. Mais je n'ai pas suivi l'affaire plus que ça. On a seulement su que les Aces l'avaient éliminé. Rien de plus.

— Donc Gretchen ne vous a jamais appelé à ce sujet ? Pour se renseigner sur le gang des Devil's Blade ou en savoir plus sur Linc Shore ou Seth Cole ?

Starkey éclata de rire, si violemment qu'il se mit à tousser. Josie éloigna le téléphone de son oreille et échangea avec Noah un regard interloqué.

— Agent Starkey ? dit-elle en tentant d'interrompre son rire.

— Si Gretchen Palmer m'appelait pour avoir des renseignements sur les Devil's Blade et Linc Shore, il n'y aurait qu'une seule explication possible : il faudrait qu'elle soit tombée sur la tête et devenue amnésique. Ou qu'elle ait subi une lobotomie.

Josie bouillonnait de frustration mais se contint.

— Que voulez-vous dire ?

— Inspectrice Quinn, Linc Shore et les Devil's Blade ont kidnappé Gretchen quand elle avait à peine vingt ans. Ils l'ont séquestrée pendant plus d'un an. Personne n'est jamais parvenu à la retrouver. Tout le monde l'a crue morte. Et puis un jour, ils l'ont balancée devant le bâtiment du BATAE de Seattle, couverte de bleus, de plaies, et camée jusqu'aux yeux.

41

Le monde s'immobilisa tout à coup, et une bulle de calme
absolu sembla envelopper Josie.

— Pardon ? dit-elle après s'être raclé la gorge. Comment ça ?

— Elle ne vous l'a pas dit ? Ça ne m'étonne pas, en fin de
compte. Elle n'avait pas très envie d'en parler, pendant sa
convalescence. Pour être tout à fait honnête, elle n'a rien voulu
dire à personne.

Josie ne fut pas surprise.

— Comment savez-vous que ce sont les Devil's Blade qui
l'ont séquestrée ?

— Ils l'ont enlevée à cause de Billy. Ils avaient compris que
c'était un agent infiltré. Gretchen a été kidnappée peu après sa
mort. On avait quelques informateurs qui gravitaient autour des
Devil's Blade. On les a sévèrement cuisinés pour essayer de
savoir où elle était retenue prisonnière. Aucun d'eux ne l'a
jamais vue personnellement, mais ils ont confirmé qu'elle était
entre les mains de Linc Shore.

Josie n'osait même pas imaginer ce que Gretchen avait dû
subir durant un an. Elle nota que même après avoir été torturée
par sa mère, qui avait réussi à convaincre des médecins de prati-

quer des interventions inutiles sur sa fille, Gretchen ne s'était pas fermée à l'amour et qu'elle avait traversé tout le pays pour épouser un agent du BATAE plus âgé qu'elle. Mais d'après ce que Josie savait, une fois Gretchen revenue en Pennsylvanie après la mort de son mari et les tortures infligées par les Devil's Blade, elle n'avait plus eu de relation suivie. Même son coéquipier à la brigade criminelle de Philadelphie ne savait rien de son orientation sexuelle – parce qu'elle n'avait aucune vie amoureuse. L'année passée entre les griffes du gang de motards l'avait-elle rendue insensible à tout ça ensuite ? Était-ce pour cela qu'elle avait piégé ses fenêtres ? Parce qu'elle craignait les Devil's Blade ?

Mais si c'était le cas, pourquoi avait-elle tant pris à cœur le meurtre de Linc Shore ? Pourquoi tout faire pour que les meurtriers de Shore et Cole soient condamnés ? Se sentait-elle sous la menace du gang, d'une manière ou d'une autre ? La vengeance des Devil's Blade aurait été bien plus dure qu'une simple peine de prison, même à perpétuité. Tout cela n'avait aucun sens.

— Qu'a dit Gretchen quand vous l'avez récupérée ?

— Rien. Rien du tout. Elle refusait d'en parler. Je lui ai dit qu'elle était sous notre protection, mais elle répétait simplement : « Personne ne peut me protéger. » Elle est restée un moment à l'hôpital et, après sa sortie, a décidé de repartir dans l'Est. Je lui ai toujours dit que si elle avait besoin de quoi que ce soit, elle n'avait qu'un coup de fil à passer. Et cinq ou six ans plus tard, je crois, elle m'a téléphoné pour me dire qu'elle voulait entrer dans la police. Elle m'a demandé si elle pouvait donner mon nom, en cas de besoin. J'ai accepté, bien sûr.

Starkey lâcha un petit rire et reprit :

— Je n'aurais jamais imaginé que cette gamine deviendrait policière, ça, c'est sûr. Mais elle a réussi.

— C'est une excellente policière, renchérit Josie. Une enquêtrice hors pair.

— J'imagine que oui, puisqu'elle a réussi à mettre de côté ses sentiments personnels pour envoyer en prison l'assassin de Linc Shore. C'est quand même du sérieux, cette histoire.

— Vous savez pourquoi elle a tenu à s'occuper de cette affaire ? Quelque chose m'échappe, là-dedans. Elle aurait pu facilement la laisser à quelqu'un d'autre.

— Je ne sais pas du tout. Ce qu'ils lui ont fait était vraiment horrible. Un an ! Je ne sais même pas comment elle a survécu. Surtout après...

Il se tut. Josie attendit qu'il continue mais le silence dura.

— Après... ? insista-t-elle.

Starkey hésita encore un instant avant de poursuivre :

— Billy a été assassiné.

— Je l'avais supposé. Vous avez dit que les Devil's Blade avaient découvert qu'il les infiltrait pour le compte du BATAE. J'imagine bien que ça n'a pas dû leur plaire.

— Ils ne l'ont su qu'après son assassinat.

— Donc ce ne sont pas les Devil's Blade qui l'ont tué ?

— Non. Pas eux.

— Ah. D'accord. Que s'est-il passé ?

— Inspectrice, il y a des choses dont je préfère discuter de vive voix, si ça ne vous embête pas.

— Je ne crois pas que mon chef soit prêt à me payer un billet d'avion pour Seattle, agent Starkey. Et c'est assez urgent. Si vous avez des choses à m'apprendre sur le passé de Gretchen, je dois les connaître le plus vite possible.

— Mais je ne suis pas présentement à Seattle. Je suis à New York. Si vous pouvez venir jusqu'à moi, je vous dirai volontiers tout ce que je sais. Mais pas au téléphone, ça n'est pas possible.

42

JANVIER 1995

Seattle, État de Washington

La pièce sentait la sueur et le tabac froid. La peinture des murs jaunis s'écaillait. Une ampoule nue pendouillait au bout d'un câble tordu, au centre du plafond. Un matelas taché couvrait la moitié du plancher de bois. Gretchen avait beau être épuisée, elle s'interdisait de s'y allonger. Elle n'osait même pas imaginer l'odeur du matelas, de près. La seule autre option était un fauteuil en bois éraflé. Des projections d'un liquide couleur rouille avaient coulé et séché sur les lattes du dossier. Elle essaya de ne pas penser à leur provenance. En s'asseyant, elle ne put s'empêcher de remarquer que les bras du fauteuil étaient usés juste sous ses poignets. En frissonnant, elle croisa les mains sur son ventre.

Elle n'aurait pas pu dire depuis combien de temps elle était ici. Les murs sinistres étaient nus, et des planches obturaient l'unique fenêtre, bloquant la lumière du dehors. Quand Linc vint la chercher, elle s'était endormie, le menton collé à la poitrine. Il la prit par l'épaule pour la réveiller et elle cligna des yeux en relevant la tête, le visage bouffi.

— Hé, dit-il en se penchant sur elle.

De près, il sentait le grand air, comme s'il avait apporté une brise fraîche avec lui. Avec en plus une légère odeur d'huile de moteur, et quelque chose de plus brut que Gretchen n'avait jamais vraiment su identifier. Son jean était sale et déchiré, et il portait sur la hanche gauche le couteau des Devil's Blade. Un bandana couvrait ses cheveux noirs en bataille. Gretchen n'avait pas besoin de voir le sommet de sa tête pour savoir ce qu'il y avait sur le bandana : un crâne blanc aux yeux rouge sang, au-dessus de deux lames croisées. Les couleurs du gang, noir et rouge. Son blouson de cuir élimé le faisait paraître bien plus massif qu'il ne l'était en réalité.

— Je suis réveillée, dit-elle.

Linc recula d'un pas.

— Tu es prête ?

Elle hocha la tête, même si chaque fibre de son corps se rebellait contre ce qui allait arriver ensuite. Linc dut s'en apercevoir, et plissa les yeux.

— Tu es sûre de vouloir faire ça ?

— Oui, dit-elle faiblement.

Les larmes coulaient aux coins de ses yeux. Elle s'en voulait de pleurer mais elle avait appris ces derniers mois qu'elle n'avait pas la maîtrise de son propre corps.

— Tu as le choix, dit Linc.

Elle eut un rire étranglé.

— Mais aucun de ceux que je peux faire n'est bon.

— Je peux te faciliter les choses.

Elle secoua la tête.

— Non, j'ai pris ma décision.

Il soupira et sortit son couteau de son étui. Gretchen se mit à trembler, faisant cliqueter un des pieds inégaux du fauteuil sur le plancher.

— Tu vas pleurer tout du long ? demanda Linc.

Elle se mordit la lèvre, tentant de son mieux de contrôler les émotions qui déferlaient en elle, de canaliser les larmes qui la suffoquaient. *Inspire, souffle !* se dit-elle. Elle releva le menton et croisa le regard de Linc.

— Finissons-en.

43
AUJOURD'HUI

Noah contourna leurs bureaux pour venir regarder par-dessus son épaule tandis que Josie notait l'adresse de l'hôtel de l'agent Starkey. Il avait écouté attentivement toute la discussion au téléphone.

— Tu plaisantes, j'espère, dit-il quand elle eut raccroché. Il veut te voir en vrai ?

Josie soupira.

— Il veut que je vienne à New York. Il dit qu'il ne peut pas me raconter ce qu'il sait par téléphone.

— C'est des conneries, ça. Qu'est-ce qu'il pourrait bien avoir à te raconter qu'il ne peut pas dire au téléphone ?

Elle haussa les épaules et se mit à chercher sur internet un hôtel à New York.

— Tu ne vas pas faire ça, quand même ? dit-il.

— Ah, c'est vrai, marmonna-t-elle. Pourquoi chercher un hôtel alors que ma sœur habite à New York ?

Elle sortit son téléphone et commença à rédiger un SMS

quand l'insistance du regard de Noah la fit s'interrompre. Elle leva les yeux. Il arborait une mine à la fois agacée et incrédule.

— Quoi ?

— Tu vas aller jusqu'à New York pour rencontrer ce type. Un parfait inconnu.

Josie leva les sourcils.

— Le lieutenant Boyd, l'ex-coéquipier de Gretchen à la brigade criminelle de Philadelphie, était un parfait inconnu. Tout comme le docteur Larson, le tuteur de James Omar. Je m'en suis débrouillée.

Elle ne put masquer le sarcasme dans ses paroles. Noah ne l'avait jamais prise pour une femme faible et sans défense, ne s'était jamais montré condescendant. Elle n'allait pas le laisser commencer maintenant.

Il se détendit.

— Oh, je sais bien que tu peux te débrouiller seule. Ce n'est pas ce que je voulais dire. Mais je n'ai pas confiance en ce type. Il n'a aucune raison de demander à te voir en chair et en os. Il ne peut rien avoir à te dire qui nécessite un vrai rendez-vous.

Josie dut reconnaître qu'il avait raison. Starkey lui avait paru à la limite de la paranoïa. Ou alors ça lui plaisait de lui compliquer la tâche. Peut-être encore la manipulait-il. Elle ne pouvait pas le savoir avec un simple coup de téléphone. Il s'était montré plutôt affable sur tout le reste.

— Je suis d'accord avec toi. Mais je dois savoir ce qu'il sait. Même s'il ne sait rien, en définitive. Noah, la vie de Gretchen en dépend peut-être.

— Dépend de quoi ? De ce que tu pourrais apprendre sur ce qu'elle a fait à Seattle quand elle avait vingt ans ? Et comment ce que tu vas découvrir pourrait-il l'empêcher d'aller en prison ? Elle a avoué, Josie !

Comment pouvait-elle faire entendre raison à Noah ? Elle était certaine que Gretchen mentait. Elle ne savait pas pourquoi, mais elle sentait qu'il se cachait derrière le meurtre de

James Omar autre chose que les aveux ridicules signés par Gretchen. Et Josie n'était pas femme à négliger un détail. Elle se devait de réunir toutes les informations disponibles. Et même si elle n'apprenait rien d'utile, elle ne refermerait pas le dossier Gretchen sans avoir exploré toutes les pistes possibles. S'il y avait la moindre chance de pouvoir l'innocenter, Josie devait agir.

— J'y vais, déclara-t-elle d'un ton qui ne souffrait aucune discussion.

Noah tourna les talons et quitta la grande salle.

Josie consulta l'heure sur son téléphone. Elle pouvait être à New York pour l'heure du dîner. Elle envoya un bref message à Trinity.

Salut, tu veux toujours que je vienne te voir à New York ?

44

Josie était au beau milieu du hall de Penn Station, étourdie par le nombre de gens qui se pressaient dans la gare. Trinity lui avait déconseillé de venir en voiture. Elle n'était allée qu'une fois à New York, adolescente, en voyage de classe. Elle se rappelait vaguement les trottoirs noirs de monde et les rues embouteillées. « Si tu viens en voiture, tu vas perdre des heures dans les bouchons, lui avait dit sa sœur. Va plutôt à la gare de 30th Street, à Philadelphie, et prends le train ensuite. » Josie avait suivi ses instructions. Elle s'était repérée facilement dans Philadelphie et le trajet en train avait été bref et tranquille. Ce ne fut qu'en débarquant à New York, anonyme parmi la foule, qu'elle avait commencé à se sentir perdue. Ray, son défunt mari, l'avait emmenée à Disneyworld pour leur premier anniversaire de mariage, et elle avait trouvé qu'il y avait trop de monde. Mais Disneyworld était une ville fantôme en comparaison. Elle sortit son téléphone pour annoncer à Trinity qu'elle venait d'arriver puis essaya de se faufiler, en tirant sa petite valise à roulettes, jusqu'à la sortie où elle avait prévu de prendre un taxi. Il lui fallut quarante minutes pour en trouver un et se diriger vers Midtown, le quartier de Manhattan où habitait Trinity. Elle consulta une nouvelle fois son téléphone. Aucune nouvelle de Noah. Le taxi s'arrêta brusquement devant la façade de verre d'un immeuble qui montait haut dans le ciel. Elle eut presque le vertige en levant les yeux vers le sommet. Le chauffeur s'éloigna avant même qu'elle ait le temps de hisser sa petite valise sur le trottoir. La porte automatique s'ouvrit et Trinity apparut devant elle.

— Salut, sœurette ! dit-elle en embrassant vivement Josie avant de s'emparer de sa valise.

Puis elle plissa le front.

— Qu'est-ce que tu as à la joue ? demanda-t-elle en indiquant la coupure infligée par Gretchen.

Josie posa délicatement le doigt sur le Steri-Strip qui ornait sa pommette.

— C'est une longue histoire, qui ne vaut pas vraiment la peine qu'on en parle.

Trinity prit un air dubitatif, mais n'insista pas.

— Comme tu veux, dit-elle en faisant demi-tour pour rentrer dans l'immeuble.

Josie suivit Trinity, qui tirait sa valise à roulettes, et traversa un hall d'entrée luxueux au décor beige et blanc. Le sol était carrelé de marbre, et des fauteuils de cuir blanc à dossiers droits étaient alignés le long des murs. Pour rejoindre les ascenseurs de verre, elles durent passer devant un comptoir blanc en demi-cercle où veillaient deux agents de sécurité, imposants dans leurs uniformes. Trinity présenta fièrement Josie, son sourire lumineux de présentatrice de journal télévisé vissé d'une oreille à l'autre. Quand elles entrèrent dans l'ascenseur, Trinity s'extasia :

— J'ai trop hâte que tu voies mon appartement. Je n'y suis que depuis quelques mois. L'ancien était nul comparé à celui-ci.

Le téléphone de Josie vibra pendant que l'ascenseur les emmenait au trente-quatrième étage. Elle vit que Noah avait essayé de l'appeler. Téléphone à la main, elle tenta de mémoriser chaque virage dans le labyrinthe de couloirs qu'empruntait Trinity, afin de pouvoir revenir à l'ascenseur quand il serait l'heure d'aller à son rendez-vous avec Jack Starkey. Elle s'immobilisa un moment sur le seuil en découvrant la vue stupéfiante qui s'offrait à elle. Tout un mur de l'appartement de Trinity était vitré et permettait d'admirer la ville.

— Pas mal, hein ? fit Trinity en déposant la valise de Josie près de la porte d'entrée.

La vue était magnifique mais l'appartement lui-même était petit, au goût de Josie.

— Pour New York, il est immense, lui assura sa sœur.

Le salon, la salle à manger et la cuisine étaient regroupés en une seule pièce qui occupait à peu près la surface du salon de Josie. Un petit couloir desservait une chambre et la salle de bains. Le mobilier, épuré, blanc, était de petites dimensions, discret, avec quelques touches d'or et d'argent. Art abstrait métallique aux murs, coussins de satin brillant et hauts vases en verre garnis de branches de saule qui montaient jusqu'au plafond : l'ensemble était moderne et élégant. Josie l'aurait bien vu figurer dans un magazine de décoration. Un article du genre : « Une célébrité nous fait visiter son domicile. »

— Ça te plaît ?

— C'est magnifique, dit Josie, même si elle préférait les lieux moins apprêtés où elle ne craignait pas de salir le mobilier avec de la nourriture.

Comme si elle lisait dans ses pensées, Trinity reprit :

— Et n'aie pas peur de tacher quoi que ce soit. J'ai fait imperméabiliser tous les tissus. Tu peux renverser un verre de vin rouge, ça part en deux minutes.

Josie se demanda combien tout ça pouvait coûter. Elle s'avança dans l'espace salon, où un canapé, une table basse à plateau de verre et un grand écran de télévision reposaient sur un grand tapis blanc à poils longs.

— Il faut que je rappelle Noah.

— Vas-y. J'ai fait du café, je t'en sers un pendant que tu téléphones.

Josie hocha la tête, s'assit sur le canapé et composa le numéro de Noah tout en observant Trinity qui s'activait dans l'espace cuisine, tout près d'elle. Elle avait rarement vu sa sœur si heureuse et si insouciante. Elle se dit qu'en dehors de leurs parents, qui se montreraient fiers d'elle quoi qu'il arrive, Trinity n'avait personne avec qui partager sa vie ou ses réussites. Josie n'osait même pas imaginer le montant du loyer pour un appartement comme celui-ci, mais elle savait que Trinity avait travaillé très, très dur pour pouvoir se le permettre. Si on ne leur avait pas volé trente ans de leur vie, elles auraient tout partagé. Et une fois de plus, elle s'interrogea sur ce qui aurait changé dans leur existence – ou même dans leur personnalité – si elles avaient grandi ensemble. Elle repensa au docteur Larson et à son étude sur les différences d'expression génique, en se demandant si cela s'appliquait aussi aux goûts et aux préférences.

Noah décrocha à la cinquième sonnerie.

— Salut, dit-il. Il y a du nouveau.

Il ne lui demanda même pas si elle était bien arrivée ni comment s'était passé son voyage. Ils reprenaient leur rythme habituel. Droit au but. Il y avait du travail. L'entendre parler ainsi – comme à leur habitude – lui fit du bien.

— Dis-moi tout.

— La tasse « *Wawa* Coffee ». On a trouvé les empreintes de Gretchen dessus.

Josie réprima un hoquet. Quand elle avait envoyé la tasse au labo en la faisant passer en priorité, elle ne croyait pas vraiment obtenir un résultat intéressant. Et même si elle soupçonnait que cette tasse appartenait à Gretchen, en avoir la preuve matérielle demeurait un choc.

— Et il y a d'autres empreintes, dessus ?

— Une, incomplète. De trop mauvaise qualité pour la passer dans l'AFIS.

L'AFIS était un système automatisé d'identification d'empreintes digitales, qui permettait de comparer les empreintes digitales trouvées sur les scènes de crime avec celles de toute personne figurant dans la base de données nationale.

— Merde.

Trinity lui fit signe. Josie se leva et prit la tasse que sa sœur lui tendait – un café préparé exactement comme elle l'aimait. Au téléphone, Noah poursuivit :

— J'ai demandé à Loughlin de venir, elle est déjà là. On a vu Bowen. Loughlin voulait poser des questions à Gretchen à propos de la tasse, au moins pour confirmer qu'elle en avait bien une provenant de chez *Wawa* chez elle. Mais Bowen a tout bloqué.

— Quoi ?

— Il craint qu'un objet portant les empreintes de Gretchen trouvé sur une seconde scène de crime ne fasse qu'aggraver son cas. Il dit que si on veut l'accuser du meurtre des Wilkins, il faut une enquête séparée. Et il refuse de nous aider en demandant à sa cliente de répondre à nos questions.

Pendant que Josie sirotait son café, Trinity ouvrit un magazine et le posa sur le comptoir de la cuisine. Josie savait qu'elle ne perdait pas une miette de sa conversation, même si elle faisait mine d'être absorbée par sa lecture.

— Je pense comprendre pourquoi il fait ça, mais il n'y a aucune raison pour qu'on passe d'une tasse avec ses empreintes à une accusation de double meurtre. Margie Wilkins a été violée. Gretchen n'a pas pu faire ça.

— Bowen croit qu'on va l'accuser de complicité de meurtre.

— Chitwood en serait capable, en effet. Mais ce que je dis, moi, depuis le début, c'est que quelqu'un d'autre est mêlé à cette histoire, et que Gretchen n'est pas sa complice.

— Peut-être que c'est elle qui protège un complice, alors ?

— Non, répondit immédiatement Josie. Gretchen était tellement terrifiée qu'elle a préféré mettre un coup de poing à une de ses collègues et aller en prison plutôt que d'être mise hors de cause. C'est comme les clous sur ses appuis de fenêtre : elle fait tout ça parce que quelque chose la terrorise, pas parce qu'elle a besoin de protéger un assassin.

— Quoi qu'il en soit, répliqua Noah avant que Josie ne relance la discussion qui les opposait sur l'innocence ou la culpabilité de Gretchen, Loughlin va faire une nouvelle tentative auprès de Bowen pour qu'il l'autorise à parler à Gretchen.

— Tiens-moi au courant, dit Josie sèchement.

Elle raccrocha avant d'être tentée de prolonger la dispute. Ils avaient déjà parlé de tout ça plusieurs fois. Rien, ni dans le meurtre de James Omar, ni dans celui des Wilkins, n'avait de sens, et encore moins maintenant. Josie ne croyait pas une seconde que Gretchen soit allée chez les Wilkins. Elle était convaincue que celui ou celle qui avait tiré sur Omar avait volé la tasse de voyage chez elle et l'avait laissée chez les Wilkins après les avoir tués. Pourquoi ? Josie était bien incapable de répondre à cette question. Elle manquait d'informations. Elle ne savait pas du tout où chercher, mais elle allait remuer ciel et terre. En commençant par interroger Jack Starkey, l'agent du BATAE, pour apprendre ce qu'il savait du passé mystérieux de Gretchen.

— Eh bien, il y a de l'orage dans l'air, fit remarquer Trinity quand Josie alla rincer sa tasse dans le minuscule évier.

Celle-ci lui adressa un pauvre sourire.

— On est d'accord sur le fait d'être en désaccord.

— Ça a l'air amusant, ironisa Trinity en la suivant jusqu'à la porte. Ah, au fait, j'ai été contactée par un professeur de l'université Drexel. Il mène une sorte d'étude. Sur la génétique, ou quelque chose de ce genre.

— L'épigénétique, grogna Josie.

— Oui, c'est ça, dit Trinity en arquant ses sourcils impeccablement épilés. Sur les jumeaux séparés à la naissance. Si j'ai pris son appel, c'est parce qu'il a dit à mon assistant qu'il t'avait déjà contactée.

— Ça, oui, il m'en a parlé, dit Josie en ne dissimulant pas son agacement. Et je lui ai déjà répondu que ça ne nous intéressait pas.

Elle n'aurait pas cru que Perry Larson puisse insister autant, au point de la court-circuiter alors qu'elle avait déjà refusé.

Trinity prit un air offusqué.

— Tu lui as dit que ça ne *nous* intéressait pas ? Sans me demander mon avis ?

Josie prit à son tour un air ironique.

— Je ne vois pas pourquoi tu serais intéressée par une étude sur les jumeaux. Non, attends, je reformule : je ne vois pas comment tu trouverais le temps d'y participer.

— Bon, oui, là, tu as raison. Mais il s'est montré très convaincant. Visiblement, les jumeaux séparés à la naissance sont très rares.

— Je m'en fiche, marmonna Josie. J'ai des assassins à retrouver.

— Et moi, des infos à présenter, dit Trinity en souriant. Mais à l'avenir, peut-être qu'on pourrait décider de ce genre de choses ensemble ?

Josie avait visiblement du mal à s'habituer à l'idée d'avoir une sœur.

— Je te le promets, dit-elle en lui prenant la main.

— Allez, maintenant, va retrouver ton mystérieux agent du BATAE et appelle-moi si tu as besoin d'aide.

Il était bien plus facile de se déplacer dans New York à pied, même avec la foule qui se pressait sur chaque centimètre carré de trottoir et les rabatteurs en chemisette qui essayaient de vous vendre des billets de bus touristiques à chaque coin de rue. Comme Trinity le lui avait conseillé, Josie avait demandé à rencontrer Starkey dans un restaurant proche de chez elle. C'était un petit pub, au rez-de-chaussée d'un étroit bâtiment de briques coincé entre deux hauts immeubles. Josie dénicha une petite table au fond, près des toilettes. Le décor était tout en bois verni, avec des lumières tamisées jaunes. Elle consulta son téléphone. Starkey était en retard. Quand la serveuse lui demanda si elle voulait boire quelque chose, elle commanda un Whisky Sour qu'elle annula immédiatement pour demander un Coca à la place. Si la serveuse trouva étrange son revirement, elle n'en laissa rien paraître.

Josie jouait avec l'emballage de sa paille et avait presque vidé son verre quand Jack Starkey apparut enfin. Lorsqu'il se coula sur la banquette face à elle, le ventre proéminent pressé contre le bord de la table, Josie se dit qu'il ressemblait au Père Noël. Son épaisse chevelure blanche, brossée en arrière, lui retombait sur les épaules. Une grosse barbe et une moustache, blanches elles aussi, encadraient un sourire jovial, sous un gros nez et des yeux bleus pleins de malice.

— Josie Quinn ?

Elle hocha la tête, contempla le blouson de cuir qu'il portait par-dessus son t-shirt noir déchiré. Une odeur douceâtre de tabac et d'alcool flotta jusqu'à elle. Josie n'avait jamais rencontré d'agent fédéral avec cette dégaine. Mais si sa brigade infiltrait régulièrement les gangs de motards criminels, il avait l'apparence idéale.

— Agent Starkey, dit-elle, merci d'être venu.

Il fit signe à la serveuse et commanda une bière.

— Starkey, tout court. Désolé de toutes ces précautions mais, il y a longtemps de ça, Gretchen m'a fait promettre…

Il se tut, le regard absent, comme si un souvenir soudain l'avait transporté ailleurs. Josie se racla la gorge pour attirer son attention.

— Gretchen vous a fait promettre quoi ?

— Je devrais peut-être commencer par le commencement. Ça vous embête de me montrer votre carte ?

Josie haussa les sourcils, mais répondit :

— On échange, alors.

Starkey gloussa, sortit un portefeuille usé de sa poche arrière et le lui lança. Josie ouvrit l'étui en cuir encore tiède et découvrit sa carte d'agent fédéral. Il était considérablement mieux mis sur la photo.

Il étudia sa carte à elle un peu plus longuement.

— Vous êtes passée à la télévision, dit-il.

— Oui. Les jumelles séparées à la naissance. Trinity Payne est ma sœur. Je préférerais vraiment qu'on parle d'autre chose, si ça ne vous dérange pas.

Starkey releva un sourcil broussailleux.

— Des jumelles ? Non. C'était il y a deux ans, à peu près. Une histoire de filles disparues, là-haut, dans les montagnes.

L'affaire des jeunes disparues avait bouleversé le monde de Josie et failli anéantir la ville de Denton.

— Oui. C'était moi.

— Ah, alors je comprends pourquoi Gretchen a eu envie de travailler avec vous. Vous avez une belle cicatrice sur la figure. Comment est-ce arrivé ?

Josie se força à sourire. Elle voulut y porter ses doigts mais s'obligea à ne pas bouger la main. Elle mentit, pour ne pas dire ce qui s'était vraiment passé.

— Je suis tombée.

Quand ils se rendirent mutuellement leurs cartes, elle changea de sujet.

— Starkey, j'aimerais vraiment entendre ce que vous ne vouliez pas me dire au téléphone. Chaque moment perdu à ne pas comprendre ce qui s'est vraiment passé au domicile de Gretchen la met un peu plus dans la mouise.

La serveuse arriva avec la bière de Starkey, dont il but la moitié en une seule longue gorgée. Des gouttelettes scintillaient dans sa barbe. Il reposa lourdement le verre épais et dit :

— Il va me falloir un autre verre, et plus d'infos.

— Quel genre d'infos ? soupira Josie.

Starkey étrécit les yeux.

— Avec quel agent du FBI vous avez bossé ? Quand vous étiez sur l'affaire des disparues.

— Pourquoi me demandez-vous ça ? Quel est le rapport avec Gretchen ?

— Il me faut quelqu'un qui puisse répondre de vous.

— Appelez mon chef, alors.

— Non. Quelqu'un qui n'est pas du même service, dit Starkey tandis que la serveuse lui apportait une seconde bière.

— Mon chef vient d'arriver. Je ne le connais que depuis six mois. C'est comme s'il n'était pas de mon service.

Starkey vida la moitié de sa bière.

— Non, je préférerais un agent fédéral. Cette affaire de

filles disparues... Ça a été un gros scandale de flics corrompus, non ? J'ai l'impression que, quand le FBI est intervenu, il a envoyé quelqu'un de la division des droits civiques. Ces gars-là sont payés pour s'assurer que tout le monde est réglo.

Josie se hérissa, sur la défensive :

— Vous doutez de mon honnêteté ?

— Je suis obligé. Pour le bien de Gretchen.

— Très bien, fit sèchement Josie. L'agent spécial Marcus Holcomb. Vous voulez son numéro, aussi ?

Starkey sourit largement, se leva et sortit son téléphone.

— Pas besoin. Je vais l'appeler.

Elle l'observa s'écarter jusqu'à l'autre bout du bar tout en composant un numéro.

Sous la table, elle serra les poings. Elle hésitait entre l'agonir d'injures et se lever pour partir. Elle voulait faire les deux, mais ne pouvait s'empêcher de penser que cet homme détenait des informations qui pouvaient l'aider à sortir Gretchen du pétrin où elle s'était fourrée.

Au bout de vingt minutes collé à son téléphone, Starkey revint à la table, l'air guilleret. Il se rassit face à elle et vida le reste de sa bière, qu'il avait abandonnée.

— J'ai eu Holcomb, annonça-t-il. Vous avez réussi le test.

Dents serrées, Josie répliqua :

— Je n'ai pas le temps de jouer, agent Starkey. Vous allez me parler de Gretchen, oui ou non ? Parce que sinon, je ferais aussi bien de rentrer à Denton reprendre mon enquête.

Starkey fit signe à la serveuse qu'il voulait une autre bière.

— Vous avez raison. Vous avez déjà entendu parler de l'Étrangleur des âmes sœurs ?

46

Josie le dévisagea.

— Pardon ? Le... ?

— L'Étrangleur des âmes sœurs. Un tueur en série qui a sévi à Seattle au début des années 1990.

Elle secoua la tête.

— Non. Désolée. Mais quel est le rapport avec Gretchen ?

— Bon, je pense qu'il n'était pas très connu hors de Seattle. On ne l'a jamais attrapé. En 1994, il s'est introduit chez Gretchen et Billy, a tué Billy et violé Gretchen.

— Nom de Dieu !

Josie ne put masquer sa stupéfaction. Elle n'avait aucune idée de ce que Starkey, dont la paranoïa lui avait semblé très exagérée, allait lui apprendre, mais elle ne s'attendait sûrement pas à ça.

— Oui. C'est la seule de ses victimes à avoir survécu.

Josie regretta un peu plus le whisky qu'elle avait décommandé, et fit tourner les glaçons dans son verre avec sa paille.

— Dites-m'en plus, je vous en prie.

Starkey regarda autour de lui comme si quelqu'un risquait de les entendre, mais les autres clients étaient plongés dans leurs conversations ou absorbés par le match de football qui passait sur les écrans plats répartis dans tout le pub.

— Comme je vous l'ai dit, il a sévi au début des années 1990. De mars 1993 à mars 1994, précisément. Il a terrorisé toute la ville. Les gens ont paniqué. Et à raison.

— Pourquoi ce surnom d'Étrangleur des âmes sœurs ?

La serveuse apporta une nouvelle bière que Starkey engloutit presque en entier. Il reposa le verre sur la table et s'essuya la barbe d'une main épaisse.

— Bon. « Étrangleur », vous devinez pourquoi – il étranglait toutes ses victimes. Mais la presse l'avait surnommé « l'Étrangleur des âmes sœurs » parce qu'il ne s'en prenait qu'à des couples.

Un frisson glacé parcourut l'échine de Josie.

— Combien ?

— Six couples, en tout.

Josie avait la tête qui tournait, alors qu'elle n'avait bu que du soda.

— Seigneur ! Gretchen et Billy ont été les derniers ?

— Non. Il y a eu un autre couple, en 2004.

— Ça fait un gros écart, remarqua-t-elle.

Il hocha la tête.

— Dix ans. Ça a été un choc parce que, honnêtement, tout le monde le croyait mort.

— Aucune chance d'avoir affaire à un imitateur ?

— Non. Parce qu'il aimait bien prendre un objet sur chaque lieu de ses meurtres, et le laisser sur la scène de crime suivante. Il a pris le couteau de Billy quand il était chez eux. Et dix ans plus tard, on a retrouvé ce couteau dans la maison des Neal – le couple s'appelait Justin et Amy Neal. Et tout le reste ressemblait aux crimes précédents. Le courant coupé dans la maison, une fenêtre forcée, les deux victimes ligotées avec de la corde, la femme violée et les deux étranglés.

Josie ne pouvait s'empêcher de penser à la tasse de voyage

« *Wawa* Coffee », passée du salon de Gretchen à la cuisine des Wilkins. Cependant, James Omar avait été tué par balle, et Joel Wilkins avait été massacré à coups de barre à mine. Et pendant la visite avec Robyn Wilkins, elle n'avait rien vu qui manquait dans la maison.

Et puis il y avait la photo du petit garçon qui courait dans l'herbe, avec la date imprimée au dos. 2004.

— Qu'a-t-il pris chez les Neal ? demanda-t-elle abruptement en se penchant en avant.

Une serveuse passa derrière eux avec un plateau chargé de verres. Josie eut tout à coup envie de sentir la brûlure dans sa gorge d'un shot de Wild Turkey, mais elle garda les yeux fixés sur Starkey.

— Rien. C'est pourquoi on a cru que c'était fini. Certains ont pensé qu'il s'était arrêté. Gretchen a dit qu'il devait approcher les quarante ans quand il l'avait violée, même si elle n'a jamais bien vu son visage. Donc en 2004, il devait avoir presque cinquante ans. Un tueur en série qui frise la cinquantaine ?

— Vous pensez que l'âge l'a rattrapé ? Il savait qu'il vieillissait, qu'il était moins en mesure de maîtriser deux personnes à la fois, et il aurait donc réussi, d'une manière ou d'une autre, à s'arrêter de lui-même ?

— C'est une théorie qui a circulé, oui. Certains psys du FBI disent que son taux de testostérone a dû décroître avec l'âge et que ses pulsions de viol et de meurtre se sont faites moins impérieuses avec le temps. Mais on ne peut pas en être certains. Ce ne sont que des théories. Visiblement, il a réussi à s'arrêter pendant dix ans. Certains croient qu'il est vraiment mort, maintenant. Ou bien qu'il est en prison pour un autre motif. Mais s'il était allé en prison, son ADN serait dans les fichiers, non ? Il a laissé le sien sur chacune des scènes de crime et, vingt-cinq ans plus tard, on n'a toujours aucune correspondance.

Josie sortit son téléphone et montra la photo de 2004 à Starkey. Il lui prit l'appareil et l'examina à bout de bras, plissa les yeux avant de déclarer :

— Attendez deux secondes.

Il sortit une paire de lunettes de sa poche intérieure, la posa sur le bout de son nez pour étudier la photo.

— On l'a trouvée épinglée sur le corps de James Omar, dans l'allée de la maison de Gretchen, expliqua Josie.

Il lui rendit le téléphone.

— Je n'ai jamais vu ce gamin de ma vie.

— Les Neal avaient-ils des enfants ?

Starkey se mit à rire si fort qu'il en eut les larmes aux yeux. Il ôta ses lunettes et termina sa bière. Quelques secondes plus tard, la serveuse remplaçait son verre vide par un plein. Il le prit, mais ne le porta pas à ses lèvres.

— Vous êtes en train de me dire que l'Étrangleur des âmes sœurs de Seattle a débarqué dans votre ville ?

— Je ne vous dis rien de tel. Je vous demande si ses dernières victimes connues avaient des enfants. On a pris quelque chose dans la maison de Gretchen. Quelques jours plus tard, il y a eu un double homicide. Un couple. Le mari a été tué à coups de barre à mine, mais la femme a été étranglée – et violée. Et on a retrouvé sur place une tasse de voyage avec les empreintes de Gretchen.

Cette fois, Starkey ne but qu'une petite gorgée de bière, et dévisagea Josie par-dessus le rebord du verre d'un air sceptique.

— Les Neal n'avaient pas d'enfants.

Josie était peut-être folle de croire qu'un tueur en série qui avait sévi il y a vingt-cinq ans dans une ville à près de cinq mille kilomètres de là avait récidivé à Denton, avec des méthodes nouvelles, mais cela faisait tout de même beaucoup de coïncidences.

— Comment Gretchen s'en est-elle sortie ? Vous dites qu'elle est la seule de ses victimes à avoir survécu.

Starkey reposa sa bière et hocha la tête. Sa figure s'affaissa et une profonde tristesse sembla l'accabler.

— Grâce à Billy. Au tout début, il lui a dit de fuir et c'est ce qu'elle a fait. Mais le tueur a tiré dans la jambe de Billy, et ça a fait hésiter Gretchen. L'autre l'a rattrapée.

Josie crut un instant que son cœur cessait de battre avant de repartir à toute allure. Elle souffrait pour son amie, alors jeune, amoureuse, essayant de refaire sa vie après que sa mère les avait torturées, elle et sa sœur, pendant des années.

— Le tueur, reprit Starkey, obligeait les femmes à ligoter les hommes. Ensuite, il forçait les hommes à s'allonger face contre terre, et il leur posait des verres et des assiettes sur le dos.

— Des verres et des assiettes ?

— Oui, de la vaisselle. Tout ce qui était en verre ou en porcelaine et susceptible de faire beaucoup de boucan en tombant s'ils essayaient de bouger. Au début, sur les autres scènes de crime, personne n'a compris à quoi tout ça servait. Ce n'est que quand Gretchen a survécu et a raconté comment ça s'était déroulé que les enquêteurs ont compris ce que le tueur avait fait, les fois précédentes.

— Donc il disait au mari que s'il bougeait, s'il faisait le moindre bruit et qu'il essayait d'appeler au secours...

— Il tuerait la femme.

— Mon Dieu.

Josie pensa à toute la vaisselle en plastique dans la cuisine de son amie, et son soda lui brûla l'estomac. Le traumatisme avait été si violent que, vingt-cinq ans plus tard, Gretchen était incapable d'avoir chez elle le moindre élément de vaisselle en verre.

— Nous pensons que Billy était en train de se vider de son sang et qu'il le savait car il a essayé de bouger. Gretchen a dit qu'au bout d'un temps, elle a entendu les assiettes tomber par terre. Le tueur en avait fini avec elle, à ce moment-là. Dès qu'elle a entendu le vacarme, elle a compris qu'il allait la tuer.

Et elle savait qu'il finirait par les tuer tous les deux de toute façon. Il a hésité un très court instant, s'est relevé le temps d'aller jusqu'à la porte de la chambre, elle a pris une lampe et lui en a donné un grand coup sur le crâne. À coups de pied, elle l'a poussé dans le couloir, a refermé la porte de la chambre à clé et elle s'est enfuie par la fenêtre. Le temps qu'elle aille chercher du secours, le tueur avait disparu et Billy était mort. Vu l'état du salon, les flics ont conclu qu'il y avait eu lutte et que Billy avait eu le dessous. Le tueur lui avait tiré une seconde balle dans la poitrine, de très près. C'est la seule fois où il s'est servi d'une arme à feu. Ils avaient bien imaginé qu'il en avait une, et qu'il s'en servait pour dominer ses victimes, mais ils n'en ont été certains qu'après l'agression de Gretchen et Billy. Gretchen a pu leur donner pas mal de renseignements utiles, mais ça n'a jamais débouché sur rien.

Josie nota que Starkey disait « ils », « leur » et « les flics ».

— Vous êtes du BATAE. Comment se fait-il que vous en sachiez autant sur l'affaire ?

— Eh bien, on s'y est intéressés de près, forcément. Ça nous touchait personnellement, vous comprenez.

— Oui, bien sûr.

— Mais c'est surtout parce que j'ai enquêté de mon côté, aussi. Pour tout vous dire, Gretchen a toujours été persuadée que le tueur était policier.

— Du BATAE ou de la police de Seattle ?

— Ça, elle n'en savait rien.

— Et qu'est-ce qui lui faisait croire ça ?

— Je vous ai expliqué que Billy était en mission. Son nom de couverture était Benji Stone. Il infiltrait les Devil's Blade depuis près de deux ans quand il s'est fait tuer. Il allait bientôt recevoir les couleurs. Vous savez ce que ça veut dire ?

D'un signe de tête, Josie confirma que oui.

— Tout le monde l'appelait Benji Stone. Son permis de conduire était au nom de Benjamin Stone. Ses quittances de loyer étaient au nom de Benjamin Stone. Les factures, l'assurance de la voiture, tout. Même le permis de Gretchen était au nom de Gretchen Stone. Les seules personnes à l'appeler Billy, c'étaient nous.

— Vous voulez dire, les agents du BATAE, c'est bien ça ?

— Oui. Et aussi ceux de la police de Seattle. On avait fait une fois une opération conjointe avec le Seattle PD, une saisie d'armes illégales, peu de temps avant que Billy n'infiltre les Devil's Blade. Ça n'avait aucun rapport avec un quelconque gang de motards, d'ailleurs. Mais Billy avait été blessé, et avait dû aller à l'hôpital. Il y est resté quelques jours. Bref, quelques gars de la police de Seattle l'avaient croisé lors de cette saisie.

Starkey reprit sa bière, et Josie se demanda si elle n'aurait pas aussi dû commander quelque chose à grignoter. Mais cette conversation lui coupait l'appétit.

— Donc, tout le monde l'appelait Benji. Continuez.

— Quand le tueur a entendu Billy faire tomber les assiettes en essayant de se relever, Gretchen dit qu'elle l'a entendu marmonner quelque chose. Il a dit : « Putain, Billy. »

— Donc le tueur connaissait son vrai nom. Est-ce qu'il n'aurait pas pu entendre Gretchen l'appeler comme ça ?

— C'est ce que j'ai pensé aussi. En vérité, on ne le saura jamais avec certitude. Mais c'est ce qui s'est passé par la suite qui m'a vraiment convaincu.

— Que s'est-il passé après le meurtre de Billy ? demanda Josie.

Starkey sirotait sa quatrième bière.

— Gretchen n'avait nulle part où aller, et elle ne pouvait pas rentrer chez elle. Une des policières du Seattle PD a eu pitié d'elle et lui a proposé de dormir sur son canapé une semaine ou deux. Et quelqu'un a essayé d'entrer chez cette femme.

— Laissez-moi deviner, en forçant une fenêtre ?

— Exactement. Le mode opératoire du tueur. Bref, Gretchen a trouvé d'autres gens pour l'héberger mais, à chaque fois qu'elle changeait de lieu, il se produisait quelque chose. Des tentatives d'effraction, ou alors elle recevait... des coups de fil.

— Quel genre de coups de fil ?

— Du tueur. Il arrivait toujours à découvrir où elle se trouvait et il lui téléphonait. Ils ont fini par apprendre qu'il appelait depuis des cabines. Vous vous rappelez les cabines téléphoniques ? ajouta-t-il en gloussant.

— À peine, plaisanta Josie.

— Donc il appelait et il la provoquait. Les flics ont même voulu se servir d'elle comme appât. Ils restaient avec elle, attendaient qu'il appelle et essayaient de le localiser. Ils n'ont jamais réussi. Elle est venue me voir pour m'expliquer comment elle en était venue à croire que le tueur était policier lui-même. On a enquêté discrètement sur tous les hommes de la police de Seattle susceptibles d'être l'Étrangleur, mais sans résultat. Alors on a cherché à cacher Gretchen.

— Par « on », vous voulez dire « le BATAE » ?

— Non, pas officiellement. Juste quelques-uns d'entre nous, ceux qui avaient connu Billy. On savait qu'il aurait voulu qu'on aide Gretchen. Donc on l'hébergeait à tour de rôle, en la faisant souvent changer d'adresse, mais ça a continué. Les tentatives d'effraction et les coups de téléphone. Au départ, comme c'était un témoin important, la police de Seattle a exigé de savoir à tout moment où elle se trouvait. Au bout d'un moment, on a décidé de ne plus rien leur dire. S'ils avaient besoin d'elle, ils n'avaient qu'à me téléphoner, et je leur aurais amené Gretchen. Et là, ça s'est arrêté. C'est ce qui nous a fait penser que l'Étrangleur faisait partie de la police de Seattle. Enfin, bon, il aurait aussi pu être du BATAE, mais on n'était que quatre à s'occuper de planquer Gretchen et, quand on a cessé de dire aux gars de Seattle où elle se trouvait exactement, le tueur a arrêté ses conneries.

— Et pourtant les Devil's Blade ont trouvé Gretchen ?

Starkey fit signe à la serveuse et lui commanda deux shots de tequila. Quand elle les apporta, Josie déclina d'un geste de la tête. Starkey se contenta de hausser les épaules et but les deux verres.

— Quand Billy s'est fait tuer, c'est la police locale qui est intervenue en premier. Les choses sont allées vite, et il y a eu une fuite dans la presse, laissant entendre que c'était un agent du BATAE infiltré. Nous étions furieux, croyez-moi, mais nous n'aurions jamais imaginé que les Devil's Blade allaient se venger. Billy était mort, il n'avait jamais été intronisé. Pour eux, ça n'était pas une affaire d'État. Pas de dégâts, pas d'embrouille.

— Mais Linc Shore voyait les choses autrement.

— Visiblement, oui.

— Comment ont-ils réussi à l'enlever si vous la protégiez ? demanda Josie en essayant de prendre le ton le moins accusateur possible.

Starkey se frotta la figure. Il avait les joues rouges – à cause des souvenirs ou de l'alcool, Josie n'aurait su le dire. Les deux, peut-être.

— Elle devait repasser chez elle pour tout mettre dans des cartons. Sans Billy, Gretchen n'avait pas les moyens de payer le loyer. Deux fois, je l'ai déposée chez elle avant d'aller au bureau. Un de mes collègues nous a retrouvés sur place et est resté avec elle. C'était dur, mais elle tenait à le faire. Avoir quelqu'un pour lui tenir compagnie l'aidait beaucoup. Elle avait pris la maison en horreur.

— Je ne vois pas comment il aurait pu en être autrement.

— Le deuxième jour, je suis passé à l'heure du déjeuner pour voir si tout allait bien, et Gretchen avait disparu. Mon copain était allongé, inconscient, près de la porte d'entrée, avec une plaie à la tête. Je l'ai cru mort. Ils lui avaient défoncé le crâne. Sa convalescence a été très longue. Et il ne se souvenait plus du tout de ce qui s'était passé. On avait retrouvé son pistolet à quelques pas de lui, et il avait le poignet cassé. Il n'avait même pas pu tirer un coup de feu. La maison était sens dessus dessous, comme s'il y avait eu une bagarre. Et on avait trouvé un morceau de bandana déchiré dans le salon. Le bandana des Devil's Blade. On n'a jamais su si c'était un morceau du bandana qui avait appartenu à Billy, ou si Gretchen l'avait arraché à un des types des Devil's Blade en essayant de se défendre.

De nouveau, Josie dut lutter un long moment pour ne pas commander un verre d'alcool. Elle n'arrivait pas à imaginer Gretchen, toute jeune, venant de perdre son mari dans une agression horrible, harcelée par le tueur, se faire ensuite kidnapper par un gang de motards hors-la-loi. D'un côté, elle se demandait s'il était seulement possible que le destin s'acharne autant sur une seule personne. Mais de l'autre, elle savait que la mission d'infiltration de Billy leur faisait courir d'énormes risques à tous les deux. S'ils n'avaient pas été mariés, et si la véritable identité de Billy n'avait pas fuité dans la presse, Gretchen aurait peut-être pu reprendre peu à peu sa vie en main, sans traumatismes ni violences supplémentaires.

— Mais on a appris assez vite que les Devil's Blade l'avaient kidnappée. Par nos indics, comme je vous l'expliquais. J'ai remué ciel et terre. Mais sans rien dire à la presse. On ne voulait pas que l'Étrangleur sache qu'on avait perdu le principal témoin contre lui. Lui croyait qu'elle se cachait toujours.

— Mais vous ne l'avez pas retrouvée ? Ce sont eux qui l'ont relâchée ?

Starkey fit oui de la tête. La serveuse revint avec la bouteille de tequila et il lui prit le bras.

— Laissez-moi la bouteille, ma mignonne, je paierai le tout.

Elle lui sourit et posa la bouteille sur la table, puis se tourna vers Josie et la regarda avec insistance.

— Vous désirez quelque chose, ma belle ?

Josie lui sourit à son tour.

— Ça va aller, merci. Je vous ferai signe.

La serveuse les laissa et Starkey remplit les deux petits verres, qu'il siffla avant de reprendre son histoire.

— On a cru tenir plusieurs bonnes pistes, mais qui n'ont rien donné. Et puis un jour, ils l'ont balancée devant les locaux du BATAE à Seattle. Un matin, tôt, vers 5 heures. Larguée comme un sac de patates. Il y avait bien des caméras de vidéo-surveillance, mais l'image était floue, impossible de déchiffrer les plaques d'immatriculation des bécanes. Mais on savait que c'étaient les Devil's Blade.

— Combien de temps dites-vous qu'ils l'ont gardée ?

— Treize mois.

— Et pourquoi l'ont-ils relâchée ?

Josie posa la question, mais elle savait bien que Starkey ne pouvait pas vraiment y répondre. Seuls Gretchen et Linc Shore savaient pourquoi les Devil's Blade l'avaient libérée après treize mois de captivité. Linc Shore était mort, et Gretchen refusait d'en parler. Josie voulait cependant connaître la théorie de Starkey.

Il se servit deux autres shots. Cette fois, le liquide ambré déborda et coula sur son menton.

— Aucune idée.

Josie attendit qu'il poursuive, mais il resta muet. Elle tenta de le relancer :

— Je suis sûre que les Devil's Blade tuent beaucoup de gens. Qu'ils les font disparaître. Pourquoi l'avoir laissée vivre, elle ?

Le regard de Starkey devenait vitreux. Josie avait perdu le compte de ce qu'il avait bu, mais il ne restait plus beaucoup de tequila dans la bouteille.

— Je n'arrive pas à comprendre, finit-il par dire. Ça m'a toujours turlupiné. Mais Gretchen a toujours refusé de parler de cette période.

Josie se demanda s'il n'avait vraiment aucune théorie sur le sujet au bout de vingt-cinq ans ou s'il était simplement trop soûl désormais pour pouvoir en parler. En soupirant, elle demanda :

— Pourquoi m'avoir fait venir jusqu'ici ? Vous auriez pu me dire tout ça au téléphone.

Starkey tendit le bras comme pour lui prendre la main, mais Josie se déroba, croisa les bras.

— L'Étrangleur est toujours quelque part, en liberté. Bien sûr, il pourrait être mort, mais on l'a déjà cru mort une fois, et il est revenu. Et à cause de son appartenance probable à la police... Gretchen était vraiment paranoïaque là-dessus. Elle m'a fait promettre que si je parlais un jour avec un flic de cette histoire, je devais d'abord savoir à qui j'avais affaire. Même si le temps avait passé depuis. Donc il fallait que je vous voie. Je devais être sûr que vous étiez bien celle que vous prétendiez être.

La justification paraissait douteuse, et Starkey dut s'apercevoir du scepticisme de Josie, car il ajouta :

— Vous n'imaginez pas ce que ça a été, pour elle. Il la retrouvait toujours. Toujours.

— Et quand elle est revenue dans l'Est ? Il l'a recontactée ?

— Je ne sais pas. S'il l'a fait, elle ne me l'a jamais dit. On a perdu le contact...

Il se tut, suivit du regard la serveuse à l'autre bout de la salle, se passa la langue sur les lèvres. Josie se demanda s'ils avaient perdu le contact ou si c'était Gretchen qui l'avait rompu. Elle se demanda aussi si l'Étrangleur des âmes sœurs n'avait pas fini par suivre Gretchen jusqu'en Pennsylvanie. Peut-être pas à l'époque, mais relativement récemment.

Il lui fallait en savoir plus sur ce tueur et ses victimes, mais Starkey avait visiblement atteint la limite de ce qu'il pouvait faire pour l'aider.

Heureusement, Josie savait à qui s'adresser.

48

Josie regardait Trinity aller et venir d'un bout à l'autre de son minuscule appartement, le téléphone collé à l'oreille. Derrière elle, les lumières de New York qui scintillaient empêchaient Josie de bien voir sa sœur. Celle-ci était au téléphone depuis vingt minutes, discutant avec quelqu'un qui, selon elle, savait tout sur l'Étrangleur des âmes sœurs de Seattle. Elle s'arrêta au niveau du comptoir de sa cuisine pour arracher une feuille d'essuie-tout du rouleau posé près de l'évier, et y griffonner quelque chose avec son stylo. Enfin, elle déclara :

— Je te remercie vraiment beaucoup. Oui. Tu me sauves la vie. Bien sûr... Oui, c'est promis.

Josie réprima un grognement. Elle ne savait pas ce que Trinity avait promis à ce type, mais elle était convaincue que c'était une interview exclusive sous une forme ou sous une autre, puisque c'était la principale monnaie d'échange de sa sœur. Trinity finit par raccrocher et lui apporta la feuille d'essuie-tout.

— Qu'est-ce que tu lui as promis ? demanda-t-elle.

— Est-ce que c'est vraiment important, si ça peut aider Gretchen et contribuer à résoudre ton enquête ?

Josie ne se retint pas de grogner, cette fois.

— Allez, ça n'est pas si grave, plaisanta Trinity.

— Je t'en prie ! On voit bien que ça n'est pas toi qui dois donner ces interviews. Je déteste parler à la presse, tu le sais.

— Tu n'auras pas à parler à la presse, cette fois-ci, juste à lui donner des renseignements. Il veut savoir tout ce que tu sais, avant que ça n'éclate au grand jour, si possible. On peut lui faire confiance.

Josie jeta un coup d'œil à ce que Trinity avait griffonné sur la serviette en papier. L'adresse d'un site web, un nom d'utilisateur et un mot de passe.

— C'est qui, ce mec ?

— Une excellente source, très utile, qui a prouvé sa discrétion depuis des années. Il se trouve que c'est aussi un spécialiste des tueurs en série. De ceux qui n'ont pas été arrêtés, en tout cas. Cette adresse web te mènera à des forums en ligne où blogueurs, journalistes et autres tentent, en gros, de résoudre des affaires en partageant leurs informations.

Josie lui jeta un regard sceptique.

— S'il y a une chose dont je n'ai pas besoin en ce moment, c'est bien des trolls et des cinglés d'internet.

Trinity sourit et tapota la feuille d'essuie-tout que Josie avait à la main.

— Pas de trolls. Pas de cinglés. Ces forums ne sont accessibles que sur invitation d'une personne qui en est déjà membre, et les membres sont soigneusement sélectionnés par mon contact.

Josie pensa à la paranoïa de Gretchen et de Starkey.

— Ton contact n'est pas flic, au moins ?

— Non. Les policiers ne sont pas autorisés sur ces forums. Mon contact veut garder la perspective du « regard neuf ». Il veut des gens qui approchent ces affaires sous un angle différent. Mais bien sûr, il a des relations dans la police, et beaucoup de membres anonymes des forums sont en fait des journalistes qui ont accès à beaucoup d'infos provenant des autorités. Au fait, il a demandé que tu ne fasses aucun post ni aucun commentaire. Tu peux regarder ce qui se dit, mais ne participe à rien. Il veut que tu sois la plus discrète possible, puisque tu es, toi, de la police.

— Mais c'est qui, ce gars ?

— Je ne peux pas te le dire. C'est une source protégée. Très fiable, je te l'ai dit. Je ne peux pas la compromettre. Et aussi, quand tu te connecteras, tu verras des règles à suivre sur la page d'accueil. Tu ne dois rien partager publiquement, pas chercher à connaître l'identité des autres membres du forum. Ce genre de trucs. Tu dois y obéir. Tu m'as comprise, j'espère ?

— Mais oui, dit Josie en relisant les informations. Ce sont des trucs qui viennent du dark web ?

Trinity se mit à rire.

— Non, pas du dark web. J'ai un autre contact qui connaît bien le dark web, si tu en as besoin.

— Non, pour l'instant, un ordinateur portable me suffira.

Trinity lui installa son propre ordinateur sur la table de la cuisine pendant que Josie allait se changer et enfilait pantalon de survêtement et t-shirt.

Elle pressentait que la nuit allait être longue.

49

Le forum sur les tueurs en série qui ne s'étaient pas fait prendre était d'un abord relativement facile et, en quelques instants, Josie dénicha une page avec plusieurs fils de discussion consacrés à l'Étrangleur des âmes sœurs de Seattle. Une vingtaine de personnes, environ, avaient contribué aux diverses conversations et, sur les fils les plus récents, cinq ou six avaient posté assez régulièrement des messages. Les titres des fils de discussion allaient de « L'ÉASS donnera-t-il son cerveau à la science quand on l'aura attrapé ? » à « L'ÉASS : mort ou en prison ? ».

Josie cliqua sur le fil qui s'appelait « Objets pris et laissés sur les scènes de crime » et découvrit que quelqu'un avait dressé un résumé extrêmement simple :

Victimes 1 et 2, Alexandra et Martin Wrede,
mars 1993. Pris : dessin de leur fils.

Victimes 3 et 4, Luisa et Josh Munroe, mai 1993. Trouvé : dessin du fils Wrede. Pris : carillon éolien en forme de montgolfière.

Victimes 5 et 6, Mary et Tim Donegal, juillet 1993.
Trouvé : carillon éolien en forme de montgolfière. Pris :
paire de lunettes d'homme.

Victimes 7 et 8, Travis Green et Janine Ives,
septembre 1993. Trouvé : paire de lunettes d'homme.
Pris : portefeuille de Travis Green.

Victimes 9 et 10, Kristen et Darryl Spokes,
janvier 1994. Trouvé : portefeuille de Travis Green.
Pris : mug.
Victimes 11 et 12, Gretchen et Billy Lowther. Trouvé :
mug. Pris : couteau de Billy Lowther.

Victimes 13 et 14, Justin et Amy Neal, mars 2004.
Trouvé : couteau de Billy Lowther. Pris : rien sur la
scène de crime, semble-t-il. C'est le dernier double
meurtre connu de l'Étrangleur des âmes sœurs.

Le motif était immuable. Même dix ans plus tard, le tueur
avait apporté le couteau de Billy Lowther et l'avait laissé sur
place. C'était presque compulsif. Dans un coin de sa tête, une
petite voix demanda à Josie si elle pouvait ajouter James Omar
et les Wilkins à la liste des victimes. Mais ils ne cadraient pas
tout à fait, si ? Non. Pas tout à fait.

Elle revint à la liste des fils de discussion et recommença à
chercher. Elle cliqua sur celui intitulé « Pourquoi n'y a-t-il pas
de portrait-robot ? ». Une demi-douzaine de contributeurs se
plaignaient en effet qu'aucun portrait-robot du tueur n'avait été
distribué à la presse. Deux autres leur répondaient en rappelant
que personne n'avait vu le tueur en dehors de Gretchen
Lowther, et qu'elle-même ne l'avait vu que de nuit, sans bien
distinguer son visage.

Josie cliqua sur le fil annonçant « Profilage du FBI ». Il

semblait contenir un authentique profilage établi par le FBI à l'aide d'éléments fournis par la police de Seattle. Un rapide survol de ce long rapport suffit à lui confirmer que quelqu'un, sur ce forum ultrasecret, avait réussi à se procurer le véritable dossier compilé par le FBI sur l'Étrangleur des âmes sœurs de Seattle. Il avait été rédigé plus de dix ans auparavant, après les derniers meurtres de 2004. Josie savait que parfois, quand des affaires assez anciennes restaient non élucidées, la police se laissait aller plus facilement à donner certains détails, dans l'espoir de relancer les enquêtes. Évidemment, dans ce cas, le dossier, bien que détaillé et complet, n'avait permis aucune arrestation.

Elle lut rapidement les descriptions des victimes, de leurs lieux de résidence et l'analyse des scènes de crime. Rien là-dedans ne parut particulièrement utile. Utile à quoi ? Elle ne le savait pas vraiment. Elle n'était toujours pas certaine de ce qu'elle cherchait à faire en se renseignant sur l'Étrangleur de Seattle. Sa théorie selon laquelle l'Étrangleur serait allé chez Gretchen, l'aurait kidnappée et aurait tué Omar ne reposait sur aucun élément matériel, et Gretchen elle-même ne voulait rien dire. Cette hypothèse n'expliquait pas non plus pourquoi Gretchen préférait endosser le meurtre de James Omar que d'essayer de coincer l'homme qui avait tué son mari. Josie sentit le doute l'envahir. Et si Noah avait raison ? Et si les apparences ne mentaient pas ? Et si Gretchen avait simplement tué Omar et qu'elle en payait désormais le prix ? Josie cherchait-elle midi à quatorze heures ? Ne voulait-elle pas tout faire cadrer avec un scénario fantaisiste, uniquement pour sauver son amie ? *Non*, se dit-elle. Il y avait trop d'incohérences et de coïncidences inexpliquées. L'Étrangleur des âmes sœurs était une piste solide, et s'il s'était remis à tuer vingt-cinq ans après ses premiers crimes et qu'il était bien l'assassin des Wilkins, l'ADN allait le prouver.

Elle soupira et passa à la partie consacrée à la description du tueur. Vu ses capacités à organiser et à accomplir ses crimes, sa façon de maîtriser ses victimes, on le pensait intelligent. La police savait d'après le témoignage de Gretchen que c'était un homme blanc, grand, âgé de trente-cinq à quarante ans. Et comme aucun témoin n'avait jamais rien relevé de suspect, visiblement, il se fondait bien dans les quartiers des classes moyennes où il choisissait ses victimes. Il devait conduire un véhicule qui n'avait rien de remarquable dans ces endroits. Le rapport notait aussi qu'il était à l'abri du besoin, car il ne volait jamais aucun objet de valeur sur les lieux de ses crimes. Et à cause du degré de sophistication existant dès le premier meurtre, il avait vraisemblablement déjà été condamné auparavant pour cambriolage, peut-être également pour des violences conjugales. Amis, parents et collègues devaient sans doute le décrire comme méticuleux et organisé, mais aussi dominateur, arrogant, coléreux et extrêmement manipulateur. Il avait sans doute été un temps dans la police et/ou dans l'armée, devait être chasseur. Il y avait peu de chances qu'il s'arrête de lui-même, disait l'analyse. Il pouvait être en prison, décédé, ou avoir déménagé dans une partie du monde où on ne ferait pas le lien entre ses crimes là-bas et ceux de Seattle. Le rapport se poursuivait par quelques pages sur sa relation probable avec les femmes. La conclusion était sans surprise : le tueur nourrissait une haine extrême envers le sexe opposé.

— Sans déconner, marmonna Josie face à l'écran.

— Pardon ? demanda Trinity qui passait près d'elle en pyjama de soie.

Elle se planta devant le réfrigérateur et en sortit ce qui ressemblait furieusement aux ingrédients d'un sandwich à la dinde. Comme en réponse, l'estomac de Josie se mit à gronder. Elle se releva et s'étira.

— Oh, rien, je parlais toute seule. Je peux te poser une question ?

— Sur les tueurs en série ? demanda Trinity en sortant deux assiettes de son placard.

— Non, sur les gangs de motards.

Trinity, qui découpait les sandwichs, releva la tête, et Josie eut une nouvelle fois la sensation de se voir dans un miroir– ce qui arrivait surtout dans ces moments où Trinity n'était pas maquillée comme pour passer à l'écran.

— Tu es repartie sur tes gangs de bikers hors-la-loi ? Je croyais que tu t'intéressais surtout à l'Étrangleur des âmes sœurs.

Josie accepta le sandwich qu'elle lui tendait mais n'y toucha pas tout de suite.

— Oui, c'est ma piste principale, mais j'ai besoin de faire une petite pause. Et puis il y a quelque chose qui me tracasse.

Trinity s'assit à la table de la cuisine et mordit dans son sandwich, les yeux rivés à ceux de Josie, que plusieurs questions taraudaient depuis son rendez-vous avec Starkey.

— Si les Devil's Blade kidnappaient la femme d'un flic infiltré dans leurs rangs, pour se venger, qu'est-ce qu'ils lui feraient, d'après toi ? finit par dire Josie.

Trinity reposa son sandwich et la dévisagea, l'air sérieux.

— Josie, tu es policière depuis assez longtemps pour répondre toute seule à cette question. Qu'est-ce que les types de ce genre font toujours aux femmes ?

Josie savait qu'elles pensaient toutes les deux à l'affaire qui avait forgé un premier lien ténu entre elles. Celle des jeunes disparues. Elle fut prise d'un frisson.

— Tu penses qu'ils la libéreraient ? Après l'avoir séquestrée pendant un an, par exemple ? Ils se contenteraient de la larguer pour qu'elle retombe aux mains de la police ?

— Non, répondit Trinity. Ils la garderaient aussi longtemps qu'il leur plairait, pour se servir d'elle, mais ils la tueraient ensuite. On ne retrouverait peut-être pas son corps, mais plus personne ne la reverrait vivante.

— C'est bien ce que je pensais, dit Josie en attaquant son sandwich.

50

Elle était encore en train d'éplucher les fils de discussion du forum quand les premières lueurs du jour éclairèrent l'appartement. Quinze minutes plus tard, un réveil sonna quelque part au fond du couloir. Trinity en émergea, cheveux en bataille, en pyjama froissé. Elle plissa les yeux en apercevant Josie, comme incrédule.

— Mon Dieu, Josie. Tu es encore là-dessus ?

Josie se rendit compte que ses yeux la brûlaient, qu'elle avait le dos raide, douloureux. Elle cligna des yeux et ouvrit un nouveau fil, baptisé « Les Neal ».

— Je lis encore celui-là, dit-elle à Trinity, et puis je vais me coucher.

Trinity indiqua l'horloge de son four à micro-ondes.

— Tu as intérêt à te dépêcher. Tu n'auras pas le temps de dormir beaucoup avant de prendre ton train.

— Je dormirai pendant le trajet.

Elle avait passé des heures à dévorer toutes les informations possibles sur l'Étrangleur des âmes sœurs et toutes ses victimes. Elle avait plusieurs fois délaissé le forum et cherché dans son navigateur un lien éventuel entre James Omar et le tueur, puis entre les victimes et James Omar. En vain. Il était assez facile d'imaginer que le tueur soit sorti de sa retraite pour assassiner les Wilkins, en laissant sur place la tasse de Gretchen. Elle aurait presque pu penser que le tueur n'avait rien à voir avec le meurtre d'Omar, s'il n'y avait eu la photo épinglée au cadavre du jeune homme. Si elle pouvait trouver un lien entre les Neal et cette photo, elle pourrait convaincre Chitwood du sérieux de sa théorie, premier pas important vers la libération de Gretchen.

Starkey avait dit que les Neal n'avaient pas d'enfants, et tout ce que Josie avait lu des pages qui leur étaient consacrées sur le forum le confirmait. En réalité, même si le meurtre d'Amy et Justin Neal était le plus récent, c'était le couple sur lequel on en savait le moins. Les seuls fils de discussion concernant les Neal demandaient pourquoi le tueur n'avait rien pris chez eux. Certains avançaient qu'il avait l'intention de s'arrêter après les avoir tués, et c'est pourquoi il n'avait emporté aucun trophée. C'était sa manière à lui d'indiquer aux autres qu'il en avait terminé. D'autres affirmaient au contraire qu'il avait bien pris quelque chose chez les Neal, mais que personne ne les connaissait assez bien pour pouvoir identifier un objet manquant.

Josie se demanda si ce nouveau fil allait ressembler aux autres mais, en l'ouvrant, elle découvrit une série de fichiers au format PDF, qu'elle entreprit de lire un à un. Justin et Amy Neal avaient tous deux un casier judiciaire. Presque uniquement des délits liés à la drogue, à l'exception d'une condamnation pour agression, qui avait valu à Justin d'être en liberté conditionnelle au moment de son assassinat. Josie, luttant contre la fatigue, cliquait, lisait, cliquait et lisait encore. Elle faillit renoncer à tout lire mais s'obligea à le faire. Elle avait déjà perdu trop de temps pour s'arrêter maintenant. Le tout dernier PDF était une requête en adoption. Elle devina immédiatement que c'était un document juridique confidentiel. La personne qui se l'était procuré et l'avait posté sur le forum l'avait fait en toute illégalité. Pas étonnant que le responsable du forum n'autorise pas les policiers à s'en servir.

— Café ? demanda Trinity.

Josie avait presque oublié où elle était.

— Non, répondit-elle laconiquement.

Pas besoin de café quand l'adrénaline courait déjà dans ses veines à la vitesse de l'éclair. Amy et Justin Neal avaient eu un fils, et l'avaient confié à l'Aide sociale à l'enfance quelques mois avant leur mort.

Josie se leva et alla chercher son sac à main qu'elle avait laissé sur le divan. Elle en sortit son carnet et nota le nom du couple qui avait fait la demande d'adoption au tribunal. Le nom du fils des Neal et d'autres renseignements avaient été effacés parce que ce dernier était mineur, mais Josie en savait suffisamment pour retrouver la trace de ses parents adoptifs. Elle jeta un coup d'œil à l'heure : trop tôt pour commencer à passer des coups de fil. Mais quand le soleil serait vraiment levé et qu'elle aurait dormi quelques heures, elle commencerait par appeler Jack Starkey.

51

Seattle, État de Washington

Amy Neal poussa un cri lorsque son mari tira brusquement sur la couverture qui la recouvrait. La lampe torche qu'elle tenait se perdit entre les oreillers dans son dos, et le noir se fit. Son autre main pressait une photo contre sa poitrine.

— Mais merde, Justin, qu'est-ce que tu fous, bon sang ?

Il se dressait de tout son mètre quatre-vingt-dix à la tête du lit, silhouette fantomatique dans l'obscurité de leur chambre. Le réveil sur sa table de chevet indiquait 2 h 13. Comme d'habitude, Justin s'était endormi sur le divan. Elle l'avait laissé au salon après avoir regardé le journal télévisé du soir. Ses yeux s'habituant à l'obscurité, elle vit qu'il tendait la main.

— Donne-moi cette photo, Amy.

Elle la glissa dans les plis de sa chemise de nuit.

— Non.

Il soupira lourdement. D'agacement ou de renoncement, elle n'aurait su le dire. Puis elle sentit le matelas s'enfoncer tandis qu'il s'asseyait sur le bord du lit. Il parla plus doucement, cette fois.

— Amy, il va bien. On a fait ce qu'il fallait faire.

Les larmes lui brûlaient les yeux.

— Tu crois vraiment, Justin ? Il va bien, avec ces... ces étrangers ?

Il posa la main sur son genou nu et le pressa doucement.

— Ce sont ses parents, maintenant, Amy. C'est toi qui deviens obsédée par cette photo. Est-ce qu'il t'a l'air malheureux, là-dessus ?

Elle réprima un sanglot. Non. Leur fils n'avait pas l'air malheureux. Il paraissait insouciant, et en meilleure santé qu'il ne l'avait jamais été avec eux.

— Ça me donne envie de replonger, couina Amy.

— Je sais. Moi aussi. C'est pour ça que je pense qu'on ne devrait pas garder cette photo. Il faut qu'on tourne la page.

Ses larmes roulaient sur ses joues, à présent.

— Comment ? Comment oublier notre propre fils ?

— Je ne sais pas.

— Tu es vraiment prêt à tourner la page ?

— Non. Mais on ne peut pas rester comme ça. Dans cet état permanent de...

Il se tut. De chagrin. De deuil. De doute. Elle savait que Justin ne prononcerait jamais ces mots-là. Ils n'avaient décroché que depuis quelques mois. Ils avaient des casiers judiciaires, et Justin était encore en liberté conditionnelle. Ils avaient donné à la famille d'accueil de leur fils l'autorisation de l'adopter. Ils savaient que c'était mieux ainsi. Mais ils ne savaient pas que ce serait aussi dur.

— J'ai remarqué le couteau, tu sais, dit Amy d'une voix éraillée par les larmes. Qu'est-ce que tu comptes en faire ?

Justin releva vivement la tête.

— Le couteau ? Quel couteau ?

— L'espèce de poignard, là. Celui que tu as laissé sur le comptoir de la cuisine. Où tu l'as trouvé ? À qui est-ce que tu as volé ça ?

— Mais Amy, je n'ai ramené aucun couteau à la maison. Ça va pas bien ? De quoi tu parles ?

— Tu sais très bien de quoi je parle. Ne me mens pas. On s'était juré de ne plus jamais se mentir.

Le lit craqua lorsque Justin se releva.

— C'est n'importe quoi. Je ne comprends rien à ce que tu dis.

— Eh bien, va voir toi-même ! rétorqua Amy.

Justin fit un pas, puis un faisceau de lumière aveuglant traversa la chambre, les éblouissant tous les deux. Ils entendirent un rire d'homme.

— J'ai une meilleure idée, dit-il d'une voix étrange. Vous restez tous les deux ici, et on va jouer à un jeu.

52

AUJOURD'HUI

New York, État de New York

C'est un coup de fil qui la réveilla. Josie était allongée sur le ventre dans le lit de Trinity et bavait dans son sommeil quand la sonnerie insistante de son téléphone portable l'arracha aux bras tièdes du sommeil. Les yeux bouffis, elle tâtonna à la recherche de l'appareil posé sur la table de nuit. Elle vit que l'écran affichait le numéro de Noah, prit l'appel et parvint à coasser un salut.

— Tu es encore à New York ? demanda Noah.

Josie tourna la tête et jeta un coup d'œil à la pendule.

— Merde ! Mon train est dans une heure.

— Chitwood m'a posé des questions. Je lui ai dit que tu avais un problème familial et que tu avais dû prendre ta journée.

— Au lieu de lui dire que j'étais à New York pour l'enquête sur le meurtre de James Omar ?

— Tu sais bien qu'il n'aurait pas approuvé. La presse le harcèle à cause du double homicide Wilkins. Il a demandé qu'on accélère l'analyse ADN.

Josie s'assit sur le bord du lit.

— Ça, c'est une bonne chose. Il faudra qu'on cherche s'il y a un ADN correspondant dans la base de données fédérale quand on l'aura. Écoute, je serai de retour pour déjeuner, d'accord ? J'ai plein de trucs à te dire, mais il faut que je me prépare pour prendre mon train.

— Oui, bien sûr. Ah, et j'ai envoyé la demande officielle à l'opérateur téléphonique pour voir ce qu'on peut apprendre sur le téléphone prépayé qu'Omar a appelé ces deux dernières semaines. On m'a dit qu'obtenir ces informations prendrait entre cinq et sept jours, hélas. Mais la bonne nouvelle, c'est qu'on a les SMS d'Omar pour les quinze derniers jours.

Josie sentit monter en elle un regain d'énergie.

— Et qu'est-ce qu'ils disent ?

— Rien qui nous avance vraiment, soupira Noah. Tu pourras y jeter un coup d'œil à ton retour.

L'énergie fit place à la déception.

— Tu peux me les envoyer en PDF ? Je les lirai dans le train.

— Ça marche. Je te les envoie dans quelques minutes.

Ils raccrochèrent et Josie fut prête en un temps record, malgré la fatigue. Elle était sur le trottoir en bas de chez Trinity, valise à la main, trente minutes plus tard. Elle héla un taxi et appela Jack Starkey durant le trajet jusqu'à Pennsylvania Station.

Il répondit d'une voix pâteuse, comme s'il avait passé toute la nuit à boire :

— Quinn ? demanda-t-il comme s'il doutait que c'était bien elle.

— Oui. Écoutez, je suis désolée de vous embêter, mais j'ai encore quelques questions.

Le silence s'installa avant qu'il finisse par répondre :

— D'accord, OK, mais j'ai quelque chose à vous demander d'abord.

— Allez-y.

— À quoi vous jouez ? dit-il avec de l'hostilité dans la voix.

— Pardon ?

— J'ai cherché sur internet hier soir. Vous ne m'avez pas dit que Gretchen avait été arrêtée pour le meurtre de ce gamin. Pourquoi ? Qu'est-ce qui se passe en Pennsylvanie centrale ?

Josie soupira.

— Je ne vous l'ai pas dit parce que je pensais que c'était hors sujet, à ce moment-là.

— Hors sujet ? mugit Starkey.

— Y a-t-il quelque chose que vous m'ayez caché et que vous voudriez me dire, maintenant que Gretchen est accusée de meurtre ?

— Quoi ? Non, non, ça n'est pas ça. Je vous ai dit tout ce que je savais.

— Vous saviez qu'Amy et Justin Neal avaient un fils ?

— Un fils ? Mais non, ils n'avaient pas d'enfants.

— Et pourtant, si. Un petit garçon. Qui a été confié à une famille d'accueil pendant quelques années, avant qu'ils renoncent finalement à leurs droits parentaux pour que cette famille d'accueil puisse l'adopter.

— Comment savez-vous ça, bon sang ?

— J'ai mes sources. Saviez-vous que les Neal avaient des casiers judiciaires ?

— Oui, oui, ça, oui, répliqua-t-il d'un ton agacé. Qu'est-ce que ça a à voir là-dedans ?

— Et si l'objet que l'Étrangleur avait volé chez les Neal était une photo de leur fils ?

— Impossible.

— Pourquoi ça ? Qui a fait le tour de toute la maison après le meurtre ?

— C'était... c'était une collègue. Une collègue de Justin.

Le taxi s'arrêta brusquement à une rue de Pennsylvania Station. Josie laissa un pourboire au chauffeur, le remercia muettement et descendit en tirant sa valise, tout en continuant à parler à Starkey.

— Une collègue ? Pas un parent, un frère ou une sœur ? Même pas un ami ?

— Pour autant que je m'en souvienne, ils n'avaient pas de famille. Toutes leurs anciennes relations avaient coupé les ponts à cause de leur problème de drogue. Je pense qu'une amie est venue examiner la maison après l'enterrement, mais elle a dit que rien ne manquait.

— Donc il est possible qu'on ait pris sur place une photo sans que personne n'en sache rien, insista Josie.

Nouveau silence. Puis Starkey lâcha :

— J'imagine que oui. C'est tout, vous avez fini ?

— Non, rétorqua Josie d'un ton glacial. Je n'ai pas fini. Vous avez aussi dit que quand les Devil's Blade ont relâché Gretchen devant le bâtiment du BATAE de Seattle, elle était couverte de plaies. Qu'est-ce que vous vouliez dire par là ?

— À votre avis ? Elle avait des plaies sur tout le corps, c'est tout.

Josie entra dans Pennsylvania Station, se mêla à la foule en pressant plus fort son téléphone contre son oreille pour entendre Starkey malgré le brouhaha.

— Où ça, sur le corps ?

— Mais pourquoi vous me demandez ça ?

Starkey avait de plus en plus la voix d'un poivrot énervé, mais Josie insista.

— Où sur le corps, Starkey ? Elle avait des plaies, des cicatrices. À quels endroits ?

— Ah, dit-il en se détendant quelque peu. Sur le ventre. Partout. Tout autour. Il y en avait beaucoup. On a dû prendre des photos, vous savez ? Pour l'enquête. On a demandé à l'hôpital de tout inventorier. On espérait épingler les Devil's Blade pour ce qu'ils lui avaient fait et puis, en fin de compte, elle n'a pas voulu parler.

— D'accord. Ces plaies, elles étaient profondes ?

— Je ne sais pas. Enfin, il y en avait d'anciennes. Comme

celles qu'elle avait à la poitrine. Ils ont dû la torturer – lui entailler la peau – tout le temps.

— C'est elle qui vous l'a dit ? Elle a dit que toutes ses cicatrices dataient de son... enlèvement ?

Il soupira d'exaspération.

— Mais... Oui, Quinn. C'est ce qu'elle a dit aux médecins. J'ai relu son dossier cent fois en espérant la convaincre de témoigner contre les Devil's Blade. Comment croyez-vous que j'aie appris tout ça ?

— Les plaies les plus récentes avaient-elles nécessité des points de suture ?

— Non, je ne crois pas. Enfin, elle était bien amochée, mais tout était plutôt superficiel. Les blessures récentes, en tout cas. Ça, je m'en souviens. J'ai pensé qu'elle avait eu beaucoup de chance, mais que c'était très cruel de leur part de la taillader comme ça, juste assez pour qu'elle en porte les cicatrices. Une jolie fille comme elle.

Josie ravala une remarque cinglante sur une « jolie fille » pour qui il valait mieux s'en sortir vivante que d'être capable de porter un bikini.

— Pourquoi me demandez-vous tout ça, Quinn ?

À cause de tous les mensonges de Gretchen, se dit Josie. Mais elle répondit simplement :

— Une intuition. Je vous expliquerai plus tard.

Josie sentit son téléphone vibrer tandis qu'elle avançait sur le quai, mais elle attendit d'être assise dans le train pour Philadelphie avant de lire le message de Noah et d'éplucher les SMS de James Omar. Ils couvraient plusieurs pages. Une partie consistait en échanges avec sa famille, essentiellement pour savoir qui allait acheter quoi pour l'anniversaire de sa mère, et si James aurait le temps et l'argent pour prendre l'avion et passer le week-end en leur compagnie. Une autre série était adressée à des numéros inconnus, mais ils concernaient ses études ou des rendez-vous pour travailler en groupe. Et puis il y avait les messages entre James et son colocataire, Ethan Robinson. Elle comprit immédiatement ce que Noah avait voulu dire. Certains échanges étaient tout à fait anodins, comme celui où James demandait à Ethan de ne pas oublier le « guac » en passant prendre des plats mexicains à emporter, et cet autre où Ethan signalait à James qu'il avait oublié un livre de cours chez eux.

Et puis il y en avait d'autres que Josie ne comprenait pas, telle cette discussion datant de près de deux semaines :

Ethan : *Tu lui as parlé ?*

James : *Oui.*

Ethan : *Qu'est-ce qu'il a dit ?*

James : *Je te raconterai plus tard.*

Et cette autre, quelques jours plus tard :

James : *Tu es où ?*

Ethan : *Parti chercher à manger, pourquoi ?*

James : *J'ai parlé avec elle. Elle ne me croit pas. Ça s'est mal passé. Tu rentres quand ?*

Ethan : *Qu'est-ce qu'elle a dit ? Tu lui as demandé si elle voulait le faire ?*

James : *Je te raconterai quand tu seras rentré.*

Josie sortit son carnet et chercha la page de notes prises après avoir épluché la liste des coups de fil passés par James Omar. Il avait appelé Gretchen le jour où cet échange avait eu lieu. Josie était convaincue que c'était elle qu'ils mentionnaient dans leurs SMS.

Il n'y avait ensuite que des échanges banals, jusqu'au jour où on avait abattu James Omar.

James : *Ce n'était pas une bonne idée.*

Ethan : *Qu'est-ce qui se passe ?*

James : *On n'aurait pas dû mentir.*

Ethan : *Tu ferais mieux de laisser tomber. Fais demi-tour.*

James : *Trop tard.*

Il se passait plusieurs minutes, puis Ethan écrivait :

T'es là, frère ?

Et puis, quelques heures plus tard, à peu près au moment où Josie et Noah étaient arrivés chez Gretchen et avaient trouvé le corps de James Omar dans l'allée, Ethan avait envoyé un nouveau SMS :

Mec, t'es là ???

Et deux minutes plus tard, une réponse avait été envoyée depuis le téléphone de James Omar :

Vous avez déconné.

54

— Vous êtes complètement dingue ? mugit Bob Chitwood.

Il se tenait devant la table de la salle de conférences, face à Josie, Noah et Heather Loughlin. Josie venait de lui résumer son voyage à New York et tout ce qu'elle avait appris, de la bouche de Jack Starkey et sur le forum auquel Trinity lui avait permis d'accéder.

— Vous êtes en train de me dire que vous pensez qu'un tueur en série qui sévissait dans les années 1990 à l'autre bout du pays est ici à Denton en ce moment même ?

— Oui, répondit laconiquement Josie.

— Et vous pensez que Gretchen, policière chevronnée, a vu l'homme qui a assassiné son mari il y a plus de vingt ans et qu'au lieu de l'arrêter, elle l'a laissé tuer James Omar et est montée ensuite avec lui en voiture ?

— Non. Enfin, oui, je pense que ce type a tué Omar et a kidnappé Gretchen. Je ne sais pas ce qui s'est passé mais, visiblement, il dominait la situation et avait de quoi forcer Gretchen à lui obéir. Sinon, je suis convaincue qu'elle lui aurait tiré dessus. Je crois qu'il l'a emmenée contre sa volonté.

— Et qu'il l'a libérée ensuite ? rétorqua Chitwood.

Comment est-ce arrivé, exactement ? Il lui a dit d'endosser le meurtre d'Omar, et puis il a ajouté « Ah, à ce propos, Gretchen, si tu pouvais éviter de dire que j'étais là ce jour-là, ce serait génial » ? Vous entendez ce que vous êtes en train de me dire ? C'est vraiment ce que vous croyez ?

Josie posa la main sur sa hanche.

— Je ne m'explique pas encore tout, reconnut-elle.

— Sans charrier ? s'exclama Chitwood. Vous êtes vraiment la reine de l'euphémisme !

Elle ignora ses sarcasmes.

— C'est précisément pour cela qu'il faut que je puisse parler à Gretchen.

— Ça, ça n'arrivera pas, intervint Loughlin sans malice.

Elle s'appuya contre le dossier de sa chaise, jambes étendues devant elle, se balançant du bout du pied. Elle avait presque l'air de s'ennuyer.

— Bowen ne l'autorisera jamais, surtout maintenant.

— Alors parlez-lui, vous, dit Josie. Posez-lui les questions. Je vous expliquerai l'angle par lequel je voudrais aborder les choses.

Chitwood pianotait avec deux doigts sur la table.

— Vous ne comprenez pas, Quinn. Personne n'ira interroger Gretchen. Bowen pense qu'on essaie de lui coller le double homicide sur le dos, et je me demande s'il ne faudrait pas qu'on le fasse, d'ailleurs. On a les empreintes de Gretchen dans la maison. Et elle n'a pas d'alibi pour ce soir-là.

— On n'a pas assez d'éléments pour l'accuser du meurtre des Wilkins, dit Noah.

— On n'a pas non plus assez d'éléments pour la théorie bancale de Quinn selon laquelle quelqu'un d'autre aurait participé à l'assassinat d'Omar, et si vous croyez que Bowen va nous laisser parler à Gretchen quand on lui dira qu'on pense qu'elle porte le chapeau à la place d'un tueur en série, il va plutôt nous envoyer nous faire voir ailleurs, rétorqua Chitwood. Il va penser qu'on essaie d'épingler Gretchen comme complice et, même si vous arrivez à prouver que quelqu'un d'autre était sur place, je pense qu'il faudrait qu'on le fasse. Quinn, vous n'avez rien pour étayer vos théories fumeuses et incomplètes.

On frappa doucement à la porte, et Lamay entra avec un paquet de feuilles de papier qu'il tendit à Josie. Du doigt, il lui indiqua un passage qu'il avait surligné. Il ne fallut à Josie que quelques secondes pour comprendre.

— Attendez un peu, dit-elle. On a peut-être quelque chose. Un cheveu. Un cheveu court, blanc, trouvé dans le véhicule de Gretchen, sur l'appuie-tête du conducteur. Avec sa racine ; ce qui veut dire qu'on peut en extraire l'ADN.

Chitwood ne parut pas convaincu.

— Quinn, Gretchen a les cheveux courts et elle a plus de quarante ans. Vous croyez qu'elle n'a pas de cheveux blancs ?

— Elle les teint. En brun, intervint Noah.

Josie lui jeta un regard étonné. Elle ne le pensait pas du genre à remarquer ce genre de détail, mais lui en fut toute reconnaissante. Elle se retourna vers Chitwood.

— Tout ce que je vous demande, c'est de faire passer en priorité l'analyse de ce cheveu et celle de l'ADN trouvé sur le cadavre de Margie Wilkins. Si aucun des deux ne correspond à l'ADN de l'Étrangleur des âmes sœurs de Seattle, et que ce ne sont pas les mêmes, alors vous pourrez éliminer toutes mes... Comment avez-vous dit, déjà ? Mes « théories fumeuses ».

Chitwood la fixa d'un air furieux.

— Mettez mon hypothèse à l'épreuve, insista Josie. Si je me trompe, j'accepterai l'idée que c'est Gretchen qui a tué James Omar.

Du coin de l'œil, elle vit Loughlin se redresser et la dévisager avec intérêt.

— Vous êtes prête à tout pour défendre votre théorie, Quinn, c'est ça ? demanda Chitwood.

Josie releva le menton.

— Oui, monsieur. Jusqu'au bout.

Ils s'affrontèrent du regard pendant quelques secondes sans rien dire. Josie eut le plaisir de voir Chitwood détourner les yeux le premier.

— Très bien, dit-il en arrachant le rapport des mains de Josie quand il passa devant elle. Je vais téléphoner, voir si je peux faire accélérer les choses. Mais écoutez-moi bien : je veux un coupable dans cette foutue affaire Wilkins. Immédiatement. Si on n'arrête personne très rapidement, je vais vous pourrir la vie, vous pouvez me croire !

Sur ce, il quitta la pièce.

— Ça ne peut pas être pire que maintenant, si ? dit Noah.

Josie se mit à rire. Loughlin les dévisageait toujours avec intérêt et prit la parole :

— Vous pensez que je pourrais dire à Bowen quelque chose qui nous permettrait de poser des questions à Gretchen ?

— Je pense que s'il nous autorisait simplement à nous mettre face à elle, Gretchen parlerait.

— Elle a refusé de le faire jusque-là, intervint Noah.

— J'en sais plus, à présent, répondit Josie, qui se tourna ensuite vers Loughlin. Demandez à Bowen de faire passer un message à Gretchen.

Loughlin sortit un carnet et un stylo.

— Lequel ?

— Demandez-lui de dire à Gretchen que je sais la vérité sur Linc Shore et sur l'année qu'elle a passée chez les Devil's Blade. Assurez-vous que Bowen lui dise bien que c'est moi, Josie, qui fais passer ce message. Si elle croit que j'ai tout raconté à tout le monde, elle refusera de parler.

Loughlin griffonna quelques phrases, puis releva la tête.

— Autre chose ?

— Non. Demandez seulement à Bowen de faire passer ce message.

Loughlin se leva et glissa son carnet dans la poche intérieure de sa veste.

— Cette vérité sur Linc Shore et son année chez les Devil's Blade, c'est quoi ?

Josie sourit.

— Je ne sais pas très bien, encore. Je bluffe. Je sais simplement qu'elle a menti sur le sujet, mais je ne sais pas pourquoi.

— Comment l'avez-vous découvert ?

— Starkey a dit que, quand ils l'ont retrouvée devant le bâtiment du BATAE, elle était tailladée de partout. Mais que les plaies récentes étaient superficielles. Elle n'a même pas eu besoin de points de suture. Il a dit que certaines étaient plus anciennes, et que Gretchen lui avait confié que ces vieilles cicatrices dataient aussi du temps de son kidnapping. Mais il y a six mois, quand nous avons travaillé sur l'affaire Belinda Rose, Gretchen m'a montré des cicatrices anciennes un peu partout sur son ventre. Et elle m'a dit qu'elles provenaient d'opérations que sa mère avait persuadé les médecins de pratiquer sur elle quand elle était petite.

— Oh mon Dieu ! souffla Loughlin.

— Sa mère avait le syndrome de Münchhausen par procuration, expliqua Noah.

— Au début, je me suis dit qu'elle n'avait pas voulu se lancer dans une explication compliquée vis-à-vis des médecins de Seattle, parce qu'elle ne voulait parler ni de sa mère, ni de son enfance. Mais je pense qu'en réalité, elle a essayé de faire croire à tout le monde que les Devil's Blade l'avaient sauvagement torturée.

— Mais elle avait refusé de porter plainte, objecta Noah. Pourquoi laisser croire qu'ils l'avaient torturée pendant son année de captivité ?

— Parce qu'elle mentait. Je ne sais pas encore pourquoi. Je sais simplement qu'on ne connaît pas le fond de l'histoire de sa séquestration.

— Et comment savez-vous que Gretchen n'a pas menti au moment où elle vous a montré ses cicatrices ?

Parce que nous parlions de mères toxiques, se dit Josie. Et que le sujet était si important pour elles deux que Gretchen n'aurait jamais menti là-dessus. Mais c'était une chose qu'elle ne pouvait pas expliquer à Loughlin.

— Ça devrait être assez facile à prouver, préféra-t-elle dire. Sa mère a été condamnée pour meurtre et tentative de meurtre. Les traces de sévices et les cicatrices de Gretchen doivent figurer en détail dans le dossier du procès.

Loughlin approuva de la tête.

— Très bien. Je suis sûre qu'on mettrait la main dessus si nécessaire, mais espérons qu'il n'y aura pas à aller jusque-là. Je vais parler à Andrew Bowen.

Noah et Josie la regardèrent s'éloigner, écoutant l'écho de ses pas jusqu'à ce qu'il s'éteigne. Noah tira une chaise et s'assit.

— Tu as lu les SMS ?

— Hmm. Ils posent plus de questions qu'ils n'en résolvent.

Noah s'appuya contre son dossier, mains derrière la tête.

— Omar et Robinson mijotaient quelque chose, dit-il. Mais quoi ?

— Je n'en sais rien. Mais on peut supposer que cette « elle » dont ils parlent est Gretchen.

— Logiquement, oui. Mais ce mensonge, ce serait quoi ?

— Aucune idée. Le problème, c'est que les deux seules personnes à le savoir sont James Omar et Ethan Robinson. Omar est mort, et Robinson a disparu. Tu as transmis ces SMS à la police de Philadelphie, au fait ?

— Oui, j'ai contacté l'inspecteur chargé de s'occuper de la disparition de Robinson. Il me les a demandés par mail. Il était content de les avoir, et m'a dit qu'ils iraient voir tous les copains de fac de Robinson et d'Omar, pour savoir si l'un d'eux savait ce qu'ils projetaient. Il m'a aussi dit qu'ils avaient fouillé leur appartement, et que le téléphone et l'ordinateur de Robinson ont disparu. Robinson n'est pas motorisé, il prend les transports en commun.

— Et son compte en banque ? Ses cartes de crédit ?

— La police de Philly dit qu'il a un compte bancaire alimenté par son père, et qu'il a une carte de retrait. Ils ont demandé à son père de vérifier le compte : apparemment, il aurait retiré 3 000 dollars le jour où Omar s'est fait tuer. Peu de temps après avoir reçu le dernier message.

— Donc Ethan est en fuite, dit Josie. Il se cache.

— On dirait bien. Quoi qu'il en soit, les flics de Philly nous préviendront s'ils trouvent la moindre chose.

— Tant mieux.

Josie se sentit quelque peu soulagée de savoir qu'Ethan était activement recherché. Mais tant de questions demeuraient sans réponse qu'elle en avait le tournis. Elle se demanda ce qui pouvait bien avoir fait fuir Ethan. Et ce qu'Ethan et James pouvaient bien vouloir à Gretchen.

Noah jeta un coup d'œil à la pendule.

— On a encore un peu de temps avant la nuit. Que veux-tu faire, maintenant ?

Elle reporta sur lui son attention, laissant le tourbillon de questions s'éloigner, s'enfouir dans son subconscient, qui lui fournirait peut-être des réponses grâce à ce qu'ils savaient déjà. Puis elle déclara :

— Je veux retrouver le fils d'Amy et Justin Neal.

Il leur fallut une heure pour retrouver la trace du couple qui avait adopté le fils d'Amy et Justin Neal en 2004. Comme Josie était allée et à Philadelphie, et à New York la semaine précédente, ce fut Noah qui hérita de la mission de leur téléphoner, ce qui lui valut une des conversations les plus étranges que Josie ait jamais entendues de sa vie. Il les appela sur leur ligne fixe et Josie pouvait entendre à la fois la femme et le mari, Noah ayant mis son téléphone sur haut-parleur. Elle les imagina, l'un parlant depuis la cuisine, l'autre assis sur le lit, dans leur chambre.

Leur fils était désormais adulte et ils ne comprenaient pas pourquoi on les relançait à propos de cette histoire d'adoption. Ils lui avaient d'abord servi de famille d'accueil, alors qu'il était tout petit, et l'avaient élevé plusieurs années avant de pouvoir l'adopter officiellement. Ce qui expliquait pourquoi personne dans les relations des Neal au moment de leur assassinat ne savait qu'ils avaient eu un fils : on le leur avait retiré tout bébé. Ses parents adoptifs apprirent à Noah que ce dernier savait qu'il avait été adopté, mais qu'ils préféraient ne pas attirer de nouveau l'attention sur ce point après tout ce temps. La discussion se poursuivant, Josie fut soulagée que ce soit Noah qui ait téléphoné, et pas elle. Il se montra patient et calme, comme toujours, et parvint à leur expliquer, sans même les angoisser outre mesure, qu'on avait retrouvé sur une scène de crime une photo de quelqu'un qui était peut-être leur fils. Enfin, ils donnèrent leur accord pour qu'on leur envoie la photo par mail pour savoir si le petit garçon qui y figurait était bien leur fils. Noah leur relut trois fois à haute voix son numéro de téléphone avant de raccrocher.

Il se frotta la figure.

— Il va peut-être leur falloir des semaines pour accéder à leur boîte mail et regarder cette photo, gémit-il.

Josie se massait la nuque, où la tension s'était accumulée pendant que Noah parlait aux parents. De leur réponse dépendaient énormément de choses.

— Seigneur, j'espère que ça ne leur prendra pas si longtemps.

Noah la dévisagea un moment.

— Tu devrais rentrer et dormir un peu. Tu as l'air épuisée.

— Je suis crevée, mais si tu crois que je vais réussir à dormir tant qu'on n'a pas leur réponse au sujet de cette photo et qu'on ne sait pas si Loughlin a pu voir Gretchen, tu te mets le doigt dans l'œil.

Noah se leva et attrapa sa veste sur le dossier de son siège.

— Alors allons à pied jusque chez *Komorrah's* pour boire un café.

Les derniers rayons du soleil réchauffaient encore l'air automnal quand ils parcoururent les deux pâtés de maisons jusqu'au café voisin. En franchissant le seuil, Josie ne put s'empêcher de penser à sa dernière visite ici en compagnie de Gretchen. Elles avaient mangé des pâtisseries en parlant de leurs mères abusives respectives et Josie avait trouvé du réconfort dans le fait que Gretchen comprenait, au moins en partie, l'épreuve qu'elle traversait.

— Il va me falloir un *Cheese Danish*, dit-elle alors qu'ils s'avançaient vers le comptoir.

Noah sourit et allait commander quand son téléphone portable sonna. Il y jeta un coup d'œil.

— C'est à propos de la photo.

Josie lui fit signe de s'écarter pour répondre et passa la commande à sa place, tout en le surveillant du coin de l'œil. Il parlait à voix basse, à l'autre bout de la boutique. Elle paya, attendit d'être servie et dénicha une table au fond de la salle, dans un coin plus calme où on les dérangerait moins facilement. Quelques secondes plus tard, il la rejoignit, tout pâle.

— J'avais raison, déclara-t-elle.

Noah prit son café sans le porter à ses lèvres.

— Oui. Tu avais vu juste. C'est bien leur fils sur cette photo. La mère l'avait donnée à Amy Neal après l'adoption officielle. Elle voulait qu'Amy sache qu'il était heureux.

— Donc l'Étrangleur des âmes sœurs de Seattle a bien pris quelque chose chez les Neal, et il a gardé cette photo pendant tout ce temps.

— Oui. Sinon, comment cette photo aurait-elle pu atterrir ici en Pennsylvanie ? dit Noah. Et dans l'allée de la seule victime à lui avoir survécu ? Il a dû l'apporter chez Gretchen, et la laisser sur le corps après avoir tué Omar.

— Et puis il a kidnappé Gretchen, mais il fallait qu'il emporte quelque chose de chez elle, c'est compulsif chez lui. Donc il a pris la tasse, qu'il a laissée chez les Wilkins, compléta Josie. Si on n'avait pas découvert son lien avec Gretchen, on n'y aurait jamais rien compris.

— On n'aurait jamais rien compris si tu n'avais pas insisté pour fouiller dans le passé de Gretchen, dit Noah. Tu avais raison sur toute la ligne. Je suis désolé d'avoir douté de toi, Josie.

— Tu veux dire que tu es désolé d'avoir douté de Gretchen.

— Oui, mais aussi de ne pas t'avoir crue, toi.

Josie lui sourit.

— Ça ne fait rien. Je vais laisser passer ça, pour une fois. Tu m'as toujours soutenue, avant. Mais bien sûr, je pensais que c'était simplement parce que tu étais secrètement amoureux de moi.

Elle plaisantait, mais l'air sérieux de Noah la stupéfia et elle se figea, la pâtisserie à mi-chemin entre la table et sa bouche.

— Ça n'avait rien d'un secret. J'étais amoureux de toi. Je le suis toujours.

Elle déglutit. Son *Cheese Danish* retomba sur le plateau.

— Noah.

— C'est bon. Je ne te demande pas de dire que tu m'aimes aussi, ni rien de ce genre. Je sais que tu as besoin de faire les choses à ton rythme. Ce n'était pas mon propos. Je veux juste dire que je me trompais. Je comprends ce que tu voulais dire quand tu parlais de devoir se serrer les coudes. J'ai sous-estimé ton lien avec Gretchen. Quand tu as de l'affection pour une personne, tu la soutiens. Je sais que, toi et Gretchen, vous vous comprenez, d'une manière qui n'a rien à voir avec ce qu'il y a entre toi et moi, par exemple. Et j'aurais dû respecter ça.

Josie se pencha pour lui prendre la main.

— Merci.

Le moment passa. Noah se racla la gorge et dit :

— Bon, et maintenant ? On appelle la police de Seattle ?

— Il faut d'abord que l'ADN corresponde. Je ne veux pas m'engager à fond là-dedans tant que la certitude n'est pas totale.

— Et Gretchen ? Pourquoi ne nous a-t-elle pas dit que c'était lui ? Et pourquoi avouer un crime qu'elle n'a pas commis ? De quoi a-t-elle peur ? demanda Noah.

— Là, je sèche, reconnut Josie. Je ne comprends pas. Je ne vois pas pourquoi elle le protège.

— Peut-être que ça ressemble un peu aux situations de violences conjugales, proposa Noah.

— C'est-à-dire... ?

— Il la terrorisait, n'est-ce pas ?

Josie fit oui de la tête.

— Il est entré chez elle par effraction, il a tué son mari, l'a violée, et il l'a harcelée jusqu'à ce qu'elle se fasse kidnapper. Bon sang, si ça se trouve, elle s'est même enfuie avec Linc Shore pour échapper à ce monstre. Starkey t'a dit qu'il la retrouvait sans cesse, c'est bien ça ? Tout le temps qu'elle est restée chez Shore, il n'a plus pu l'atteindre. Mais de toute évidence, elle a encore peur de lui. Les gens ne mettent pas de clous sur leurs appuis de fenêtre sans être terrifiés par quelque chose.

— Et ils n'ont pas chez eux de la vaisselle uniquement en plastique, vingt-cinq ans après le crime, s'ils n'ont plus peur.

— Pardon ?

Josie lui expliqua pourquoi Gretchen n'avait que de la vaisselle jetable.

— Seigneur...

— Oui, le traumatisme est très profond.

— Donc c'est peut-être ce traumatisme qui empêche Gretchen de le dénoncer. Il la terrifie et, à ses yeux, il est très fort, plus que la police – d'autant plus qu'il avait réussi à la retrouver plusieurs fois malgré ses protections –, au point qu'elle se sent plus en sécurité en ne le dénonçant pas.

— Ah, c'est ce que tu veux dire en faisant la comparaison avec les violences conjugales, dit Josie. Très souvent, les femmes, sachant que le système les protège très mal, pensent que leur seul moyen de rester en vie est de mentir et de ne pas porter plainte.

Noah but une gorgée de café.

— On sait ce qui se passe quand ça tourne mal. Une femme est assez courageuse pour dire ce qu'on lui fait subir. Elle porte plainte. Et obtient une mesure d'éloignement...

— Que le type enfreint, et il la tue alors qu'elle attend qu'il soit traduit en justice, acheva Josie. Aux yeux des autres, ne rien dire peut sembler irrationnel, mais la menace est bien réelle.

— Dis, tu te souviens de cette adolescente de la côte Ouest qui s'était fait enlever, l'année dernière ?

— Oui, tout le monde croyait que c'était son père qui l'avait tuée.

— Celle-là même. Son ravisseur l'avait emmenée dans un autre État mais, une fois la frontière franchie, il n'avait même plus essayé de la cacher. Il avait commencé à la faire passer pour sa fille, et elle avait joué le jeu.

— Parce qu'elle était totalement terrorisée.

— Je crois que quelqu'un l'a reconnue alors qu'elle marchait dans la rue avec son kidnappeur, et c'est comme ça qu'on l'a retrouvée.

— Parce que la personne qui l'a vue ne lui a pas posé la question directement, en tout cas pas tant que lui était juste à côté. Cette personne s'est d'abord débrouillée pour les séparer, et ensuite, après des tonnes de questions, la gamine a fini par admettre qu'on l'avait enlevée.

— Elle a accepté de reconnaître la situation, parce que quelqu'un d'autre s'en doutait, dit Josie. Et qu'elle n'avait pas à dénoncer son ravisseur.

— Exactement.

Josie n'avait aucun mal à imaginer que l'Étrangleur des âmes sœurs ait pu déformer la psyché de Gretchen au-delà du reconnaissable, ni qu'il ait pu garder une étrange emprise sur elle, même après tout ce temps. Certains traumatismes laissaient des traces bien plus profondes que d'autres. Mais elle n'était pas totalement convaincue. Les arguments psychologiques avancés par Noah ne suffisaient pas à expliquer pourquoi Gretchen laissait courir un tueur en série.

— Elle a dit qu'elle était responsable de la mort de James Omar, reprit-elle. Peut-être qu'elle se punit elle-même.

— On va potentiellement avoir l'occasion de lui poser la question, déclara Noah quand son téléphone se mit à biper.

Celui de Josie l'imita. Loughlin leur envoyait le même message.

Vous allez pouvoir parler à Gretchen. Prison du comté de Bellewood, demain, 9 heures. Attention, Bowen est furieux. Il a déconseillé à Gretchen d'accepter. Mais elle veut parler.

Le soulagement envahit Josie, qui répondit :

Merci. À demain, alors.

Ils finirent de boire leurs cafés. Josie se demanda si Noah allait lui proposer de venir chez lui ou de l'accompagner chez elle. Elle avait beau être épuisée, elle ne lui dirait pas non. Mais il leur restait encore quelques heures de travail, et beaucoup de paperasse à faire.

— Tu veux bien me prendre un autre café à emporter, s'il te plaît, lui dit-elle en se rendant aux toilettes.

Les gérants de *Komorrah's Koffee* avaient installé un panneau d'affichage associatif dans le petit couloir qui conduisait aux toilettes. Les gens y proposaient des cours de musique, des services de promeneurs de chiens et d'autres choses encore. Il y avait aussi des annonces de fêtes locales et des publicités pour quelques événements organisés dans le café. Des groupes qui venaient donner un concert, des artistes qui exposaient leurs œuvres et même quelques auteurs qui y dédicaçaient leurs livres. C'est cette dernière catégorie qui attira l'œil de Josie. Un flyer annonçait la visite d'un auteur, le mois prochain. Son livre parlait de l'affaire des jeunes disparues, que Josie avait elle-même résolue.

— Incroyable, marmonna-t-elle.

L'auteur ne l'avait même pas interviewée, pour son livre. De ce qu'elle en savait, aucune des personnes connaissant personnellement l'affaire n'avait été interrogée. Et pourtant, quelqu'un avait écrit un livre dessus. Elle remisa sa frustration dans le recoin sombre de son esprit où s'agitaient encore tous ses sentiments à ce sujet. En sortant des toilettes, elle s'arrêta de nouveau devant le flyer, et hésita à l'arracher pour le jeter à la poubelle.

Son téléphone sonna. C'était Misty Derossi.

— Je suis désolée de te déranger, dit cette dernière quand Josie décrocha. Je sais que vous êtes très occupés, à cause de ces meurtres, et je ne te le demanderais pas si...

— Ne t'inquiète pas, coupa Josie. Dis-moi tout.

— Ils ont besoin d'une remplaçante au bureau pour tenir la permanence téléphonique des violences conjugales cette nuit. J'ai vraiment envie de le faire. J'ai passé tout ce temps à faire cette formation, et je m'en sers si peu. Mais si j'accepte, Harris aura besoin d'une baby-sitter. Juste pour cette nuit. Il est vraiment plus facile, maintenant...

Josie la coupa une seconde fois.

— Dépose-le moi en allant travailler.

— Vraiment ?

— Mais oui. Je serai chez moi. En revanche, il faut que je sois partie demain matin à 8 heures.

— Je passerai le récupérer à 7 h 30. Merci beaucoup.

Josie raccrocha et revint au comptoir où Noah, souriant, lui tendit un gobelet de carton. Encore une nuit qu'ils ne passeraient pas ensemble.

56

Le petit Harris Quinn avait un an et, maintenant qu'il se déplaçait sans aide, Josie ne pouvait plus le lâcher des yeux une seconde. Il marchait d'un pas hésitant, s'appuyait aux meubles pour se mettre debout et pour aller d'un bout à l'autre du salon. Il était là depuis une heure et tous les jouets apportés par Misty, plus tous ceux que Josie gardait chez elle à son intention, étaient déjà éparpillés un peu partout au sol.

— Tu es une vraie petite tornade, dit-elle en le soulevant de terre et en le serrant dans ses bras.

Il couina de plaisir, frappant dans ses petites mains potelées.

— Jo ! gazouilla-t-il.

À chaque fois qu'il l'appelait ainsi, son cœur se serrait. Son père, Ray, le défunt mari de Josie, était la seule personne à l'appeler « Jo ». Harris n'avait commencé à le faire que depuis quelques semaines, et Josie savait bien que c'était parce qu'il n'arrivait pas à prononcer son nom en entier. Il appelait la mère de Ray « mam » au lieu de « mamie », et Misty, « ma ». Ç'avait été son premier mot. Josie n'en revenait pas de la vitesse à laquelle il grandissait. Il semblait franchir une nouvelle étape chaque jour et, à chaque mot nouveau prononcé, c'était une avalanche de coups de téléphone entre les trois femmes, extatiques.

Josie s'installa dans son fauteuil à bascule avec Harris sur ses genoux. Elle lui tendit son gobelet et s'empara d'un des livres d'enfants qu'il aimait. Elle se mit à lire en se balançant. Il se pelotonna contre elle et ses cheveux blonds lui chatouillèrent le menton. Quand elle eut achevé sa lecture, il leva un doigt et dit :

— Encore ?

Ce qui signifiait qu'il voulait qu'elle lui relise l'histoire. Elle lui embrassa le sommet de la tête et revint au début du livre. Elle lisait avec les intonations nécessaires, en pilote automatique, comme elle l'avait fait des centaines de fois, mais elle pensait à Gretchen.

Bizarrement, après avoir lu le flyer sur le livre consacré à l'affaire des jeunes disparues, quelque chose avait commencé à la tracasser, sans qu'elle sache quoi. Quelque chose d'important concernant Gretchen et l'Étrangleur des âmes sœurs. Elle n'arrivait pas à mettre le doigt dessus – pas encore, en tout cas. Elle berça Harris jusqu'à ce qu'il se mette à ronfler doucement contre elle, puis l'emporta dans sa chambre, à l'étage, où elle avait installé un berceau juste à côté de son lit. Il ne se réveilla pas quand elle l'y déposa.

Une fois redescendue au salon, elle s'assit pour l'écouter respirer dans le petit babyphone. Si seulement Ray pouvait la voir en cet instant. Il aurait du mal à y croire, mais il serait heureux. Comme elle aurait aimé qu'il puisse voir son magnifique enfant. Mais si Ray était encore vivant, elle n'aurait jamais connu Harris. Misty, Ray et le bébé auraient été une petite famille unie, heureuse, et Josie n'aurait eu aucune place dans la vie de Harris. Elle n'aurait jamais découvert ce que ça faisait d'aimer quelqu'un au point de pouvoir tuer ou mourir pour lui, sans jamais penser à soi-même.

— Oh mon Dieu, dit-elle.

Elle avait parlé à voix haute alors qu'elle était seule. Josie se releva d'un bond et se précipita sur son ordinateur portable, dans la cuisine. Elle était si fébrile qu'elle dut s'y reprendre à trois fois pour taper son mot de passe. En jurant dans sa barbe, elle finit par se connecter, ouvrit son navigateur internet et revint sur le forum que lui avait déniché Trinity. Il ne lui fallut que quelques minutes pour retrouver le fil de discussion qu'elle cherchait. Il fallait qu'elle téléphone. Elle revint au salon.

— Où est-ce que je l'ai fichu, bon sang ?

Elle remua les coussins du canapé, à la recherche de son téléphone. Harris adorait les téléphones et voulait toujours jouer avec le sien. Elle finit par le trouver par terre, au milieu de cubes en mousse, couvert de traces de doigts collantes. Il ne restait que cinq pour cent de batterie.

Elle repartit vers la cuisine où elle laissait toujours un chargeur, et le brancha. Puis elle fit le numéro du docteur Perry Larson. Il répondit immédiatement.

— Inspectrice ? Tout va bien ?

— Je suis désolée de vous déranger, docteur Larson, je sais qu'il est tard. Mais c'est important. J'ai un service à vous demander, et j'ai aussi quelques questions à vous poser.

57

Gretchen semblait avoir perdu du poids alors qu'elle n'était en prison que depuis quelques jours. Elle avait le teint cireux et de grosses poches sous les yeux. Josie se demanda si les autres prisonnières la harcelaient parce qu'elle appartenait à la police. Loughlin avait demandé à la faire placer à l'isolement, pour sa propre sécurité, mais Josie savait bien que les demandes de ce genre n'étaient pas toujours satisfaites. Elle était assise face à une table, dans une salle d'interrogatoire de la prison du comté, l'air abattu. Elle se mordillait la lèvre inférieure.

Ni les services de la procureure ni Andrew Bowen n'avaient accepté que Josie interroge Gretchen sans la présence de l'inspectrice Heather Loughlin. Elle devrait faire avec. Au moins, elle savait que Loughlin était impartiale et compétente, et qu'elle saurait soit suivre les indications de Josie, soit prendre les choses en main, selon le déroulement de l'entretien. Bowen avait insisté pour être présent lui aussi et, après leur entrée à la queue leu leu, il s'assit au côté de Gretchen.

Pendant que Josie et Loughlin s'asseyaient de l'autre côté de la table, il déclara :

— J'ai fortement déconseillé à ma cliente d'accepter cet entretien, mais elle a insisté.

— Nous ne sommes pas là pour la piéger ni pour l'intimider, répondit Loughlin. Nous essayons de résoudre un crime. Et l'inspectrice Quinn pense qu'elle peut aider votre cliente.

Bowen jeta à Josie un regard noir.

— Oh, mais bien sûr, aider les gens ! C'est sa spécialité, n'est-ce pas ?

— Je veux parler à Josie en privé, s'il vous plaît, déclara Gretchen sans lever les yeux.

— Je crois que c'est une très mauvaise idée, dit Bowen.

— Andrew, je vous en prie.

— Gretchen...

Elle leva les yeux vers lui.

— Votre cliente, c'est moi. Alors, s'il vous plaît, attendez dehors, vous voulez bien ?

Un muscle tressaillit dans la mâchoire de Bowen qui se leva et sortit, drapé dans sa dignité.

Quand la porte se referma sur lui, Gretchen insista :

— Josie seulement. S'il vous plaît.

— Gretchen, tu sais comment ça marche, dit Josie. La présence de Heather est obligatoire. Pour te protéger autant que pour protéger la police de Denton. On ne peut pas faire autrement.

Gretchen soupira, se renfonça dans son siège, leva les yeux au ciel et souffla. Au bout d'un moment, elle baissa son regard pour croiser celui de Josie et dit :

— Quoi que tu croies, tu te trompes.

Josie sortit de la poche de son blouson un paquet de feuilles de papier plié, qu'elle lissa contre le plateau de la table avant de le pousser vers Gretchen.

— Je n'ai pas mes lunettes.

Loughlin ôta celles qu'elle portait sur la tête et les lui tendit en essayant de plaisanter :

— Je fais partie du club des plus de quarante ans...

— Merci.

Gretchen les chaussa, les repoussa sur l'arête de son nez et entama sa lecture. Elle s'interrompit au bout de quelques instants et leva les yeux vers Josie.

— Qu'est-ce que c'est que ça ?

— Un rapport d'autopsie.

— Je ne comprends pas.

Josie pointa les feuilles du doigt.

— C'est le rapport d'autopsie du dernier tueur en série qui croyait qu'il pouvait assassiner des gens dans ma ville.

— Seigneur, dit Gretchen en frissonnant quelque peu.

— Je sais que l'Étrangleur des âmes sœurs de Seattle est à Denton, Gretchen.

Le visage de celle-ci perdit le peu de couleur qui lui restait.

— Non, croassa-t-elle.

— Je sais qu'il était là le jour où James Omar s'est fait tuer dans ton allée, poursuivit Josie.

— Non.

— Et je vais le choper.

— Oh mon Dieu, non.

— Je peux le faire toute seule, ou tu peux m'aider.

Le visage de Gretchen se ferma. Elle détourna les yeux et fixa le mur derrière Josie d'un regard sans expression.

— Je ne vois pas de quoi tu parles.

— Gretchen, je sais, pour Ethan. Je sais que c'est ton fils.

Sa bouche se tordit quand elle tenta en vain de réprimer un hoquet. Mais elle se tut.

— Parle-moi de Billy, demanda Josie.

Il y eut un long moment de silence. Les doigts de Gretchen pliaient et dépliaient le coin d'une des feuilles posées devant elle.

— C'était mon mari. Nous étions très amoureux. Et puis il est mort, finit-elle par dire.

— C'est l'Étrangleur des âmes sœurs qui l'a tué.

Gretchen ne répondit pas.

Josie essaya une autre approche.

— Je sais que Billy n'a pas été intronisé dans les Devil's Blade. Jack Starkey me l'a dit.

L'expression de surprise de Gretchen fut si fugitive que Josie faillit ne pas la voir.

— Mais il allait bientôt pouvoir porter les couleurs du gang. Il avait une relation forte avec Linc Shore, n'est-ce pas ? poursuivit Josie.

Comme Gretchen ne répondait toujours pas, elle continua :

— Qu'y avait-il entre eux ?

— Comment sais-tu qu'il y avait quelque chose entre eux ? contra Gretchen d'une voix si faible que Josie dut tendre l'oreille.

— Parce que je sais ce que Linc a fait pour toi, et qu'il n'aurait rien fait de ce genre s'il ne s'était pas senti redevable envers Billy. Alors, que s'est-il passé ?

Silence. Gretchen regarda Loughlin, qui leva les mains en signe d'impuissance.

— Tout ça est nouveau pour moi et, jusqu'ici, ne me paraît pas vraiment avoir de lien avec le meurtre d'Omar.

Gretchen changea de position et se retourna vers Josie.

— Billy lui a sauvé la vie. Longtemps avant de mourir. Il n'était infiltré que depuis quelques mois, au rang de *hang-around*, en attendant qu'un des membres des Devil's Blade le prenne sous son aile. Il était devant une épicerie quand Linc Shore est arrivé. Sur le parking de la boutique, une femme a eu une attaque alors qu'elle était au volant et a failli écraser Linc. Billy l'a sauvé.

— Et ça n'a pas suffi à le faire introniser ?

Gretchen secoua la tête.

— Non. Pour faire vraiment partie du gang, il en faut plus que ça. Mais Linc ne l'a jamais oublié. Quand un des autres membres a voulu chaperonner Billy, il a approuvé la chose. Et de temps en temps, il lui confiait une mission facile. Il ne pouvait pas vraiment faire de favoritisme, mais Billy jurait qu'il n'avait pas oublié.

— Ça paraît logique, dit Josie. Après le meurtre de Billy, comment as-tu fait pour trouver Linc ?

— Ça n'avait rien de sorcier. Ces types se retrouvaient toujours dans le même bar. J'ai failli me faire tuer en entrant là-dedans.

— Tu lui as dit que tu étais enceinte ?

Gretchen mit du temps, mais elle finit par hocher la tête.

— Tu savais que le bébé n'était pas de Billy ?

— Non. Pas avec certitude. Je supposais seulement que le bébé n'était pas de Billy, parce que nous n'utilisions pas de contraception depuis deux ans, et que je n'étais jamais tombée enceinte. Et puis un soir...

Elle se tut, incapable d'achever.

— Tu as dit à Linc que tu pensais que le bébé était celui de l'Étrangleur des âmes sœurs ?

Gretchen fit oui de la tête.

— Je ne savais pas quoi faire. Je voulais seulement qu'on me protège. La police en était incapable, n'arrivait pas à l'empêcher de me retrouver. J'ai pensé qu'il était flic lui-même. Je savais que les Devil's Blade pouvaient me cacher. Billy m'avait assez parlé d'eux. Tueur en série ou pas, ce type n'était pas de taille contre les Devil's Blade.

— Qui a eu l'idée de faire adopter le bébé ?

Gretchen s'humecta les lèvres.

— Linc. Après l'accouchement, j'ai compris que je ne pouvais pas rester pour toujours chez les Devil's Blade. Beaucoup d'entre eux en avaient assez de me voir, même si j'étais sous la protection de Linc. Mais je ne pouvais pas repartir avec le bébé. Et si l'Étrangleur nous retrouvait ? Et s'il découvrait que le bébé était le sien ? J'étais terrifiée à l'idée qu'il puisse tuer... Je n'étais pas prête à être mère. J'aurais été heureuse de l'être dans d'autres circonstances, mais je ne pouvais pas protéger mon bébé d'un tueur en série. J'étais sans ressources, et je ne pouvais pas compter éternellement sur la gentillesse des autres.

— Pourquoi ne pas l'avoir simplement emmené chez tes grands-parents ?

— Je craignais qu'il ne finisse par nous retrouver. Qu'il me retrouve pour finir ce qu'il avait commencé, c'était une chose. Mais je savais que mon enfant ne serait jamais à l'abri nulle part si ce monstre apprenait son existence. Tu n'as pas idée. Je croyais que ma mère était le mal incarné, mais c'est une sainte à côté de lui.

Josie pensa aux Wilkins et à sa propre rencontre avec un tueur en série.

— Je crois pourtant que je peux comprendre.

— J'étais jeune. Jeune et naïve. Et à cette époque-là, je ne pensais pas avoir tellement le choix. Mon seul but, mon unique objectif, c'était de protéger mon enfant.

— Je te crois.

— C'est pourquoi il a fallu faire croire que les Devil's Blade m'avaient torturée, puis relâchée un jour. Tous ceux qui avaient participé à l'enquête sur l'Étrangleur, qu'ils soient de la police de Seattle ou du BATAE, allaient apprendre mon retour – et lui aussi. Mais il n'aurait jamais su que j'étais enceinte. Personne ne l'a su. Personne, jusqu'à ce que...

Elle se tut. Une larme roula sur sa joue.

— Jusqu'à ce qu'Ethan Robinson et James Omar ne découvrent la vérité, compléta Josie. Tu as cru que ton fils était Seth Cole jusqu'au jour où James Omar t'a téléphoné, c'est bien ça ?

Gretchen hocha la tête, et les larmes se mirent à couler pour de bon.

— C'est pour ça que tu as pris autant à cœur le meurtre de

Seth Cole et de Linc Shore. Linc t'avait aidée quand tu étais désespérée, et tu pensais que Seth était ton fils.

— J'étais en rage contre Linc. Il m'avait juré qu'ils... que mon fils serait placé dans une maison normale, une famille normale. Il connaissait une juriste, dans un tribunal d'un autre État, qui lui devait une faveur. Il m'a dit qu'elle connaissait des gens qui pouvaient l'aider à favoriser son adoption par un couple qui souhaitait avoir un enfant. Il y a eu de l'argent versé, mais je n'en ai jamais vu la couleur. Je ne m'en suis pas du tout mêlée. Je n'ai jamais rien su, en dehors de la promesse faite par Linc. Je ne voulais pas savoir où était mon fils, parce que je ne voulais pas qu'on puisse m'arracher cette information sous la torture.

— Et donc quand tu t'es lancée dans l'enquête sur le meurtre de Linc Shore et de Seth Cole, tu as appris que Cole avait été adopté...

— Et j'ai supposé que c'était mon fils. Sinon pourquoi aurait-il débarqué sur la côte Est avec Linc ? Je n'en ai jamais eu la preuve mais je croyais porter le deuil de mon fils, et j'ai tout fait pour mettre ses assassins en prison.

— Et puis James Omar t'a téléphoné.

Gretchen ne répondit pas.

— Gretchen. Nous avons la preuve que la photo épinglée au t-shirt de James Omar vient de la scène d'un crime commis par l'Étrangleur des âmes sœurs en 2004. Nous avons son ADN. Il a laissé un de ses cheveux dans ta voiture, et il a tué un couple à Denton – là aussi, il a laissé son ADN sur place.

Josie bluffait, ils n'avaient pas encore reçu les résultats des analyses d'ADN, mais elle était convaincue que les deux ADN correspondraient à celui de l'Étrangleur.

Mais Gretchen resta muette.

— Je ne comprends pas ce que James Omar est venu faire dans tout ça, mais nous savons qu'il t'a appelée deux fois et que, la seconde fois, tu as quitté le commissariat pour aller à sa rencontre. Nous savons que lui et son colocataire avaient prévu quelque chose te concernant. Leurs échanges de SMS le laissent deviner. Nous avons voulu parler au colocataire de James Omar, mais Ethan a disparu juste après le coup de feu mortel. Je n'ai pas cessé de me demander si ce que ces gamins projetaient pouvait ou non avoir un rapport avec l'Étrangleur des âmes sœurs. James Omar a-t-il simplement débarqué chez toi au mauvais moment ? Est-ce une coïncidence s'il s'est trouvé sur place pile quand l'Étrangleur retrouvait enfin ta trace et revenait pour achever ce qu'il avait commencé en 1994 ?

Gretchen se taisant toujours, Josie poursuivit :

— Mais même si c'est un hasard, pourquoi protèges-tu l'Étrangleur ? Pourquoi payer à la place de ce monstre ?

— Je suis responsable de la mort de James Omar, dit Gretchen.

— Ce n'est pas toi qui as tiré sur ce garçon. Pourquoi mens-tu ?

— Je suis responsable de sa mort.

— C'est celui qui a appuyé sur la gâchette qui est responsable. J'essaie de t'aider, là, Gretchen.

— Où est Ethan ?

— On n'en sait rien.

Gretchen se ferma. Josie attendit plusieurs minutes qu'elle reprenne la parole, qu'elle pose une question, n'importe quoi. Mais elle avait retrouvé son regard absent.

— Voilà ce que je crois qu'il s'est passé, dit Josie. Ethan a découvert qu'il avait été adopté quand il était au lycée. Ça le tracasse depuis. Au début de ses études, il rencontre James Omar, qui étudie l'épigénétique. Peut-être James lui dit-il quelque chose du genre : « Hé, mais je peux t'aider à retrouver ta famille biologique. » Je pense que, d'une manière ou d'une autre, James et Ethan t'ont retrouvée, toi, en premier. Pas parce que tu aurais envoyé ton ADN à des sites de généalogie, mais grâce à des membres de ta famille, cousins ou cousines, qui l'auraient fait. Je pense qu'à eux deux, ils ont réussi à te retrouver en extrapolant l'arbre généalogique de ces cousins, qui ont laissé leur profil ADN sur des sites de ce genre. Je pense qu'Ethan a appris que tu avais été une des victimes de l'Étrangleur des âmes sœurs. Il se passionne pour les tueurs en série depuis l'adolescence, tu sais. Il a un diplôme en criminologie. Il lit des livres sur les tueurs en série qu'on n'a jamais attrapés. Tu savais qu'on avait écrit un livre sur l'Étrangleur des âmes sœurs de Seattle ?

Gretchen ne répondit pas.

— Eh bien, il y en a un. J'ai trouvé un forum consacré à la recherche des tueurs en série toujours non identifiés, dont fait partie l'Étrangleur des âmes sœurs. Un des fils de discussion parle de ce livre. Et je l'ai vu dans l'appartement de James et d'Ethan. Je ne savais pas que c'était important à ce moment-là. Alors hier soir, j'ai appelé leur propriétaire pour lui demander d'aller à l'appartement et de me confirmer que le livre y était bien. C'était le cas, donc Ethan était déjà au courant de l'affaire. Et l'un des autres livres que j'ai vus dans sa bibliothèque parle d'une affaire restée irrésolue pendant quarante ans, jusqu'à ce que la police passe par un site de généalogie utilisant l'ADN pour retrouver le tueur, grâce à sa famille éloignée. Je pense qu'il a réussi à établir un lien, et puis Ethan et James se sont mis à chercher l'autre branche de sa famille. Ils ont dû trouver l'Étrangleur des âmes sœurs et, au lieu de contacter les autorités, ils ont échafaudé un plan pour réunir maman, papa et leur fils, comme une famille sans histoires – ou peut-être qu'Ethan a cru pouvoir te permettre de tourner la page, en venant chez toi avec le tueur : tu l'aurais reconnu et, étant désormais policière, tu l'aurais arrêté. Tu serais devenue l'héroïne de ta propre histoire. Je ne sais pas très bien pourquoi Ethan voulait vous réunir tous les deux, mais il est clair qu'il a su qu'il avait affaire à un tueur implacable. Il a pris peur. Ils ont eu l'idée d'envoyer James à sa place. Comme ça, si l'autre devenait vraiment dingue, James pouvait dire qu'il n'était pas son fils et gagner un peu de temps, parce que le tueur voudrait plus que tout parler à son vrai fils.

La lèvre inférieure de Gretchen tremblait.

— Sauf que quelque chose a mal tourné. Leur plan s'est retourné contre eux. James vous a dit à tous les deux que c'était Ethan, votre fils, et pas lui. L'Étrangleur l'a tué et t'a kidnappée. Je ne sais pas pourquoi il t'a relâchée. Peut-être parce qu'il jouit de ta terreur, du fait que tu vives en permanence sous sa menace, peut-être qu'il aime jouer au chat et à la souris. Mais je pense que tu as fait un pacte avec lui. C'est la seule chose logique. Tu as accepté d'endosser le meurtre de James Omar et d'affirmer que le tueur n'était même pas venu chez toi si, en échange, il laissait Ethan tranquille. Il se sert d'Ethan pour te menacer : avant que tu retrouves celui-ci pour le mettre sous protection puis que tu localises le tueur et que tu le fasses arrêter, il aurait tout le temps de tuer ton fils. Ethan connaît son nom, mais il ne l'a jamais rencontré. Il ne saurait pas le reconnaître s'il se présentait face à lui, ce qui le rend d'autant plus dangereux. Tu penses que le seul moyen de protéger ton fils, c'est de tenir ta promesse. Tu crois que tu n'as pas le choix.

Les larmes se remirent à couler sur les joues de Gretchen.

— Mais il ne détient pas Ethan, qui reste introuvable. Personne ne sait seulement où le chercher. Ni la police, ni ses amis de l'université, ni son père. Personne. L'Étrangleur ne le retrouvera pas.

Gretchen ne montra aucun soulagement. Elle ne la croyait pas. Ou elle ne croyait pas qu'Ethan ait réussi à se mettre à l'abri.

— Je vais coincer l'Étrangleur, Gretchen. Je peux laisser James Omar en dehors de l'histoire pour l'instant – jusqu'à ce que je l'attrape, et qu'on retrouve Ethan sain et sauf –, mais ce type a tué un couple à Denton, et il doit payer pour ça.

— Ne fais pas ça, geignit Gretchen.

Le cœur de Josie se serra.

— Je vais le coincer. Et il ne fera plus jamais de mal à personne.

— Comment ? Comment vas-tu le coincer ? C'est un fantôme. Je ne sais même pas qui c'est. J'ai vu son visage, et pourtant je ne sais pas qui c'est.

— Ethan, lui, le sait. Ethan et James ont réussi à le localiser.

— Tu viens de dire qu'Ethan était introuvable, objecta Gretchen.

— Alors on publiera la photo d'Ethan dans la presse et on demandera de l'aide pour le retrouver. Dans l'intervalle, tu vas nous aider à dresser un portrait-robot.

— Impossible. Je ne peux pas faire ça. On ne peut pas faire courir ce risque à Ethan. Le tueur aura toujours une longueur d'avance sur nous.

Gretchen se pencha vers Josie et baissa la voix :

— Je crois qu'il est des nôtres.

— Un policier ? Starkey m'a dit que c'est ce que vous pensiez, tous les deux. Mais, Gretchen, ça ne peut pas être un flic de Denton, tu le sais bien.

— C'est trop risqué. Je t'en prie. Ne mets pas mon fils en danger.

Josie leva la main.

— OK. Très bien. On oublie Ethan. Mais fais-nous le portrait-robot. On dira que c'est un témoin qui l'a vu près de chez les Wilkins.

Gretchen secoua la tête.

— Impossible. Il le saura. Il saura que c'est moi. Je t'en prie.

— Si vous ne nous aidez pas, vous risquez d'être accusée d'obstruction à la justice, intervint Loughlin.

— Gretchen, il faut qu'on mette la main sur ce type, ajouta Josie. Tu crois qu'il va respecter votre accord ? C'est un meurtrier. Tu penses vraiment qu'il va s'arrêter, comme ça, de tuer ?

— Ne fais pas ça.

Josie se leva.

— Je dois faire mon boulot, Gretchen. Que tu m'aides ou non, je vais l'attraper.

La tension était extrême. Josie attendit un moment, mais Gretchen resta muette. Puis Loughlin soupira, se leva et se dirigea vers la porte, suivie de Josie.

Josie entendit le crissement des pieds d'une chaise sur le carrelage mais, avant qu'elle puisse se retourner, Gretchen l'avait saisie aux épaules. Elle eut à peine le temps de lever les mains pour se protéger le visage. Gretchen l'envoya brutalement contre le mur. Josie tenta de s'écarter de la cloison, lutta pour échapper à la poigne de Gretchen. Elle entendit des cris dans son dos et, quelques secondes plus tard, Loughlin, Bowen et une gardienne maîtrisaient Gretchen et l'écartaient. Mais elle eut quand même le temps de murmurer à l'oreille de Josie, d'une voix pressante et désespérée :

— Il me faut un peu de temps. Juste encore un peu de temps.

Josie attendait à l'infirmerie de la prison du comté, une poche de glace inutilisée posée à côté d'elle sur le brancard. Noah lui faisait face, adossé au mur, bras croisés, et ils attendaient le médecin.

— C'est ridicule, déclara Josie. Ça va très bien, je ne me suis pas cogné la tête.

— Laisse quand même le médecin t'examiner.

— Je ne suis pas blessée. Elle ne m'a rien fait, c'était un accident.

Noah lâcha un rire sarcastique.

— Elle t'a accidentellement cogné la figure contre le mur ?

— Elle ne m'a pas cogné la figure contre le mur. Je n'ai rien. Je ne veux pas qu'on retienne ça contre elle.

— Elle est déjà à l'isolement, de toute façon. On n'aura qu'à la mettre aux fers quand elle aura de la visite.

Le médecin entra, suivi de Loughlin. Quand il alluma une petite lampe torche pour examiner les yeux de Josie, Loughlin annonça :

— Elle refuse de nous aider pour le portrait-robot.

— Ça ne m'étonne pas, dit Josie.

Le médecin lui posa ensuite une série de questions, auxquelles elle répondit le plus vite possible. Enfin, elle eut l'autorisation de repartir.

Les trois policiers se retrouvèrent sur le parking. Pendant que Noah et Loughlin commentaient les révélations du jour, Josie ne cessait de repenser à ce que Gretchen lui avait glissé à l'oreille.

« Plus de temps », pour quoi faire ?

Elle attendit d'être seule en voiture avec Noah pour lui répéter ce que Gretchen avait dit, mais il fut tout aussi incapable de deviner à quoi elle faisait référence.

— On devrait revenir l'interroger, dit-il. Ou bien demander à Bowen de lui poser la question.

— Non. Visiblement, elle cherchait à ne le dire qu'à moi, sinon elle l'aurait dit devant Loughlin. Ça n'était destiné qu'à moi.

— Et tu me le répètes...

Elle lui donna une tape sur l'épaule.

— J'ai besoin que tu m'aides à comprendre.

— Bon. Mais je ne vois pas pourquoi elle aurait besoin de plus de temps. Elle est en prison.

Le téléphone de Josie sonna. Elle y jeta un coup d'œil et grogna :

— C'est Chitwood.

Elle décrocha et aboya :

— Quinn, j'écoute.

Sa voix perçante était presque aussi forte au téléphone qu'en face à face.

— Quinn, il y a une correspondance pour l'ADN provenant de chez les Wilkins. Je n'ai pas encore l'analyse du cheveu récupéré dans la voiture de Gretchen, mais l'ADN trouvé chez les Wilkins est le même que celui enregistré dans la base de données fédérale pour l'Étrangleur de Seattle. Donc... félicitations. Mais grouillez-vous de rentrer au commissariat, parce qu'il y a une conférence de presse à donner et, vu que ce type est misogyne, je pense que vous devriez la donner. Pour vraiment l'énerver.

Il raccrocha avant qu'elle puisse répondre.

— J'ai tout entendu, dit Noah. Je me demande ce qui est le plus bizarre : le moment où il t'a dit « félicitations », celui où il l'a qualifié de « misogyne » ou sa suggestion d'« énerver » un tueur en série.

Josie se mit à rire, Noah l'imita, ce qui les fit rire de plus belle. Cela leur faisait un bien fou après la semaine qu'ils venaient de vivre. Mais cette légèreté se dissipa vite. Ils avaient toujours un assassin à attraper.

— Tu sais, dit Noah en sentant l'atmosphère redevenir grave, je crois que Gretchen va avoir le temps qu'elle demande.

— Qu'est-ce que tu veux dire ?

— Eh bien, quel est l'intérêt de donner une conférence de presse alors qu'on n'a aucune piste ? On va annoncer au grand public qu'un tueur en série que tout le monde croyait mort a frappé ici au lieu de se cantonner à son terrain de chasse habituel, quatorze ans après son dernier crime connu. Et après ? Il va savoir qu'on sait que c'est lui... mais on ne sait toujours pas *qui* il est.

— Exact, grogna Josie. Je ne pense pas qu'il faille faire une conférence de presse sans piste solide. Il pourrait repartir se cacher, et plus personne ne le reverrait.

— À moins de retrouver Ethan. Lui sait qui est l'Étrangleur. Ethan et James l'ont débusqué, dit Noah.

— Oui, mais je pense que toutes leurs recherches ont été faites à partir de l'ordinateur d'Ethan, et il l'a emporté. Ça ne nous aidera pas.

— D'accord. Gretchen pense que le tueur appartient à la police de Seattle. Pourrait-on dresser une liste des flics de Seattle qui soit ont déménagé dans l'Est, soit sont en congés en ce moment ? suggéra Noah.

— Ça doit être faisable, oui. Et on ne pourra peut-être pas faire autrement. Mais si ce type est vraiment de la police, il vaut mieux ne pas risquer de l'alerter avant d'avoir plus d'atouts dans notre manche. Si on passe un coup de fil à la police de Seattle et que ce type a vent de ce qu'on mijote, il risque de disparaître. Cela dit...

— Quoi ?

— Si ce type était de la police, son ADN figurerait dans une base de données quelque part. Et on l'aurait identifié, depuis le temps.

— Exact.

— Donc il n'est peut-être pas flic. Il faut que je jette un coup d'œil aux éléments matériels de l'enquête, dit Josie.

Noah ralentit. Josie se rendit compte qu'ils étaient encore à quelques rues du commissariat.

— C'est quoi, ça ? marmonna Noah quand un embouteillage devant eux les obligea à s'arrêter.

Un peu plus loin, des voitures de patrouille et une ambulance bloquaient la moitié de la rue résidentielle où ils se trouvaient. Josie vit des agents en uniforme sortir d'une maison.

— Gare-toi là, on va voir ce qui se passe.

Noah se rangea le long du trottoir, à un emplacement dont il ne sortirait jamais si la circulation restait paralysée. En approchant de la maison, Josie vit que l'arrière de l'ambulance était resté ouvert. À l'intérieur, une femme était assise sur un brancard, le visage couvert de sang et d'ecchymoses. Owen, penché sur elle, nettoyait délicatement le sang avec un tampon de gaze. Josie, plissant les yeux, reconnut la femme qui avait appelé le commissariat pour violences conjugales pendant qu'elle était de permanence, quelques jours plus tôt. Elle monta dans l'ambulance tandis que Noah allait voir les policiers en uniforme.

— Je suis prête à porter plainte, dit la femme.

Josie hocha la tête avec sympathie.

— Je ferai de mon mieux pour vous y aider. Emmenez-la à

l'hôpital pour qu'on puisse faire un état de ses blessures, ajouta-t-elle à l'adresse d'Owen.

— C'est comme si c'était fait.

Josie mit un pied au sol.

— Je vous rejoins là-bas.

Elle entendit Owen expliquer à la femme que la ville avait ouvert un nouveau centre d'accueil et un foyer pour les victimes de violences conjugales. Mais Josie savait bien qu'elle ne serait pas à l'abri tant que son mari ne serait pas poursuivi en justice.

— L'ancien foyer était à proximité de l'hôpital, dit Owen à la femme. Mais le nouveau est bien plus agréable. Un peu à l'écart. Vous voyez la route qui longe Denton East...

Josie n'écoutait plus. Le cœur battant, elle fila à la recherche de Noah. Quand il croisa son regard, il adressa une brève réponse aux agents à qui il parlait et se dirigea vers elle.

— Que se passe-t-il ? demanda-t-il immédiatement.

— Tu peux prendre en charge cette plainte pour violences conjugales ? Je dois vraiment rentrer au commissariat vérifier quelque chose sur les relevés téléphoniques de James Omar.

— Bien sûr. Pourquoi ?

— Je crois que je sais comment identifier l'Étrangleur.

59

— Quinn ! mugit Chitwood dès que Josie entra dans la grande salle.

Il se tenait à la porte de son bureau, ses cheveux blancs flottant sur ses épaules.

— Où est votre collègue ? demanda-t-il en cherchant Noah du regard derrière elle.

Josie fouillait déjà dans les papiers empilés sur son bureau.

— Fraley ? On est tombés sur une sale histoire, sur le chemin du commissariat. Il faut qu'il aille à l'hôpital recueillir la déposition de la victime.

— Donc la victime est toujours en vie ?

Les relevés téléphoniques n'étaient pas sur son bureau. Elle changea de place et se mit à chercher sur celui de Noah.

— C'est une affaire de violences conjugales.

— Nous devons discuter de celle de l'Étrangleur. Je veux être absolument sûr que nous sommes tous sur la même longueur d'onde.

— Moi aussi, répliqua Josie.

Enfin, elle mit la main sur les relevés téléphoniques de James Omar.

— Laissez-nous encore quelques heures, ajouta-t-elle.

Josie s'attendait à ce qu'il proteste – il détestait leur accorder des délais supplémentaires, quelle qu'en soit la raison –, mais il se contenta de la dévisager longuement.

Puis il fit claquer sa main contre le cadre de la porte et déclara :

— Fraley et vous dans mon bureau, dans deux heures. Et avec autre chose que du vent, c'est compris ?

— Compris, marmonna Josie en hochant la tête.

Mais elle avait déjà commencé à parcourir les relevés, cherchant frénétiquement l'appel passé par Omar qu'elle avait repéré le jour où ils les avaient reçus. Celui qu'elle avait cru être un faux numéro parce qu'il n'avait servi qu'une fois. Le coup de fil passé à la société d'ambulances de Norristown, deux semaines avant le meurtre. Elle dénicha enfin la bonne page, revint à son bureau et alluma son ordinateur. Elle chercha sur internet le nom de la société et, quand elle sut qui elle devait demander, composa le numéro.

Deux heures plus tard, Josie faisait face à son chef, un paquet de feuilles de papier serré contre son cœur. Noah était sur le chemin du retour de l'hôpital. Chitwood tapait impatiemment du pied sur le carrelage. Il regarda ostensiblement la pendule au-dessus de la tête de Josie.

— Je n'ai pas toute la journée, Quinn, lui rappela-t-il.

— Fraley sera là d'un instant à l'autre. Juste une minute, s'il vous plaît.

Avant que Chitwood puisse répliquer, Noah apparut sur le seuil, légèrement essoufflé. Il s'écroula sur un siège et regarda alternativement Josie et son chef, dans l'expectative.

— C'est gentil de vous joindre à nous, dit Chitwood.

— Du nouveau ? demanda Noah à Josie en ignorant son sarcasme.

— L'Étrangleur des âmes sœurs n'est pas de la police, dit Josie en leur montrant ses feuilles. Ce matin, quand on s'est arrêtés pour cette affaire de violences conjugales, j'ai entendu qu'Owen décrivait à la victime l'adresse du nouveau foyer pour femmes.

— Owen ? Qui est-ce ? dit Chitwood.

— Un secouriste, répondit Noah. Il est presque toujours de permanence.

— Et alors ? Certains secouristes d'ici connaissent l'adresse du foyer pour les victimes de violences conjugales, quel est le rapport avec l'Étrangleur de Seattle ?

— L'Étrangleur était aussi secouriste, dit Josie.

Les deux hommes la dévisagèrent, Chitwood avec son scepticisme habituel dont Josie commençait à penser que c'était son air normal, et Noah qui commençait, lui, à comprendre.

— Il y a des secouristes sur presque toutes les scènes de crime, dit ce dernier. Même quand il n'y a personne à soigner, ce sont eux qui emmènent les cadavres à la morgue.

— Et ils discutent avec les policiers, poursuivit Josie. On leur dit des choses. Ils font partie de l'équipe. Ils en savent presque autant que nous sur les crimes violents qui se produisent en ville. Je sais qu'ici, à Denton, par exemple, on s'entend très bien avec tous les secouristes et ambulanciers qui interviennent sur les scènes de crime. Il ne doit pas leur être difficile de laisser traîner une oreille pour écouter nos conversations, ou même de se lier d'amitié avec un des nôtres et de lui poser quelques questions en toute décontraction.

— C'est comme ça qu'il finissait à chaque fois par retrouver Gretchen, dit Noah en prolongeant le raisonnement de Josie. Il lui suffisait d'évoquer sans avoir l'air d'y toucher l'unique victime vivante de l'Étrangleur avec ses copains de la police de Seattle, de faire semblant de s'inquiéter pour elle et de poser quelques questions innocentes.

— Le profilage du FBI dit qu'il est probablement très manipulateur. Imaginez un peu. Il est sur une scène de crime quelconque. Tout le monde s'active. Il se met à parler de l'affaire de l'Étrangleur. Il va peut-être même jusqu'à dire : « Ah, je suis bien content que ça ne soit pas un nouveau meurtre de l'Étrangleur, ce type met toute la ville sur les dents. J'ai du mal à croire que sa dernière victime s'en soit sortie vivante », etc. Et il brode en partant de là.

— Il commence par dire qu'il est vraiment heureux de savoir qu'elle est encore en vie, et il demande au passage de ses nouvelles. Ses copains de la police de Seattle n'y trouvent rien d'anormal, renchérit Noah. Je vois très bien. Certes, les choses sont censées être confidentielles mais, dans ce genre de situation, les limites sont assez floues. Nous avons besoin des secouristes et des ambulanciers. Il est impossible de tout leur cacher.

Chitwood croisa les bras. Pour une fois, il parla à un volume raisonnable.

— Je vous suis. L'Étrangleur est secouriste ou ambulancier. Vous avez la liste de ceux qui étaient présents sur les lieux des crimes de l'Étrangleur en 1993 et 1994 ?

— Mieux que ça, dit Josie, je l'ai trouvé, lui.

Elle indiqua le paquet de feuilles qu'elle avait dans les mains.

— Deux semaines avant d'être abattu, James Omar a passé un coup de fil, un seul, à une société d'ambulances de Norristown, une ville toute proche de Philadelphie. J'ai pensé qu'il avait fait un faux numéro. Pourquoi un étudiant en thèse appellerait-il une société d'ambulances ? J'ai téléphoné à son tuteur, le professeur Larson, et à son père, et je leur ai demandé si James avait eu récemment un accident ou avait fait un séjour à l'hôpital, bref, s'il avait pu avoir une raison de contacter une société d'ambulances. Ce n'était pas le cas. Donc j'ai cherché le nom de la société, j'ai trouvé le nom du superviseur, et je l'ai appelé.

— Vous étiez sûre que ce superviseur ne pouvait pas être l'Étrangleur ?

— Certaine. Il a vécu toute sa vie en Pennsylvanie, dans le comté de Montgomery, et il est trop jeune pour être l'Étrangleur. Il a été très serviable. Il n'a même pas exigé de mandat, une fois que je lui ai expliqué ce qui se passait. Un de ses ambulanciers a rejoint la société il y a cinq ans, et il a soixante-trois ans.

— Soixante-trois ans ? Et il travaille comme secouriste ? dit Noah.

— Le superviseur dit qu'il ne fait presque que conduire – il aurait bien appris la géographie de la région. Il ne fait pas beaucoup d'exercice physique, mais il est en bonne forme, toujours selon son superviseur. Il travaille comme bénévole. Apparemment, il a pris sa retraite assez tôt, à Seattle, et a déménagé dans le coin. Il aime beaucoup la chasse.

— C'était aussi dans le profilage du FBI, ajouta Noah.

— Oui, il correspond au profil.

Josie produisit une copie du permis de conduire d'un homme blanc, aux cheveux blancs qui se raréfiaient, au visage anguleux. Ses yeux marron perçants défiaient l'objectif de l'appareil. La photo ressemblait plus à un portrait d'identité judiciaire qu'à celle d'un permis de conduire. Mais peut-être ne paraissait-il terrifiant que parce que Josie savait tout le mal qu'il avait fait à des personnes innocentes.

— Ed O'Hara. J'ai appelé la police de Seattle et parlé à quelqu'un qui était sur l'affaire quand les Neal se sont fait assassiner en 2004. Lui ne se souvenait pas d'O'Hara, mais quelques-uns de ses collègues plus âgés, si. Ils m'ont dit qu'il était souvent appelé sur des scènes de crime, qu'il travaillait beaucoup. Il s'est marié en 1998 et a eu une fille, mais il a eu beaucoup de problèmes conjugaux. Sa femme a fini par le quitter en emportant sa fille.

— Des problèmes... Des plaintes pour violences conjugales, plutôt, n'est-ce pas ? Il la frappait ?

— Oui.

— Elle a eu de la chance de s'en sortir vivante, dit Chitwood.

Josie acquiesça.

— Le superviseur de Norristown dit qu'il ne l'a pas vu

depuis près de deux semaines. Ils l'ont appelé plusieurs fois pour lui demander d'assurer une vacation, mais il ne répond plus au téléphone. Personne ne l'a revu depuis. La police de Norristown est prévenue, elle va envoyer quelqu'un chez lui. J'ai aussi prévenu la police de Philadelphie, puisque tout ça est lié à la disparition d'Ethan Robinson.

— On a déjà un mandat d'arrêt ? demanda Noah.

— Pas encore, répondit Josie en secouant la tête. Pour l'instant, il n'est que témoin recherché pour les besoins de l'enquête. Il nous faudrait un échantillon de son ADN pour pouvoir l'inculper.

— Ou que quelqu'un l'identifie avec certitude, souligna Noah.

Mais ils savaient que ça ne se produirait pas.

Trois lignes horizontales barraient le front de Chitwood.

— D'accord, dit-il d'une voix encore relativement modérée. Ça va être compliqué. Voyons si la police de Norristown obtient quelque chose. Communiquez sa plaque d'immatriculation à toutes les polices de l'État ; tout le monde doit savoir qu'on le recherche. Mais si on ne peut pas coincer ce type par surprise, je vais y aller frontalement. On va le faire sortir de son trou. L'empêcher de se planquer.

— L'« énerver » ?

— Parfaitement. Quinn va monter au créneau, face caméra. Elle va lui lancer un défi. Le traiter comme le petit cloporte qu'il est et, quand il sortira sa vilaine bobine du sable, on l'alpaguera.

Noah plissa le front.

— Vous voulez que l'inspectrice Quinn vous serve d'appât ?

— Non, ce que je veux dire, c'est...

— Si, c'est précisément ce que vous dites, intervint Josie. Vous voulez m'agiter sous son nez comme un chiffon rouge, attendre qu'il tourne sa fureur contre moi et qu'il s'en prenne à moi.

— Non, non. Ce que je veux dire, c'est qu'il ne pourra pas s'en empêcher. Qu'il se sentira obligé de réaffirmer sa domination, de prouver sa supériorité et, dès que ce sera le cas, il se rendra vulnérable.

Chitwood dut lire leur incrédulité sur leur visage, et soupira de frustration.

— Vous avez oublié ce type du Kansas ? Les policiers l'avaient défié publiquement et il leur avait envoyé un disque dur d'ordinateur, ou quelque chose de ce genre, qui leur avait permis de le localiser.

Josie revit le regard éteint de Margie Wilkins.

— Celui-là n'est pas du genre à envoyer des clés USB. Si on le pousse à bout, il va recommencer à tuer. Et on ne peut pas protéger tous les habitants de cette ville.

— Je pensais que vous approuveriez une approche frontale.

Josie eut un sourire narquois.

— J'ai appris avec le temps que les approches les plus efficaces étaient les plus subtiles.

— Eh bien je trouve subtil de le provoquer. De le faire sortir de son trou. Si vous craignez qu'il se venge, je vous mettrai sous protection. Ou vous pouvez aller chez Fraley, et je fais surveiller vos deux domiciles. Je vous donne vingt-quatre heures pour voir si les polices de Norristown ou de Philadelphie arrivent à l'attraper, pour boucler tout le dossier et bien vous préparer. Demain, Quinn donnera une conférence de presse, et on partira à la chasse au monstre.

La journée parut interminable à Josie et, même après être rentrée chez elle, loin de l'agitation du commissariat et de la paperasse liée aux meurtres de James Omar et des Wilkins qui s'empilait sur son bureau, elle eut encore l'horrible sensation qu'elle courait à la catastrophe. Pas à cause de la conférence de presse. Du temps où elle était cheffe intérimaire de la police de Denton, elle en donnait presque une par semaine. Et elle était passée trois fois dans l'émission *Dateline* avec Trinity. Ce n'était même pas par crainte que le tueur s'en prenne à elle. Afficher son visage et son nom dans la presse augmentait beaucoup leurs chances de le retrouver. Trinity leur garantissait une couverture nationale. Il était probable qu'il se fasse arrêter là où il se terrait avant même qu'il puisse essayer de s'en prendre à Josie.

Mais elle sentait que quelque chose lui échappait.

Qu'avait voulu dire Gretchen en réclamant plus de temps ? Du temps pour quoi faire ?

Elle ramassa tous les jouets du petit Harris qui traînaient au salon. Elle avait été tellement absorbée par l'idée qui lui était venue subitement et par son coup de fil au docteur Larson, la veille, qu'elle n'avait même pas pris le temps de ranger. Elle passa à l'étage et démonta le berceau, prenant un moment pour respirer l'odeur des draps avant de les retirer du matelas. Ils avaient gardé son odeur. Une odeur de soleil, d'air frais et de fruit.

Redescendue au rez-de-chaussée, elle alluma la télévision, sans la regarder. Elle ne faisait que réfléchir aux meurtres, à Gretchen et à son fils. Elle aurait voulu pouvoir arrêter de penser. Avant, dans une situation semblable, elle aurait sifflé une demi-bouteille de Wild Turkey et se serait endormie sur le canapé – un sommeil profond, paisible et sans rêve. Elle appela Noah. Quand il décrocha, elle dit seulement :

— Je suis toute seule chez moi.

— Je suis là dans vingt minutes, répondit-il.

Il n'en mit que dix pour la rejoindre. Il n'avait même pas entièrement franchi le seuil qu'elle se dressa sur la pointe des pieds pour l'embrasser, passer les bras à son cou et l'attirer à elle. Leurs mains, leurs lèvres se cherchaient avec frénésie, comme si leur vie en dépendait. Ils arrivèrent à la chambre de Josie, abandonnant leurs vêtements dans l'entrée, l'escalier et le couloir de l'étage. La peau de Noah était brûlante contre la sienne. Lorsqu'il la déposa sur le lit, il releva la tête pour la regarder dans les yeux. L'air autour d'eux était d'une immobilité insoutenable.

— Quoi ? demanda Josie.

— Tu es sûre de vouloir ?

Josie n'avait jamais été aussi certaine qu'en cet instant. Elle comprit alors qu'elle ne l'avait pas appelé pour la distraire de ses démons ou de ses idées noires. Elle ne voulait pas faire l'amour pour faire taire son angoisse. Bien sûr, elle était contente de penser à autre chose qu'au travail. Mais elle lui avait demandé de venir parce qu'elle désirait sa présence.

— Oui, je suis sûre.

62

Les premières lueurs du jour, grises et indistinctes, atténuées par les rideaux, éclairaient la chambre de Josie. Noah se détourna d'elle pour contempler les larges fenêtres qui faisaient face au lit.

— On n'a pas dormi, constata-t-il.

Josie s'étira et se retourna sur le ventre, le visage dans l'oreiller. Sous les draps entortillés, la main de Noah se posa au bas de son dos et remonta en caressant sa colonne vertébrale.

— Les marathons ne sont pas censés être brefs, plaisanta-t-elle.

Il rit. Sa tête disparut sous les draps et elle sentit peu après sa bouche chaude se poser sur son épaule nue, puis commencer à descendre. Elle ferma les yeux et soupira de contentement. Pour la première fois depuis des mois, elle se sentait l'esprit remarquablement clair, et elle commençait déjà à se repasser tout ce qu'elle savait sur Gretchen, l'Étrangleur et le meurtre des Wilkins.

— Il va tuer Ethan Robinson, dit-elle.

Elle sentit Noah s'immobiliser, puis sa tête émergea des draps.

— Si c'est ça, pour toi, une conversation sur l'oreiller, je pense qu'il faut remettre en question notre relation.

Josie rit. Elle se retourna pour le regarder dans les yeux.

— Désolée. Mais faire l'amour m'aide à réfléchir.

Noah partit d'un grand éclat de rire. Josie lui donna une petite tape sur la poitrine.

— Hé ! Ce n'est pas drôle. Tu ne te sens pas plus lucide, après ?

— Non, après, j'ai plutôt envie de dormir. Bon, pas pour l'instant...

Son index suivait l'os de sa clavicule. Elle le regarda un long moment, tandis que ses mains parcouraient son corps. Son œil fut attiré par la cicatrice sur son épaule droite, datant de la fois où elle lui avait tiré dessus, pendant l'affaire des jeunes disparues. Elle l'effleura délicatement.

— Ethan sait qui est O'Hara, dit Noah. Il est obligé de le tuer.

Leurs mains continuaient de s'explorer, de s'étudier lentement. *Pour rattraper le temps perdu*, se dit-elle.

— Alors pourquoi Gretchen passerait-elle un pacte avec l'Étrangleur pour qu'il laisse Ethan tranquille tant qu'elle endosse le meurtre de James Omar ? Elle ne peut rien lui promettre au nom d'Ethan. Elle ne peut pas lui garantir que son fils n'ira pas voir la police.

— Pourtant, il ne l'a pas fait, jusque-là, remarqua Noah.

— Mais pourquoi ? Pourquoi ne l'a-t-il pas fait ? Il s'intéresse aux tueurs en série depuis qu'il est adolescent. Il a lu le livre sur l'Étrangleur. Il sait exactement de quoi O'Hara est capable, et il doit savoir que c'est lui qui a tué James. Pourquoi n'est-il pas allé directement voir la police ?

— Peut-être parce qu'il se sent coupable. Ce doit être lui qui a convaincu James d'organiser cette rencontre entre Gretchen et l'Étrangleur ou, à tout le moins, il l'a laissé faire. Et maintenant, son ami est mort.

— C'est vrai, reconnut Josie.

Elle repensa à Gretchen qui lui avait dit combien elle était jeune et naïve. Ethan n'avait qu'une vingtaine d'années. Josie ne savait pas du tout quel genre de jeune homme c'était, comment il réagissait au stress.

— Bon, disons qu'Ethan est simplement jeune et naïf. Ça n'explique pas pourquoi Gretchen croit qu'O'Hara est prêt à laisser vivre Ethan. Elle doit savoir. Elle a forcément compris qu'O'Hara sait que le gamin sait qui il est, et qu'Ethan pourrait le dénoncer à tout moment.

— Moi aussi, je suis convaincu qu'elle le sait. Mais si elle t'a demandé un délai avant de rendre toute l'affaire publique, c'est forcément qu'elle prépare quelque chose.

— De quel ordre ?

Sous ses mains, elle sentit qu'il haussait les épaules. Elle n'espérait pas de réponse. Il ne savait rien de plus qu'elle. Elle lui posa une autre question qui n'appelait pas plus de réponse que la précédente :

— Qu'est-ce qu'elle peut bien mijoter ?

— Elle t'a dit que tout ce qui comptait pour elle, c'était de protéger son enfant, lui rappela Noah.

Elle se redressa en sursaut, manquant lui donner un coup de coude à la figure.

— Hé ! Qu'est-ce qui t'arrive ?

— Je sais où est Ethan Robinson.

Josie sauta du lit, fonça vers sa penderie pour enfiler des vêtements propres.

— Habille-toi, ordonna-t-elle à Noah.

— Tu es sérieuse ?

— Tu as vraiment besoin de me poser la question ?

Le commissariat était plutôt calme quand ils débarquèrent à l'accueil avec leurs cafés pris chez *Komorrah's* et se dirigèrent vers leurs bureaux.

— J'ai encore besoin de ces relevés téléphoniques, dit Josie.

— Ceux de Gretchen ou ceux de James Omar ? demanda Noah en posant son café sur son bureau et en commençant à fureter parmi les papiers qui s'y empilaient.

— Ceux d'Omar, dit Josie en fouillant sur son propre bureau.

— Je les ai.

Noah lui apporta le paquet de relevés.

Josie trouva l'appel qu'elle cherchait. C'était le dernier de la liste. Passé depuis le téléphone de James vers celui d'Ethan, dans l'intervalle entre le moment où Gretchen avait quitté le commissariat pour retrouver James chez elle et celui où la première voiture de police était arrivée sur place pour constater que James était mort, dans l'allée.

— C'est Gretchen qui a passé ce coup de fil, dit Josie en montrant l'appel à Noah. Pas O'Hara. Elle s'est débrouillée pour être seule, ou en tout cas hors de portée d'oreille d'O'Hara, assez longtemps pour mettre la main sur le téléphone de James et appeler Ethan. Regarde, l'appel dure quatre minutes.

— Combien de temps faut-il pour désactiver un TDM ?

— Je n'en sais rien. Mais si c'est O'Hara qui l'a débranché, ça a bien dû lui demander au moins quatre minutes.

— Donc Gretchen est seule dans la voiture pendant qu'O'-Hara retire l'antenne extérieure et jette l'ensemble dans le fleuve.

— Exactement.

— Mais qu'est-ce qu'elle dit à Ethan, alors ? Elle dispose de quatre minutes. Qu'est-ce qu'elle lui dit ?

— Elle lui dit de faire la même chose qu'elle quand elle avait son âge. Quand elle était jeune, naïve et qu'elle avait besoin qu'on la protège. Elle lui dit d'aller voir les Devil's Blade.

Noah la dévisagea un long moment. Comme il restait muet, elle ajouta :

— Réfléchis. C'est le meilleur plan qu'elle puisse échafauder. Elle sait que les Devil's Blade le cacheront. Voilà pourquoi elle a besoin de temps supplémentaire. O'Hara est tellement sûr de lui qu'il pense être plus malin qu'elle. Il doit déjà être en train de chercher Ethan pour le tuer. Mais dès qu'elle saura que son fils est à l'abri, elle le dénoncera.

Josie laissa à Noah le temps de digérer son raisonnement. Il plissa le front.

— Qu'est-ce qu'on fait, alors ? demanda-t-il. On appelle tout bêtement le chapitre des Devil's Blade de Seattle et on leur dit : « Salut, on cherche ce gamin ? »

Josie se mit à rire.

— Non, bien sûr que non. J'ai une meilleure idée. Si Ethan peut se planquer chez les Devil's Blade, c'est sûrement en passant par l'homme et la femme qui ont offert le blouson à Gretchen. Je vais appeler Steven Boyd, à la brigade criminelle de Philadelphie, pour lui demander s'il connaît leurs noms ou, du moins, s'il sait comment les contacter. Il m'a dit que les gars de Linc Shore venaient tous les jours au procès. Et après, on les retrouvera.

64

Boyd n'avait les noms ni de l'homme, ni de la femme. Il promit de tout faire pour les trouver, et de la rappeler dès que possible. Entretemps, Josie relut, sur le site Philly.com, les articles ayant trait au double meurtre et au procès, et chercha cette fois une quelconque mention de la femme – ou petite amie – de Linc Shore, ou d'un membre quelconque des Devil's Blade. En vain. Elle appela Jack Starkey pour savoir si lui ou un de ses contacts du BATAE connaissait la petite amie de Linc Shore ou quelqu'un qui ait pu lui être particulièrement proche. Il apparut que Linc Shore avait eu plusieurs petites amies, et avait été très lié à plusieurs des membres du gang. Josie lui suggéra de réduire la liste à tous ceux qui auraient pu être assez proches de Linc Shore pour aller jusqu'à Philadelphie pour assister au procès de ses assassins. Starkey lui promit de s'y mettre et de la rappeler ensuite.

La matinée passa au rythme des coups de téléphone passés par Josie et Noah pour suivre la piste des Devil's Blade afin de localiser Ethan Robinson. Il était près de midi quand Chitwood apparut à côté d'elle.

— Quinn, nous avons une conférence de presse à donner.

— Chef, plaida-t-elle. Laissez-moi un jour ou deux, s'il vous plaît. Je pense pouvoir localiser Ethan Robinson. Il pourra nous certifier qu'O'Hara est bien l'Étrangleur. Il dispose de son ADN. Et nous pourrons établir un mandat d'arrêt.

— Je ne peux pas vous accorder de délai supplémentaire, Quinn, dit Chitwood d'une voix étonnamment douce. Il faut se lancer à sa poursuite. Il a tué trois personnes dans cette ville en l'espace de quelques jours. Plus il passe de temps en liberté, plus il y a de risques qu'il tue encore. Il faut que sa tête apparaisse sur toutes les chaînes télé et tous les sites internet de ce pays. Quelqu'un va le reconnaître. D'ici là, on aura retrouvé le gamin. Nous ne pouvons plus attendre.

Depuis le bureau d'en face, Noah approuva en silence. Elle aurait préféré avoir Ethan Robinson sous sa protection avant de déchaîner la presse sur Ed O'Hara, mais elle se sentait quand même mieux en sachant qu'ils avaient une bonne piste pour retrouver Ethan. Ce n'était qu'une question de temps. L'amère vérité, c'était qu'Ethan était probablement mieux protégé par un gang de bikers que par une police qui n'avait peut-être pas les ressources suffisantes pour le placer en lieu sûr. Ou que s'il était seul dans la nature.

— OK, souffla-t-elle.

Chitwood lui donna une petite tape sur l'épaule.

— Réunion de préparation dans une heure. La presse sera là dans deux.

Josie n'avait pas fait face aux caméras depuis des mois, et cela ne lui avait pas manqué le moins du monde. Dans les vingt-quatre heures qui avaient suivi la décision de Chitwood de convoquer une conférence de presse, il avait réussi à prévenir presque toute la planète que le double meurtre commis en Pennsylvanie centrale la semaine précédente était lié à une ancienne affaire de tueur en série jamais résolue. Quand l'exercice débuta, près de deux heures plus tard, ils avaient dû se déplacer sur le parking de la mairie pour que tous les journalistes puissent s'y tenir. Caméras et spots étaient pointés sur Josie qui se tenait derrière un pupitre orné du blason de la police de Denton. Elle avait essayé de masquer sa cicatrice avec du maquillage, mais savait que ça ne suffirait pas.

Elle fit ce que Chitwood avait suggéré. Après avoir détaillé le meurtre des Wilkins et les éléments qui le reliaient à la vieille affaire de l'Étrangleur des âmes sœurs de Seattle, après avoir annoncé qu'ils recherchaient un suspect nommé Ed O'Hara, elle se redressa, fixa l'objectif des caméras comme si elle regardait le tueur dans les yeux et délivra le message préparé à son intention.

— C'est terminé. La partie est finie. Nous savons qui vous êtes. Nous avons votre adresse. Votre règne de terreur s'achève. Vous pouvez simplifier les choses, pour vous et pour vos victimes, en vous rendant immédiatement. Mais ne vous y trompez pas : je n'aurai de cesse que vous soyez arrêté, les menottes aux poignets.

Elle refusa de répondre aux questions. En repartant vers le commissariat, le manque de sommeil de la nuit précédente la rattrapa. Quand elle arriva à son bureau, elle aurait pu y poser la tête et dormir six heures d'affilée. Heureusement, Noah l'attendait avec une tasse de café qu'il posa devant elle.

— Merci.

— Tu as été très bien, dit-il. On va attendre que les journalistes s'en aillent, et ensuite on achètera de quoi manger un morceau et on s'en ira.

— Ça me va parfaitement, dit Josie en souriant.

— Chez moi, ce soir ?

Josie se rendit compte qu'il n'était même pas repassé chez lui se changer.

— Absolument.

65

Ils quittèrent le commissariat tôt, allèrent chez Noah et s'écroulèrent sur son lit. Trop épuisés pour batifoler, ils s'endormirent profondément. Quand Josie s'éveilla, il faisait nuit. Un coup d'œil au réveil lui apprit qu'elle avait dormi quatre heures. À côté d'elle, Noah, sur le dos, ronflait faiblement. Elle se pencha pour suivre du doigt la forme de sa mâchoire, passa la main dans ses épais cheveux bruns. C'était une chose qu'elle voulait faire depuis longtemps mais qui, bien sûr, était impossible tant qu'ils n'étaient que collègues. Maintenant, tout était différent.

En souriant, elle l'embrassa pour le réveiller.

Une heure plus tard, ils étaient douchés et, en survêtement, étaient attablés dans la cuisine de Noah, face à un assortiment de plats chinois qu'ils s'étaient fait livrer.

— Ça, dit Noah en piquant de sa fourchette un morceau de poulet à la sauce aigre-douce, c'est vraiment chouette.

— Ce que tu manges ? demanda Josie, taquine.

— Non, répliqua-t-il en agitant sa fourchette. Ça. Nous. Ensemble, sans être interrompus. Enfin.

Il avait raison, bien sûr, mais elle savait que ce n'était qu'un répit temporaire. À tout moment, l'un de leurs téléphones allait sonner – pour leur donner un tuyau, ou des bonnes nouvelles à propos d'Ethan Robinson, comme elle l'espérait. Mais elle ne pouvait pas oublier Gretchen lui chuchotant à l'oreille qu'il lui fallait plus de temps. C'était comme un caillou dans sa chaussure. À chaque fois qu'elle pensait s'en être débarrassée, elle se remettait à marcher et le caillou revenait lui meurtrir la plante du pied.

— Hmm, je connais cette tête, dit Noah.

Josie cligna des yeux et reporta son attention sur le visage de Noah, sur le joli début de barbe qui commençait à lui manger les joues.

— Je fais une tête particulière ?

— Tu penses au boulot.

Il prit une bouchée de riz. Il n'avait l'air ni agacé, ni ennuyé, et elle l'aimait aussi pour ça.

— Pardon.

Il sourit.

— Ne t'excuse pas. Je sais que tu ne peux pas t'en empêcher. Vas-y, dis-moi à quoi tu penses.

Elle soupira, se servit un nem, triturant son enveloppe croustillante.

— J'ai l'impression que quelque chose m'échappe.

— Encore ?

— Est-ce qu'Ethan ne devrait pas être sous la protection des Devil's Blade, à l'heure qu'il est ? Ça fait une semaine.

— Difficile à dire, répondit Noah. On suppose qu'il est allé voir le chapitre de Seattle. On ne sait pas quelles instructions Gretchen a eu le temps de lui transmettre. Elle n'a peut-être pu lui donner qu'un nom. Il a dû aller jusqu'à Seattle, essayer de localiser un homme, ou une femme, et le convaincre, ou la convaincre, de demander au gang de le protéger. Gretchen a réclamé du temps. Elle doit attendre une sorte de signal de la part du gamin, ou de la part des Devil's Blade.

— Je continue à penser qu'il y a autre chose, quelque chose d'important, qu'on n'a pas encore découvert.

— Je ne suis pas sûr qu'il nous reste grand-chose à apprendre. On sait qui a tué James Omar. On sait pourquoi Gretchen a menti. On sait qui a tué les Wilkins. On connaît l'identité de l'Étrangleur des âmes sœurs, et on a même une assez bonne idée de l'endroit où se trouve Ethan Robinson.

Josie reposa son nem. Il avait raison, bien sûr, mais elle restait préoccupée. Il posa sa fourchette, se leva et lui tendit la main.

— Allez, viens, je vais t'aider à t'éclaircir les idées.

Josie rit, prit sa main et se laissa guider à l'étage.

66

Josie fut réveillée par le *bip* de son téléphone portable. Elle tendit le bras par-dessus Noah, endormi, pour s'en emparer. La lueur bleue de l'écran éclaira toute la chambre. Il était minuit. C'était Trinity.

Je pense qu'on devrait participer à l'étude sur les jumeaux du professeur Larson. Ça nous permettrait peut-être d'accéder aux méthodes et aux programmes que les gamins ont utilisés pour retrouver ce tueur en série. Au fait, bravo d'avoir résolu l'affaire.

Josie soupira et répondit :

Il est tard. Je ne participerai pas à l'étude. Et merci.

La réponse lui parvint une minute plus tard :

Je croyais que tu ne dormais jamais.

Josie jeta un coup d'œil à Noah.

Je crois que je vais m'y mettre.

Trinity insista :

Réfléchis, pour l'étude sur les jumeaux. Larson dit qu'il est très rare que des jumeaux soient séparés à la naissance. On pourrait vraiment l'aider, et ça ne nous demande que quelques entretiens.

Josie répliqua : *Tu cherches seulement à écrire un article sur l'utilisation de l'ADN pour retrouver des assassins.*

Trinity répondit par : *Je cherche toujours à écrire un article,* suivi d'une émoticône souriante et tirant la langue. *Allez, participons à ce truc.*

Non !!!

OK. On en reparle.

— Bon sang, grommela Josie.

Elle relut leur échange et sourit malgré elle. Puis quelque chose frémit dans son subconscient et la pièce manquante se mit en place. L'épigénétique. L'étude sur les jumeaux. Les jumeaux séparés à la naissance.

— Bon Dieu de merde !

Comment avait-elle pu passer à côté de ça ? Tout était là, sous ses yeux, depuis le début.

— Noah, dit-elle en lui agrippant l'épaule.

Il grogna dans son sommeil.

— Noah, j'ai compris. Je sais ce que Gretchen nous cache.

Il marmonna quelques mots inintelligibles et se retourna sur le ventre. Elle voulut le réveiller pour de bon, en discuter avec lui, mais changea d'avis. Sa découverte avait beau être un choc, elle ne pouvait absolument rien faire, pas avant le lendemain matin, en tout cas. Mais l'adrénaline courait dans ses veines, tout son corps était en feu. Elle tenta de retrouver le sommeil en écoutant la respiration régulière de Noah, en sentant la chaleur irradier de son corps. Au bout de vingt minutes, elle renonça et descendit au rez-de-chaussée. Elle avait passé assez de temps chez lui pendant l'affaire Belinda Rose pour ne pas être obligée d'allumer. La lumière du réverbère de la rue qui filtrait par l'imposte éclairait suffisamment l'entrée, et l'horloge de la box internet au salon était assez lumineuse pour lui permettre d'aller jusqu'à la cuisine.

Elle venait de franchir le seuil de la cuisine, le doigt posé sur l'interrupteur, quand une alarme se déclencha sous son crâne. Elle refit mentalement son parcours en sens inverse : le salon, puis l'entrée. L'entrée. À la faible lueur du réverbère, elle avait vu la console où ils posaient habituellement leurs clés. En arrivant, ils étaient tellement épuisés qu'ils y avaient aussi laissé leurs armes de service dans leurs holsters. Noah y avait même posé son téléphone. Mais quand elle était passée devant, il n'y avait qu'un vieux blouson de cuir.

Elle cessa de respirer, la gorge serrée. Son doigt posé sur l'interrupteur se mit à trembler.

Un blouson de cuir. Le blouson de Gretchen.

Ce qui signifiait qu'Ed O'Hara, l'Étrangleur des âmes sœurs de Seattle, était ici, chez Noah.

67

L'esprit en surrégime, elle repensa à tout ce qu'elle avait appris grâce au forum et à Jack Starkey. Et même à la scène de crime chez les Wilkins. La lampe torche. Il devait avoir une lampe torche. Qui lui servait à désorienter ses victimes, dans l'obscurité – ça faisait partie de son mode opératoire.

Josie alluma le plafonnier de la cuisine. Elle n'allait pas lui laisser l'avantage de la surprise. Dans sa poitrine, son cœur battait si fort que tout son corps vibrait. Lentement, elle traversa la pièce et ouvrit un placard, y prit un verre en essayant d'avoir l'air naturel, tout en se demandant quoi faire. Elle pouvait fuir. Passer par la fenêtre de la cuisine, par la porte du jardin. Mais elle ne pouvait pas laisser Noah tout seul. Elle ne pouvait pas l'abandonner. Le téléphone de Noah avait disparu, leurs armes aussi. Son téléphone à elle était resté dans la chambre. Elle pensa aux policiers promis par Chitwood pour les protéger. Étaient-ils toujours là, dehors ? Le tueur les avait-il neutralisés, ou était-il entré par l'arrière de la maison sans qu'ils s'en aperçoivent ? Elle devait faire comme si O'Hara les avait neutralisés, ne pas compter sur leur aide. Serrant le verre entre ses doigts, elle se demanda comment elle agirait, elle, pour réduire à l'impuissance deux policiers sans tirer un coup de feu. Il y avait une infinité de possibilités pour quelqu'un d'assez résolu ou d'assez manipulateur, et elle savait qu'O'Hara était les deux.

Elle desserra les doigts et le verre tomba sur le carrelage, se brisa violemment, avec un son aussi puissant qu'une détonation dans cette petite pièce. Elle sentit un éclat de verre se planter dans son mollet. Elle tendit le bras vers le placard, s'empara de deux autres verres et les jeta au sol. Des éclats volèrent en tous sens, mordirent la chair de ses pieds, de ses jambes. Lorsqu'elle eut brisé tous les verres, elle s'attaqua aux assiettes.

— Josie ?

C'était la voix de Noah.

Ses pieds nus couverts de sang, elle retraversa la pièce en essayant d'éviter de son mieux le verre brisé au sol. Une fois sur le seuil, elle vit que Noah avait allumé le lustre qui éclairait le couloir de l'étage, l'escalier et une partie de l'entrée.

Pieds nus, torse nu, vêtu de son seul caleçon, Noah descendait, les yeux bouffis de sommeil. Il s'arrêta trois marches au-dessus du bas de l'escalier.

— Qu'est-ce qui se passe ?

Josie sourit.

— Je suis vraiment désolée. J'essayais d'attraper quelque chose au fond du placard et j'ai fait tomber tous les verres.

Noah se grattait la tête, l'observant toujours dans la pénombre.

En silence, espérant qu'il saurait lire sur ses lèvres, elle articula : « Il est là. Il a pris nos armes. Mon téléphone est dans la chambre. »

Josie vit ses épaules se raidir, la fatigue s'effacer de son visage et sa posture se tendre lorsqu'il comprit.

— Oh, répondit-il. Bon, je vais t'aider à tout nettoyer.

« Où ça ? » dit-il muettement.

— Non, ne t'embête pas, je vais le faire, dit-elle en levant une main. Remonte te coucher.

« Je ne sais pas », répondit-elle toujours sans parler.

Il pouvait être n'importe où – dans l'entrée, le salon, ou même dans la salle à manger dont Noah ne se servait jamais –, mais Josie était certaine qu'il écoutait ce qu'ils se disaient. Allait-il attendre qu'ils soient tous les deux réunis pour frapper ? Ne se mettaient-ils pas en danger en restant là aussi longtemps à parler ?

— Tu es sûre ? demanda Noah avant d'articuler en silence : « Sauve-toi ! »

Il voulait qu'elle s'enfuie. Par la porte ou par la fenêtre de la cuisine, qu'elle s'échappe.

« Je ne te laisserai pas tout seul ici. »

— Oui, oui, je m'en occupe, dit-elle à voix haute.

« Mon téléphone est dans la chambre ! »

Elle ne pouvait pas l'abandonner. Elle n'avait jamais reculé devant un combat de toute sa vie. Elle n'allait pas fuir celui-ci et laisser l'homme qu'elle aimait face à un monstre qui tuait aussi facilement qu'il respirait.

— OK, fit Noah. Je t'attends là-haut.

De la main droite, il mima un pistolet dont il pointa le canon imaginaire vers le plafond. Il avait une autre arme à l'étage. Il fallait qu'il aille la chercher.

« Fonce ! » dit-elle sans un bruit, juste avant de sentir le métal froid d'un canon se poser sur sa nuque, et une main robuste lui serrer l'épaule. Sur le visage de Noah, elle lut le choc, un bref moment de panique qui fit vite place à la fureur.

Puis une voix dans son dos :

— Pourquoi ne pas inviter Noah à nous rejoindre ?

En entendant O'Hara prononcer le nom de Noah, Josie fut traversée de frissons. Son cœur s'arrêta, bondit, s'arrêta encore et bondit de nouveau. Depuis quand était-il là ? Qu'avait-il entendu ? Était-il déjà caché dans la maison quand ils avaient fait l'amour ? Quand ils avaient discuté de l'affaire ? Il cultivait sa furtivité depuis des dizaines d'années.

— Lâchez-la, gronda Noah en descendant d'une marche.

O'Hara se mit à rire. Josie sentit son souffle sur ses cheveux.

— Je ne crois pas, fiston. Ta dame et moi, on va passer un bon moment ensemble. Je vais te montrer comment il faut faire. Tu devrais rester pour nous regarder.

Josie essayait d'évaluer la situation. Elle devait faire comme si l'unité de protection, dehors, ne pouvait pas venir à leur secours. Mais ils étaient dans un quartier résidentiel, et les voisins immédiats de Noah entendraient les coups de feu s'il commençait à tirer. Malgré cela, il avait tué James Omar d'une balle dans le dos, en plein jour, dans une rue comme celle-ci, et personne n'était venu voir ce qui se passait.

Pourtant, il n'avait jamais tiré quand il était l'Étrangleur des âmes sœurs, sauf sur Billy Lowther, et seulement parce que les choses n'avaient pas tourné comme prévu. Mais c'était il y a vingt ans, quand il était encore anonyme. Aujourd'hui, il était dos au mur. Tout le pays était à sa recherche. S'il voulait les tuer et s'en sortir, il lui fallait maîtriser certaines de ses pulsions. Et son temps était limité. Si les agents chargés de leur protection, dehors, ne contactaient pas le central dans l'heure qui suivait, on enverrait une seconde unité sur place pour vérification. Josie ne doutait pas qu'O'Hara soit prêt à tirer, mais, l'espérait-elle, seulement en dernier recours. Ça n'était pas une raison pour lui laisser le contrôle de la situation.

Elle croisa le regard de Noah.

« Baisse-toi à mon signal », articula-t-elle en silence.

O'Hara la poussa en avant et ils s'approchèrent de Noah.

— Et maintenant, on va rester tous les trois. Toi, tu vas chercher quelque chose pour que ta petite copine puisse t'attacher, et on va t'accompagner pour que tu n'essaies pas de jouer les héros. Si tu tentes la moindre chose, la moindre, cette connasse meurt. Tu as compris ?

Josie gardait les yeux rivés sur Noah. Son hochement de tête fut à peine perceptible. Elle compta en silence. « Trois, deux, un... »

Noah plongea en bas des marches, roula hors de vue, jusque dans le salon. Au même instant, Josie sentit la prise d'O'Hara sur son épaule se relâcher et le canon du pistolet s'écarter de quelques centimètres. Elle fit remonter son talon le long du jean du tueur, pour que sa jambe lui serve de guide afin de ne pas manquer sa cible lorsqu'elle l'abattit de toutes ses forces sur le dessus de son pied. Comme il portait des baskets, le coup ne suffit pas à lui faire vraiment mal, mais la surprise lui fit perdre une fraction de seconde. D'un geste fluide, elle saisit la main qui lui serrait l'épaule et lui tordit le poignet. Il cria de douleur. Elle lui souleva la main, se glissa sous son épaule et se redressa dans son dos en lui tordant violemment le bras tandis qu'il perdait l'équilibre. Son autre main laissa tomber le pistolet, que Josie écarta d'un coup de pied. Elle voulut l'assommer en lui cognant la tête contre le mur, mais l'homme était solide et il résista, donnant un grand coup de tête en arrière qui la cueillit au front. Josie vit des étoiles et lâcha prise. Il s'aida du mur pour la repousser et l'envoya s'écraser contre le mur opposé. Elle tomba au sol, sonnée, désorientée. Il se précipita, se mit à califourchon au-dessus d'elle et referma les mains sur sa gorge. Elle tenta de desserrer son étreinte, mais une brume sombre obscurcissait sa vision. Ses poumons étaient en feu, la pression sur sa trachée, insupportable. O'Hara serrait de plus en plus fort et Josie se sentit perdre conscience. Il n'avait pris le dessus que depuis quelques secondes, mais cela lui parut une éternité. De tout son corps, elle luttait pour respirer, pour échapper à sa prise, chaque pore de sa peau inondé de peur. Où était passé Noah ? Et puis tout à coup, O'Hara s'immobilisa. Son étreinte se relâcha. Josie hoqueta. Noah, debout derrière O'Hara, pointait un pistolet pointé sur la tête du tueur.

— Lâche-la ! dit-il.

O'Hara leva les mains. Josie avala une grande goulée d'air, se frotta la gorge. Elle se tortilla pour essayer de se dégager, sans succès.

— Lève-toi, ordonna Noah. Et garde les mains bien visibles.

O'Hara ne bougea pas.

Normalement, ils auraient ordonné à un suspect de s'allonger à terre, mais Josie était sous lui, et elle n'arrivait toujours pas à se libérer. Son poids la clouait au sol.

Noah se mit à crier :

— J'ai dit « lève-toi » ! Tout de suite, O'Hara ! Relève-toi, et garde les mains en l'air !

O'Hara restait immobile.

— Ça suffit, maintenant, dit Noah.

Ne tenant plus son arme qu'à une main, il saisit O'Hara par

le col et voulut le repousser sur son côté droit, pour libérer Josie. O'Hara sembla se laisser faire puis, vif comme l'éclair, donna un coup de poing dans le poignet de Noah.

Le coup de feu fut assourdissant dans la petite entrée. Dans la pénombre, un éclair jaillit du canon de l'arme. Josie sentit son bassin libéré d'un poids et se redressa péniblement. Noah et O'Hara luttaient, presque impossibles à distinguer l'un de l'autre, et roulèrent vers le salon. Titubant dans le couloir à leur suite, elle chercha du regard le pistolet tombé au sol. Le sang coulait sur ses jambes hérissées d'éclats de verre, laissant une traînée rouge au sol. Elle tâtonna à la recherche de l'interrupteur. Du salon lui parvenaient des grognements, des bruits de verre, de meubles brisés. Elle trouva enfin l'interrupteur, l'actionna. La table basse était renversée, un pied cassé. Une lampe gisait, en miettes, sur le tapis. Devant l'écran de télévision, O'Hara, à cheval sur Noah, au sol, le martelait de coups de poing que ce dernier parait tant bien que mal, avant-bras repliés devant le visage.

Josie ne voyait toujours pas le pistolet perdu par O'Hara. Elle tenta de rassembler ses esprits et, avec un cri venu du plus profond d'elle-même, se projeta de tout son poids contre le meurtrier et le renversa. Elle entendit le crâne de son adversaire craquer en heurtant le mur. Elle profita de son étourdissement momentané pour se redresser et lui cogner une seconde fois la tête contre le mur d'un coup de genou. Battant des bras, il se contorsionna pour essayer de l'attraper. Un coup de pied dans la poitrine l'allongea au sol.

— Noah ! appela-t-elle, à bout de souffle.

Elle s'accroupit et tenta de retourner O'Hara sur le ventre pour pouvoir lui bloquer les mains dans le dos, mais il se débattit. Un de ses coups de poing la toucha à la joue, là où Gretchen lui avait fendu la peau quelques jours plus tôt, et lui fit perdre l'équilibre. Elle retomba sur les fesses, hoquetant de douleur, et essaya de se redresser. Elle vit O'Hara se ruer sur elle et lever les mains vers son visage, cherchant la gorge, les yeux. Puis il y eut un éclair métallique et la tête d'O'Hara bascula sur le côté.

Noah avança d'un pas entre eux deux, fit tourner le pistolet dans sa main pour en pointer le canon sur la tête d'O'Hara.

— Ne la touche pas, enfoiré.

Avant qu'O'Hara se remette du coup porté à sa tempe, Josie et Noah le retournèrent sur le ventre.

Ils n'avaient ni menottes, ni liens de serrage en plastique. Noah bloqua les bras du tueur, repliés haut sur ses omoplates, fit peser un genou sur ses poignets, l'autre sur son cou, et posa le canon du pistolet sur sa tête.

— Monte chercher ton téléphone, dit-il à Josie. Appelle le 911. Et ensuite, va voir dehors si la patrouille est toujours là.

69

Pour la troisième fois en un peu plus d'une semaine, Josie était assise sur un lit d'hôpital, réprimant un hoquet à chaque fois que l'infirmière retirait un éclat particulièrement gros de ses mollets ou de ses pieds. Si on ajoutait à ça la brûlure de l'antiseptique avec lequel on avait nettoyé tout le sang avant de commencer à retirer les morceaux de verre, Josie avait l'impression d'avoir les deux jambes en feu. Noah, debout en face d'elle, bras croisés, grimaçait en même temps qu'elle.

— Ça va aller, lui dit-elle. Vraiment, ce n'est rien.

— Il y avait quand même beaucoup de sang.

— Toutes les plaies sont très superficielles, marmonna l'infirmière sans lever les yeux de son ouvrage. Jusqu'ici, deux seulement demandent des points de suture. Vous avez eu beaucoup de chance, ajouta-t-elle en s'adressant à Josie.

Oui, se dit Josie. *Oui, beaucoup.*

Elle reposa la tête sur l'oreiller et s'obligea à respirer lentement et à fond. Elle tendit la main et sentit une seconde plus tard celle de Noah la saisir.

— Parle-moi, ordonna-t-elle. Fais-moi penser à autre chose.

— Comment as-tu su qu'il était là ? Il a fait du bruit en s'introduisant dans la maison ? Je n'ai rien entendu.

— Je ne dormais pas, expliqua Josie.

Elle ouvrit les yeux et fixa le visage de Noah au lieu de les baisser sur ses jambes lacérées.

— Trinity m'a envoyé un SMS. Ça m'a réveillée. Et puis j'ai compris ce que Gretchen nous cachait encore. J'ai voulu me rendormir, mais en vain.

— Pourquoi tu ne m'as pas réveillé ?

— J'ai essayé. Mais tu dormais tellement profondément... Et je me suis dit que tu ne serais pas content si je te réveillais pour te parler de quelque chose qui pouvait très bien attendre le lendemain matin.

— Ça n'aurait pas été pire que de me réveiller avec toute ma vaisselle cassée et un tueur en série chez moi.

Josie se mit à rire. Noah serra doucement sa main.

— Alors ? Qu'est-ce que c'était ? Que nous cachait Gretchen ?

— Ethan Robinson a un frère jumeau – ou une sœur jumelle. Quand Gretchen est tombée enceinte après avoir été violée par O'Hara, et qu'elle s'est cachée chez les Devil's Blade, elle a eu des jumeaux. Voilà pourquoi Ethan n'était pas encore arrivé à Seattle. Gretchen lui a demandé d'aller chercher son autre enfant et de l'emmener avec lui.

70

UNE SEMAINE PLUS TARD

Gretchen était assise à la table de la salle de conférences du commissariat. Elle jouait avec le bouchon dévissé de la bouteille d'eau que lui avait donnée Noah, en le pinçant entre ses index. L'objet lui échappa et rebondit trop loin, vers l'autre bout de la table où se tenait Josie. Gretchen tenta de le rattraper avant qu'il ne l'atteigne, mais ne réussit qu'à renverser sa bouteille. Une flaque s'étala sur la table. Josie saisit adroitement le bouchon au vol, redressa la bouteille et déclara :

— Une minute, s'il te plaît.

Elle revint avec un rouleau d'essuie-tout et aida Gretchen à éponger.

— Je suis vraiment désolée, dit cette dernière.

Josie lui sourit.

— Ce n'est que de l'eau.

Au lieu de se rasseoir, Gretchen se mit à faire les cent pas. Josie, elle, se rassit et l'observa aller et venir, tournant la tête de droite à gauche et de gauche à droite comme un métronome.

— Ça va aller, lui dit Josie.

— Tu crois ?

Josie pianota sur le plateau de verre.

— Hé ! dit-elle pour obliger Gretchen à s'arrêter et à la regarder. Oui, ça va aller. Tout va bien se passer.

Gretchen s'appuya des deux mains sur le dossier d'une chaise et se pencha en avant.

— Comment as-tu su ? Comment as-tu deviné ?

Discuter, assembler les pièces du puzzle les apaisait toujours, toutes les deux.

— L'étude, enfin, une des études sur lesquelles le docteur Larson et James Omar travaillaient concerne les jumeaux séparés à la naissance. C'est celle qui passionnait le plus Larson quand je l'ai rencontré. Il m'a demandé si Trinity et moi voulions y participer. Quand j'ai refusé, il l'a appelée, elle, pour essayer de l'embarquer.

— Lourdingue...

— Non, passionné, je crois. Je veux dire, oui, il a insisté lourdement, mais je crois qu'il ne pense pas à mal. Il veut sincèrement aider les gens grâce à ses recherches. Quoi qu'il en soit, au début, j'ai simplement cru qu'Ethan s'intéressait à ses parents biologiques, et que James l'avait aidé à les retrouver, en passant par les profils génétiques de leurs cousins éloignés. Tu sais qu'il y a des tas de sites qui font ça, maintenant.

— Oui. Il y a tout le temps des publicités à la télé. « Votre arbre généalogique étendu pour 99 dollars. »

— Exactement. Je pense qu'Ethan a fait un de ces tests ADN, et qu'il a découvert qu'il avait un jumeau.

— Une jumelle, corrigea Gretchen.

— Pardon ?

— Ethan a une sœur, pas un frère. Ce sont des faux jumeaux. Garçon et fille, un de chaque, dit Gretchen en souriant tristement.

— OK, une jumelle, reprit Josie. Je crois qu'Ethan l'a contactée et lui a demandé de participer à l'étude de James sur les jumeaux. Ceux séparés à la naissance. Je dirais que c'est comme ça que ça a commencé. Il n'avait probablement pas compris que seuls les jumeaux monozygotes pouvaient participer à l'étude. Ethan étudiait la criminologie, pas la génétique ni l'épigénétique.

— Et elle a accepté ? Ça veut dire que Larson a son nom et son adresse, quelque part dans ses dossiers, dit Gretchen d'une voix inquiète qui dérapait vers les aigus.

— Non. Comme je le disais, ils ne pouvaient pas y participer, puisqu'ils étaient dizygotes. Et même, je ne crois pas qu'elle aurait accepté. Mais elle avait envie de vous retrouver, toi, et son... père. Je crois qu'Ethan s'est mis à creuser un peu plus. Je pense qu'il a deviné que tu étais sa mère et, en fouillant dans ton passé, il a découvert que tu avais été victime de l'Étrangleur.

— Mon Dieu, dit Gretchen en fermant les yeux. Mais alors, pourquoi n'a-t-il pas simplement appelé la police ?

— La police, c'était toi.

Gretchen rouvrit les yeux. Ils brillaient de larmes.

— Je n'étais pas prête. Quand James m'a appelée – en se faisant passer pour Ethan –, il ne m'a pas dit qu'il... qu'il...

— Qu'O'Hara viendrait avec lui ?

Gretchen hocha la tête.

— Oui. Quand il m'a téléphoné pour me dire qu'ils étaient chez moi, j'ai cru qu'il parlait de lui et de sa sœur. J'ai paniqué. Je n'étais pas prête pour cette rencontre. Je suis rentrée chez moi en passant par le jardin, parce que je voulais les voir de loin d'abord. Simplement les voir. Je ne savais pas comment ça allait se passer. Je ne savais pas s'ils ressemblaient à... O'Hara.

Josie sentit que Gretchen avait du mal à l'appeler pour la première fois par son vrai nom.

— Oui, ça aurait pu être très pénible, j'imagine.

— Oui. Ça aurait été dur, je le reconnais. Mais c'étaient mes enfants. Des enfants que j'avais désirés. Je me suis toujours demandé si je n'aurais pas dû faire un autre choix. Je n'étais peut-être pas assez forte, ou pas assez lucide... J'ai passé vingt-trois ans à me poser la question. Mais ce qui est fait est fait.

— Quand as-tu compris qu'il était venu avec O'Hara ?

— Je suis arrivée par le fond du jardin, et j'ai fait le tour de la maison. J'ai descendu l'allée. James m'a vue et a souri. Il paraissait nerveux. Je venais d'arriver devant l'entrée quand j'ai entendu la voix d'O'Hara.

Parcourue d'un frisson, elle ferma les yeux et inspira profondément plusieurs fois. Puis elle rouvrit les yeux et reprit :

— Il a dit : « Salut, chérie. Tu m'as manqué. » Tu n'imagines pas combien de fois j'ai entendu sa voix dans mes cauchemars. Ils n'ont jamais cessé. Je savais qu'il était encore en liberté, et j'ai toujours redouté son retour. À chaque fois, il disait qu'il reviendrait. Ça s'est un peu arrangé quand j'ai déménagé ici, mais je n'ai jamais vraiment cessé d'avoir peur. D'être terrifiée, plutôt.

— Quand James a-t-il compris que quelque chose ne tournait pas rond ?

— Oh, je pense qu'il s'en est rendu compte avant même que je ne débarque. Mais c'était trop tard. Il était passé prendre O'Hara et il l'avait conduit à Denton. Quand il a vu ma réaction, il est devenu encore plus nerveux. O'Hara m'a dit : « Tu ne m'as jamais annoncé que nous avions un fils. » C'est à ce moment-là que j'ai compris que James – enfin, je croyais encore que c'était Ethan – n'était pas venu avec sa sœur, et qu'O'Hara ignorait tout de son existence à elle. Toujours est-il qu'O'Hara était en colère. Fou furieux. Son regard est devenu glaçant – je n'ai jamais rien vu de pareil, sauf la nuit où il a tué Billy. Il m'a abreuvée d'injures. J'ai dit à James de rentrer dans la maison. J'espérais qu'il comprendrait et qu'il appellerait le 911. James a commencé à remonter l'escalier de la véranda, mais O'Hara m'a attrapée. Je me suis débattue, il m'a frappée, violemment. Il m'a pris mon arme de service et me l'a collée sur la tempe. Il a dit à James que s'il faisait un pas de plus, il le tuerait.

— Bon Dieu...

— Oui. Alors James est redescendu, lentement. Je voyais bien qu'il brûlait de fuir en courant. O'Hara m'a fait monter les marches de la véranda et m'a jetée par terre, le pistolet toujours pointé sur moi. Il a dit quelque chose du genre : « Ça va mal finir, là. » C'est là que James s'est mis à bafouiller et à tout nous raconter. Qu'il n'était pas Ethan Robinson. Qu'il s'appelait James Omar. Qu'il n'était que son colocataire. Qu'Ethan avait réussi à nous retrouver, et qu'il avait eu l'idée de réunir ses parents biologiques, pour que j'arrête O'Hara. « L'unique victime ayant survécu à l'Étrangleur, devenue policière, procède à son arrestation. » Il a dit que c'était une idée d'Ethan. O'Hara lui a demandé où était Ethan. James a dit qu'il l'ignorait, mais qu'il pouvait l'apprendre. Il a marmonné qu'il allait lui téléphoner, a fait demi-tour pour s'éloigner et O'Hara l'a tué. Comme ça. Un seul coup de feu, et il s'est écroulé immédiatement. J'étais assommée, sous le choc. Comme si je n'étais plus moi-même. J'étais redevenue cette jeune femme de vingt ans, et ce monstre venait de tuer mon mari.

— Je comprends, murmura doucement Josie.

— Ensuite, il m'a pris mes clés. Le pistolet toujours pointé sur moi, il m'a fait rentrer dans la maison. J'ai cru... J'ai cru qu'il allait me violer encore une fois. Comme il y a si longtemps. Mais il n'a fait que prendre cette foutue tasse de chez *Wawa*. Puis il m'a obligée à le conduire à ma voiture. Personne ne nous a vus parce qu'on est passés par-derrière. Il m'a menottée avec des liens de serrage en plastique – il n'en avait même pas vraiment besoin, parce qu'il m'avait à moitié assommée. Il s'est arrêté sur le pont quand il s'est rendu compte que c'était ma voiture de service. Il fallait qu'il désactive le TDM. Ça lui a pris un bon moment. Après, il m'a forcée à sortir de la voiture, m'a encore frappée.

Gretchen montra son front, puis reprit :

— Et il m'a enfermée dans le coffre. Je ne me rappelle plus grand-chose, ensuite. J'ai repris conscience dans le noir, ligotée, le crâne douloureux. À un moment, il m'a fait sortir du coffre. On était dans les bois. Il a dit des choses... atroces. Il a passé des heures à me dire ce qu'il allait nous faire, à moi et à Ethan, quand il lui mettrait la main dessus. Il n'arrêtait pas de répéter qu'il s'était arrêté, qu'il n'avait pas tué depuis quatorze ans, et que je l'avais forcé à tuer de nouveau. Il a traité Ethan de tous les noms, et a dit que, puisqu'il avait réussi à découvrir son identité, il devait mourir. Il répétait tout ça en boucle. Comme s'il était possédé. Au point de ne même plus remarquer ma présence. Il tournait en rond, en se parlant à lui-même. La nuit est tombée. Il a fini par partir. Quand il est revenu, il faisait jour. J'ai été soulagée de le voir revenir, à vrai dire. Je redoutais qu'un animal sauvage ne vienne me dévorer. Ça aurait peut-être mieux valu, finalement.

— Et il t'a relâchée ? demanda Josie.

— Pas tout de suite, non. Quand il est revenu, c'était quelqu'un d'autre. Il était très calme. Presque comme si on lui avait donné un médicament, une drogue quelconque. Il était si différent. Il m'a apporté à manger, à boire, il m'a détachée, m'a lancé une couverture. Il m'a laissée aller aux toilettes. Quand il a recommencé à parler, il a paru raisonnable. Je me suis dit qu'il devait être comme ça dans la « vraie » vie. La plupart des gens devaient le voir comme ça. Et puis j'ai compris...

Sa voix se brisa.

— Tu as compris que... fit Josie, doucement, pour l'inciter à poursuivre.

— La nuit où il a tué Billy, il était sur les nerfs. Pas fou comme cette fois-ci, mais... agité. En colère. Mauvais. Après en avoir fini avec moi, il était redevenu très calme. Même quand il avait entendu la vaisselle se casser, il était resté plus maître de lui qu'à son entrée dans la maison. C'était comme s'il avait besoin de nous faire du mal, de satisfaire une pulsion irrépressible. Comme un junkie prêt à tout pour obtenir une dose de plus et qui, une fois qu'il l'a eue, se détend. Il m'avait fait cette impression-là. C'était plus subtil en 1994, mais j'ai eu la même sensation cette fois-ci.

— Donc tu t'es dit qu'il venait de tuer des gens ?

Gretchen hocha la tête.

— Je lui ai demandé ce qu'il avait fait, et il m'a répondu : « J'ai fait ce que ton merdeux de fils m'a obligé à faire. » Et il a ajouté qu'il ne se ferait pas prendre. Que les flics étaient idiots, qu'il ne s'était pas fait attraper en plus de vingt ans et que ça ne lui arriverait pas cette fois-ci non plus.

— Donc tu as essayé de conclure un marché avec lui ?

— Je n'avais pas le choix. Il allait me tuer. J'en étais certaine. Et je savais qu'après m'avoir tuée, il allait se mettre à la recherche d'Ethan. J'avais dit quoi faire à Ethan, mais je n'avais aucun moyen de savoir s'il le ferait vraiment, ni s'il en aurait le temps avant qu'O'Hara le retrouve. Je savais seulement que je devais jouer la montre. Comme je le disais, ça m'était égal de mourir, mais mes enfants...

— Tu te devais de les protéger. Je comprends.

— Je ne connaissais pas son nom mais Ethan, lui, le connaissait. Il avait son nom, son adresse, tout. Et je savais que si O'Hara retrouvait Ethan, il apprendrait que j'avais aussi une fille, et qu'elle mourrait aussi. Ma seule chance de faire gagner du temps à mes enfants, c'était de conclure une sorte de pacte avec lui. J'étais prête à tout. Je me suis dit que même si Ethan n'allait pas voir les Devil's Blade comme je le lui avais dit, il aurait peut-être le bon sens de contacter la police. De retrouver ma fille et d'aller voir la police. C'est pourquoi j'ai dit à O'Hara que j'endosserais le meurtre de James Omar. Que tout le monde allait croire que c'était moi, de toute façon, parce qu'il avait été très intelligent et qu'il n'avait laissé aucun indice derrière lui. Ça lui a beaucoup plu.

— Il est arrogant – comme le supposait le profilage du FBI.

— Oui, très. Il aime bien qu'on flatte son ego. Je lui ai dit qu'au lieu de me tuer, il pouvait me faire jeter en prison pour le reste de ma vie. Exactement ce que les flics voulaient lui faire, à lui, depuis plus de vingt ans. Je lui ai demandé d'imaginer un peu... d'imaginer que quelqu'un pouvait payer à sa place. Qu'il pouvait flouer le système judiciaire. J'ai vu que l'idée lui plaisait énormément. Qu'elle renforçait son égotisme. Comme ces objets qu'il prenait et laissait sur les lieux de ses crimes. Il n'était pas obligé de faire ça pour tuer des gens. Mais il aime provoquer, torturer. C'est ça, son truc. Ça a toujours été son truc. Je crois que c'est pour ça qu'il s'en prenait à des couples. Il aimait l'idée de forcer le mari à écouter pendant qu'il violait la femme dans la pièce d'à côté.

Gretchen se tut, pâlit.

— Assieds-toi, dit Josie. Bois un peu d'eau.

Elle lui tendit une nouvelle bouteille d'eau, que Gretchen but d'un trait avant de s'asseoir. Elle parut plus épuisée qu'à bout de nerfs, tout à coup.

— En tout cas, reprit-elle, il a eu l'air de trouver que m'envoyer en prison à perpétuité – d'autant plus que je suis flic –, c'était la perversion ultime. J'ai dit que j'étais prête à endosser le meurtre de James s'il laissait Ethan tranquille. Il m'a répondu que j'étais folle, qu'Ethan connaissait son identité et que je ne pouvais pas conclure un marché sans savoir ce qu'Ethan ferait ou non. J'ai répondu que si Ethan avait voulu le dénoncer, il l'aurait fait bien avant et que, clairement, il ne cherchait qu'à connaître son père.

— Et il a gobé ça ?

Gretchen haussa les épaules.

— Je ne sais pas. Et pourtant, c'est vrai, non ? Ethan savait qu'O'Hara était un tueur en série ou, en tout cas, il s'en doutait très fortement, et il n'a rien dit aux autorités. J'ose espérer qu'il aurait fini par le dénoncer.

— Peut-être que, pour lui, ça n'était pas très réel, c'était plus une sorte de jeu. Et quand James Omar a commencé à lui envoyer des SMS en disant qu'il était dans de sales draps, Ethan a pris peur.

— Oui, je pense que tu as raison. Toujours est-il qu'O'Hara

et moi avons discuté, négocié, et j'ai accepté qu'il fasse peur à Ethan, mais il devait le laisser en vie. J'ai dit que si j'apprenais qu'Ethan était mort, je balançais tout. Je lui ai promis aussi que s'il n'arrivait pas à convaincre Ethan, j'essaierais, moi. Ça a duré des heures. Des heures ! À tourner en rond, à essayer de le persuader. Je me disais qu'il tuerait Ethan de toute façon, qu'il allait comprendre que mes aveux ne servaient à rien puisqu'il n'y avait aucun élément matériel prouvant qu'il était sur place quand James Omar était mort, et que je ne connaissais pas sa véritable identité. Il n'a pas pensé que les flics allaient percer le mystère de l'énorme indice qu'il avait laissé chez les Wilkins. Et il se moquait bien qu'on attribue ce dernier crime à l'Étrangleur des âmes sœurs de Seattle. On n'avait élucidé aucun des meurtres de l'Étrangleur. Mais j'étais celle qui avait ruiné son schéma parfait en lui échappant. Il m'a dit qu'il avait passé des années à me pister, et qu'il avait fini par retrouver ma trace il y a une dizaine d'années. C'est pour ça qu'il s'est installé sur la côte Est. Il aimait l'idée de m'espionner, de pouvoir me tuer à tout moment s'il en ressentait le besoin. J'ai souvent eu l'impression d'être surveillée, mais, pour ce que j'en sais, il n'a jamais cherché à me le faire savoir. Je ne suis même pas sûre qu'il voulait me tuer. S'il me tuait, le jeu était fini, une fois pour toutes.

— C'est peut-être ce jeu qui l'a fait arrêter de tuer pendant si longtemps. Il vieillissait, ses meurtres devenaient de plus en plus risqués, et savoir qu'il avait ce pouvoir sur toi suffisait peut-être à assouvir ses pulsions.

— Oui, reconnut Gretchen.

— Et donc O'Hara a accepté ton marché. Mais tu avais déjà appelé Ethan.

— Ça a été un vrai miracle. C'est O'Hara qui conduisait ma voiture. Apparemment, lui et James étaient venus à Denton avec une voiture de location, mais il n'a pas voulu s'en servir, parce qu'on pouvait la localiser. J'étais menottée sur le siège arrière, et je l'avais vu jeter les téléphones sur le siège passager, à l'avant. Il fallait que je tente le coup. Heureusement, j'avais les mains liées devant moi, pas dans le dos. Donc j'avais une chance d'attraper le téléphone de James et de passer un coup de fil. S'il avait été protégé par un mot de passe, c'était foutu. J'ai signalé à O'Hara que s'il ne désactivait pas et ne se débarrassait pas du TDM, la police le retrouverait en quelques minutes. Je lui ai dit qu'il fallait qu'il enlève l'antenne, et j'ai fait semblant de ne pas trop savoir où elle était, pour que ça lui prenne plus de temps.

— Et ça a marché, dit Josie en souriant à demi.

— Oui. J'ai eu Ethan tout de suite, et j'ai dit ce que j'avais à dire. Sans savoir s'il me prendrait au sérieux. Mais il m'a répondu qu'il savait déjà où était ma fille. Je lui ai fait répéter mes instructions, et le nom de la personne que je connaissais chez les Devil's Blade. Je lui ai demandé de me faire passer le message quand lui et sa sœur seraient en sûreté. Une fois certaine qu'ils étaient à l'abri, j'aurais dit la vérité.

— Et ton plan a fonctionné.

— Josie, dit Gretchen d'un air désolé. Pardonne-moi de ne pas t'avoir fait confiance.

— Tu n'as pas à t'excuser. Tu pensais que le tueur était de la police. Ça compliquait tout. J'aurais peut-être fait comme toi. Dans le feu de l'action, on prend des décisions qu'on ne prendrait pas autrement. Quand ça devient une question de survie, tout est différent.

— Merci.

Un moment passa, puis un sourire se dessina sur les lèvres de Gretchen.

— Et je suis désolée de t'avoir frappée.

Josie rit et lui adressa un clin d'œil.

— Si tu veux te faire pardonner, ça va peut-être te coûter quelques *Cheese Danish*.

Le silence retomba. Mais il restait une dernière pièce du puzzle à placer.

— Tu as eu des jumeaux, dit Josie. Comment est-ce que ça a pu échapper à tout le monde quand les Devil's Blade t'ont larguée devant le BATAE de Seattle ? Tu aurais dû au moins avoir des vergetures.

Un sourire triste éclaira le visage de Gretchen.

— Il y a vingt-trois ans, dans un hôpital de San Diego, une jeune femme du nom d'Anne Carson a accouché prématurément. Elle a donné naissance à des jumeaux, sept semaines avant la date prévue. Je les ai prénommés Billy et Agnes – le prénom de mon mari et celui de ma grand-mère. Ils pesaient à peine plus d'un kilo et demi chacun. Ils ont passé deux mois en néonatologie. Je suis restée avec eux le plus longtemps possible. Ensuite, Linc m'a installée dans une de leurs planques, à proximité. C'est lui qui m'avait procuré ma fausse identité, avant la naissance des enfants. Quand j'ai eu mes premières contractions, à l'hôpital, on ne m'a posé aucune question. Je ne m'en faisais pas trop pour la facture, puisque je ne m'appelais pas Anne Carson. Mais pour la première fois, j'ai compris que je ne pouvais pas rester cachée éternellement. Et qu'il m'était absolument impossible d'élever ces enfants convenablement. Linc m'a sérieusement tailladée avant de me déposer devant le bâtiment du BATAE, et les quelques vergetures qui me restaient étaient quasiment invisibles. Je n'avais pas eu de césarienne, donc il n'y avait aucune cicatrice de ce côté-là non plus. J'ai pris un risque, bien sûr, mais personne ne m'a jamais interrogée à ce sujet.

Un grondement sourd se fit entendre à l'extérieur. Gretchen et Josie se turent, l'oreille aux aguets. Le grondement se rapprochait, enflait, comme le bruit d'un avion au décollage. Le siège de Josie commença à vibrer. Le grondement devint un rugissement assourdissant.

Les yeux de Gretchen parurent lui sortir de la tête.

— Les Devil's Blade. Ils sont là !

71

Devant le commissariat de police de Denton, un flot de Harley-Davidson s'étendait à perte de vue. Les motards occupaient toute la rue, bloquaient toute circulation. Josie n'essaya même pas de les compter. Tous arboraient le bandana des Devil's Blade. La plupart ressemblaient au cliché des bikers : massifs, en blouson de cuir usé, avec des cheveux longs mal peignés et des barbes hirsutes, bardés de tatouages, et leur air menaçant aurait mis mal à l'aise même un flic chevronné. Sauf que personne ne semblait mal à l'aise, ce jour-là. Gretchen, Josie, Noah, Dan Lamay, Heather Loughlin et quelques autres agents curieux se tenaient sur les marches du perron. Ils virent la mer de motos conduites par les Devil's Blade s'ouvrir en deux, et deux passagers mettre pied à terre.

Josie sut, en les voyant descendre maladroitement de leurs montures, que c'étaient les enfants de Gretchen. Ils se défirent de leurs casques et les rendirent aux motards qui les avaient conduits jusqu'ici. Ethan ressemblait beaucoup à la photo que Josie avait vue sur le réfrigérateur, mais il était plus grand et plus maigre qu'elle ne l'aurait cru. Sa sœur était tout aussi grande et mince, avec de longs cheveux bruns qui lui arrivaient au milieu du dos. Lorsqu'elle se tourna vers le commissariat, Josie fut frappée par sa ressemblance avec Gretchen. Les deux, d'ailleurs, ressemblaient beaucoup à leur mère. Josie les étudia tandis qu'ils s'approchaient lentement. Il y avait bien quelques traits d'O'Hara sur leur visage, mais bien moins que ceux qu'ils partageaient Gretchen.

Cette dernière descendit le perron pour les rejoindre au bas des marches. Un silence gêné les enveloppa tous les trois un long moment. Puis la jeune femme tendit la main à Gretchen.

— Bonjour. Je suis Paula.

De là où elle se tenait, Josie vit les larmes monter et couler sur les joues de Gretchen, qui prit la main de sa fille pour la première fois depuis vingt-trois ans.

— Gretchen, parvint-elle à croasser.

Ethan la prit dans ses bras et, lentement, elle l'imita, le serra contre elle en lui murmurant à l'oreille.

Les motos recommencèrent à gronder. Chaque biker, en partant, adressa à Gretchen un petit signe, presque un salut. Elle leva la main et leur répondit à tous, jusqu'au dernier.

Josie rejoignit les trois autres sur le trottoir et se présenta.

— Allons à l'intérieur, dit-elle. Nous avons beaucoup à nous dire.

Josie se tenait devant la fenêtre de la chambre d'hôtel. À ses pieds, les lumières de New York scintillaient, brillaient comme si elles avaient une vie propre. Maintenant qu'elle était ici en vacances et non pour une enquête, elle pouvait profiter de la vue, semblable à celle que Trinity avait dans son appartement – peut-être plus belle encore. Bien sûr, c'était cette dernière qui avait choisi leur chambre. Josie lui avait dit qu'elle et Noah cherchaient à s'échapper quelques jours, et Trinity avait tout organisé. Josie la soupçonnait de vouloir la faire tomber amoureuse de la ville, pour qu'elle vienne la voir plus souvent.

Derrière elle, la porte s'ouvrit en grinçant légèrement et Noah entra. Il avait des prospectus et des plans plein les mains, le téléphone coincé sous l'oreille.

— Oui, OK, dit-il. C'est une bonne nouvelle. Oui, je lui dirai.

Il raccrocha et jeta son téléphone sur la commode.

— C'était Loughlin. Elle dit que le bureau de la procureure ne poursuivra pas Gretchen pour entrave à la justice. Ils pensent que leur réputation en prendrait un sérieux coup s'ils traînaient en justice la seule survivante de l'Étrangleur, maintenant qu'il est sous les verrous et que la presse suit cette affaire de très, très près.

— C'est très bien, dit Josie.

— Oui, c'est super, reprit Noah en agitant les prospectus. J'ai trouvé un plan de Manhattan.

Il étala les brochures sur la console d'angle de la chambre.

— On pourrait faire la visite du Rockefeller Center. Il y a des balades en calèche dans Central Park. Et le musée du 11 Septembre. Ah, et je crois que Trinity nous a obtenu des places pour un spectacle à Broadway demain soir.

Josie s'avança dans son dos, lui entoura la poitrine de ses bras et enfouit le visage entre ses omoplates. Il se retourna, lui sourit et lui caressa les cheveux.

— Tout ça est génial, reprit-il. Mais pour tout t'avouer, la seule chose que j'ai vraiment envie de voir à New York, c'est toi.

Josie sourit, se dressa sur la pointe des pieds pour l'embrasser.

— Moi aussi.

UNE LETTRE DE LISA REGAN

Merci beaucoup d'avoir choisi de lire *Ses Ultimes aveux*. Si le livre vous a plu et que vous souhaitez être tenus au courant de mes dernières publications, inscrivez-vous en suivant ce lien. Votre adresse e-mail ne sera jamais communiquée à des tiers, et vous pourrez vous désinscrire à tout moment.

france.bookouture.com/subscribe/

Merci beaucoup d'être revenus dans la ville fictive de Denton, Pennsylvanie, pour suivre la dernière aventure de Josie Quinn ! J'espère que vous y resterez pour lire la suite de ses enquêtes mystérieuses et passionnantes.

J'adore communiquer avec mes lectrices et lecteurs. Je suis joignable via les réseaux sociaux cités ci-dessous, notamment mon site Internet et ma page Goodreads. Et si vous en avez envie, n'hésitez pas à y laisser une chronique, et peut-être recommander *Ses Ultimes Aveux* à d'autres lectrices et lecteurs. Ces comptes-rendus et le bouche-à-oreille sont très utiles pour permette à d'autres de découvrir mes livres. Et donc, je ne le dirai jamais assez, merci de votre soutien, qui me va droit au cœur. Donnez-moi donc de vos nouvelles, et à la prochaine fois, j'espère !

Merci encore

Lisa Regan

REMERCIEMENTS

Comme toujours, merci tout d'abord à mes lectrices et lecteurs fidèles et dévoués ! Merci pour votre passion et votre enthousiasme constants, et pour m'avoir accompagnée durant ce merveilleux voyage. J'apprécie vraiment chaque message, chaque mail, chaque tweet. Vous êtes géniaux ! Merci à mon mari, Fred, à ma fille, Morgan, de m'encourager en permanence, d'avoir répondu à mes questions les plus saugrenues et de donner du sens à ma vie. Merci à mes premières lectrices, Nancy S. Thompson, Dana Mason, Katie Mettner et Torese Hummel. Merci à mes lecteurs chez Entrada. Merci à mes proches, William Regan, Donna House, Rusty House, Joyce Regan et Julie House, pour votre soutien constant et votre façon de ne jamais vous lasser des bonnes nouvelles. Merci à mes « complices » habituels, qui me soutiennent et m'encouragent, parlent de mes livres et m'aident à continuer : Carrie Butler, Ava McKittrick, Melissia McKittrick, Andrew Brock, Christine et Kevin Brock, Laura Aiello, Helen Conlen, Jean et Dennis Regan, Sean et Cassie House, Marylin House, Tracy Dauphin, Michael Infinito Jr., Jeff O'Handley, Susan Sole, la famille Funk, les familles Tralies, Conlen, Regan, House, McDowell et Kay. Merci aux gens adorables de Table 25 pour leurs conseils avisés, leur soutien et leur bonne humeur. J'aimerais aussi remercier les blogueurs et chroniqueurs qui ont lu les trois premiers livres où apparaît Josie Quinn et qui ont fait passer le mot avec tant d'enthousiasme !

Merci beaucoup au sergent Jason Jay pour avoir répondu à

toutes mes questions concernant la police si rapidement et avec tant de détails, et pour me faire approcher la réalité d'aussi près que le permet la fiction.

Comme toujours, je dois remercier Jessie Botterill pour son intelligence, son soutien sans faille, ses encouragements et sa foi en moi, ainsi que toute l'équipe de Bookouture. Aucune équipe n'en fait autant pour ses auteurs. Vous êtes, tous, des faiseurs de miracles, je suis honorée et reconnaissante de travailler avec vous.

www.ingramcontent.com/pod-product-compliance
Lightning Source LLC
Chambersburg PA
CBHW050924220726
48290CB00018B/1524

9 781836 181859